中国社会科学院创新工程学术出版资助项目

The Commitment and
Expecting to Art

论艺术
——承诺与守望

丁国旗●著

中国社会科学出版社

图书在版编目(CIP)数据

论艺术:承诺与守望/丁国旗著. —北京:中国社会科学
出版社,2012.10
ISBN 978 - 7 - 5161 - 1325 - 7

Ⅰ.①论… Ⅱ.①丁… Ⅲ.①文艺评论—世界
Ⅳ.①I106

中国版本图书馆 CIP 数据核字(2012)第 199708 号

出 版 人	赵剑英
选题策划	郭晓鸿
责任编辑	陈肖静
责任校对	高 婷
责任印制	戴 宽

出　　版	中国社会科学出版社
社　　址	北京鼓楼西大街甲 158 号 (邮编 100720)
网　　址	http://www.csspw.cn
	中文域名:中国社科网　　010 - 64070619
发 行 部	010 - 84083685
门 市 部	010 - 84029450
经　　销	新华书店及其他书店
印　　刷	北京君升印刷有限公司
装　　订	廊坊市广阳区广增装订厂
版　　次	2012 年 10 月第 1 版
印　　次	2012 年 10 月第 1 次印刷
开　　本	710×1000　1/16
印　　张	13.75
插　　页	2
字　　数	202 千字
定　　价	40.00 元

凡购买中国社会科学出版社图书,如有质量问题请与本社联系调换
电话:010 - 64009791
版权所有　侵权必究

目　　录

引　言

　　无论是史前时期的洞穴壁画，还是人类开始发出的"杭育杭育"[①] 有节奏的劳动号子，艺术与文学似乎伴随着人类同时诞生，并再也没有同人类分离。雕塑、史诗、绘画、音乐、戏剧，这些曾经成就了无数经典艺术作品的艺术形式，在其不断的传承与发展中滋养了一代又一代缪斯的子孙们。透过艺术史、文学史、文艺理论史，我们可以看到这样一条清晰的轨迹，这个轨迹就是艺术不断求真、求美、求变的求索过程。在经历了当代艺术近一个世纪的发展之后，在经历了 20 世纪两次世界大战的洗礼以及西方工业社会高度发达的阶段之后，今天，"全球化"的钟声似乎已响彻地球的各个角落。世界经济的"一体化"，带来的全球经济、文化、政治、思想等的碰撞与摩擦，并没有让世界上国与国之间的关系显得陌生而疏远，反而将不同肤色与文化观念的人拉得更近。人们几乎享受着同样的东西：技术的、物质的、文化的。然而，在这个被西方学者同时称之为"消费社会"的"全球化"时代，文学与艺术却也经历着前所未有的冲击与变化。

　　当然，艺术的没落或许从 1917 年——杜桑从一家水管装置用品公司买了

---

　　① 　鲁迅：《且介亭杂文·门外文谈》，载《鲁迅文集》，黑龙江人民出版社 1995 年版，第 82 页。

一个瓷制男性小便器，把它命名为《泉》，并送到纽约独立艺术家协会举办的一个艺术展览会上就已经开始。而文学在走过它的古典时期、中世纪时期、文艺复兴时期、新古典时期、浪漫主义时期、现实主义时期之后，也开始在20世纪初期以"达达主义"为代表开始了它的现代主义、后现代主义路程。以"解构主义"为代表的后现代观念的无中心意识和多元价值取向，对启蒙主义发起的总攻，或许更加显现其彻底的人文关怀，也使人的思想得到了从未有过的解放。虽然，解构主义并不是毁灭主义，德里达所反对的并不是思想或者知识本身，而是对思想成为体系，或者集结成为政治力量（例如各种意识形态）的反动。然而，后现代思潮实际所造成的对于以往思想史的颠覆性影响却是巨大的。透过这些思潮的表面，我们看到的更多的是破坏而不是建构。与这种思潮相一致，艺术的发展也在打破传统的道路上走得越来越远。

所谓过犹不及。其实，后现代重视人文与思想解放的出发点，同马克思关于人的"自由"、"解放"的设想，并无实质的区别；而马尔库塞对于艺术审美之维的倚重，也始终没有离开过现实中的人及其走出"单向度"社会的美好前景。或许什克洛夫斯基后期思想的转变、歌德的"世界文学"思想与人自身的解放与人类的未来发展方向关系不大。然而什克洛夫斯基对形式主义本身的反思，却也是以关注人以及在其关系之上所形成的社会生活为前提的；而"世界文学"作为民族文学的"本原"追求，以及将"民族文学"的建构作为提出"世界文学"的最终目的，却也彰显出歌德对于个体与民族关系的一种深入思考与认同。因此，在今天，回到什克洛夫斯基，回到马尔库塞，回到歌德，回到马克思，回到他们的文艺思想中，就不仅仅是笔者简简单单地对于他们的艺术理论的一种关注与研究，而是试图通过对这种艺术思想的关注与研究，给那些过激的对于传统的反动泼一泼冷水。社会或艺术的发展，必然需要与过去的东西告别，但告别过去，是"扬弃"而不是"抛弃"，更不是对于过去一味的全然摧毁。笔者认为，人类的发展必须要以守住过去已有的物质财富、精神财富为前提。马克思也讲过，"人们不能自由选择自己的生产力——这是他们的全部历史的基础，因为任何生产力都是一种既得的力量，是以往的活动的产物"①。我们必须铭记这一点。打碎一件物品比造出这件物品要容易得多，建构思想往往也比摧毁思想更困难。何况任何精神与思想的建构都是人类的生存意志与智慧的结晶，因此，回归那些我们必须执守的精神而始终不远离它，这应该是后来者面对人类已有成就时的基本态度。

正是基于这种思考，本书在梳理了什克洛夫斯基后期形式主义文艺思想的意识形态诉求、马尔库塞艺术思想对于真理与幸福的承诺、歌德"世界文学"的民族指向以及马克思关于文艺对解放的期望之后，笔者还专列章节，对影视文化背后的意识形态内容、当代艺术的生存处境与命运，以及网络文学的兴起所带来的文学"终结"论等进行了分析与论证。对于影视艺术的分析，为了便于论述，笔者主要以对美国电影的分析为主。之所以这样做，是因为电影早期产生于美国，而美国的电影又一向以价值中立或其单纯的艺术化或娱乐化而自我夸耀；同时美国电影在世界电影的占有量与影响之巨大，也是笔者考察影视艺术拿美国举例的一个因素。在艺术领域里，今天最被人说三道四，又最炙手可热的当属当代艺术，尤其是我们平时常常提及的"前卫艺术"、"先锋艺术"或"行为艺术"。从严格意义上说，当代艺术并不只是一个时间概念，而更多的是指一种创作风格或创作精神。当代艺术突破传统美术观念、基本知识与技法，突破美术馆围墙的束缚，凸显艺术家个人的情感表达，它可以是一种表演、一种观念、一段影像或者一种新的技术。应该说，当代艺术已经度过了其艰难的生存阶段，开始慢慢被大众所接受、所认可。然而，当代艺术所表现出来的问题也是十分显见的。当当代艺术作品也可以让艺术家成为富翁的时候，当初当代艺术曾经"反传统"的一面，是否还依然存在？当当代艺术把以往艺术的高雅与神圣拉下神坛之后，它不是又建立起了新的关于艺术的神话吗？这

---

①　《马克思致帕·瓦·安年科夫（1946 年 12 月 28 日）》，载《马克思恩格斯选集》，人民出版社1995 年版，第 532 页。

样的话，它与它所反抗的东西又有什么区别，它到底是推动了艺术的发展，还是让艺术走了一段弯路。这些都是值得我们认真思考的。当然，值得关注的还有网络文学，这个让文学话题重新成为热点的新的文学创作形式，同时也是"文学终结"论产生的罪魁祸首。今天，由于网络的流行与网民数量的与日俱增，也使通过网络这一新媒介而进行的文学写作变成了一个亟待研究的大课题。网络的到来究竟给文学带来了什么，文学又将迎来一个怎样的前景，这些都是笔者在书中试图予以回答的问题。在对网络文学的分析中，本书还专门对"手机媒体"作了粗浅的梳理，这主要是因为手机媒体作为一种立体的、集以往全部传播方式于一身的新媒体，它将会对文学的创作与接受产生更多新的、尚未被我们发现的影响，由于这种影响主要缘于网络的原因，因此放在这里一并讨论。

为了对全书有一个总结与呼应，在"结语"部分，笔者以自己最为熟悉的文学为主要讨论对象，分别从文学在消费时代的突围之路、文艺作品不可或缺的理想之维、文学经典阅读的价值与意义，以及艺术教育与"生命化"等几个层面，阐述了自己对文学与艺术未来发展及其信仰重建的乐观态度。笔者一向认为，对文艺作品的阅读与欣赏，正如我们必需的一日三餐一样，它构成我们生命中不可或缺的部分。人类在他的幼年、童年时期就已经培养起对于文艺的追求与热爱，绝不会在他的青年、壮年时期丢掉。而文学与艺术作品所记录的人类同自然、社会、自我斗争的历史，也将是一笔宝贵的财富，它永远都会是值得后世子孙珍视的精神食粮以及进一步发展自己的精神武器。热爱艺术及艺术所承诺与守望的精神与价值，就是热爱我们自己，热爱人类美好的过去与未来。

第一章　从什克洛夫斯基的转变看文艺的意识形态诉求

　　谈及什克洛夫斯基，人们主要谈他作为主将对俄国形式主义的贡献，国内外学者大抵如此。如特伦斯·霍克斯在《结构主义和符号学》中讲到俄国形式主义学派一节时是以"走马"来论述什克洛夫斯基的理论的，并且他用"走马"作为整个俄国形式主义理论的一种象征。他说："'走马'可以作为形式主义那个大前提的合适的象征：规则和现实无关，而是和具体棋赛有关。因此什克洛夫斯基的一本著作以'走马'为书名，也就不足为怪了。"① 弗雷德里克·詹姆逊在《语言的牢笼——马克思主义与形式》中对形式主义的批驳，靶子也是建立在什克洛夫斯基的"陌生化"技巧规则等形式主义之上的。他认为，什克洛夫斯基本人的观点是俄国形式主义的出发点，"没有什克洛夫斯基最初的贡献，就不可能出现一个前后连贯的文学理论"② 。而让—伊夫·塔迪埃在《20世纪文学批评》中也认为什克洛夫斯基在形式主义语言学与诗学关系的研究中做出了很大贡献，并且"当诗歌研究取得进展之时，由于什克洛夫

----

　　① 特伦斯·霍克斯：《结构主义和符号学》，上海译文出版社1997年版，第72页。
　　② 弗雷德里克·詹姆逊：《语言的牢笼——马克思主义与形式》，百花洲文艺出版社1995年版，第39页。

斯基的努力，散文的研究也走出了'死点'"①。什克洛夫斯基关于"散文的研究"，也就是指其主要在小说方面的形式主义研究的主要成果集中体现在《作为手法的艺术》、《情节编构手法与一般风格手法的联系》、《故事和小说的构成》等文章中，这些文章均被收入进其 1925 年出版的《散文理论》中。在这些文章里作者阐述了如下一些观点："艺术是纯粹的形式，艺术中的思想、感情与艺术无关，文学也是如此，因此一部文学作品就是种种手法的总和，就是看一幅画也要把它倒过来看，为的是看画家如何运用色彩，而不是他在画里说了什么，作品中的内容取决于形式，甚至内容也只是形式的表现，手法决定材料，而不是相反；手法和语言都要不断更新，文学发展的历史是手法的更迭史，手法的更迭与时代变迁、社会环境、作家个人心理无关（这都属'非审美序列'因素），而是手法和语言本身内部规律决定的，这规律就是它们会自动地老化，久而久之再也不能唤起读者对诗的感受；为了使读者觉得新鲜，就必须使手法和语言给人以新奇感，用新眼光去看旧事物，这就叫'奇异化'；作家都是根据已有的形象、情节来创作，古往今来，形象和情节都四处'流浪'，作家的创作就是对原来的情节和人物加以变形（或否定、或讽刺性摹拟、或移位）使之具有新意，所以在'不似之中'总有'相似'."②什克洛夫斯基的这些观点奠定了他形式主义理论的开创者地位，作为西方文学史上出现的重要的文艺思潮，俄国形式主义对后来的结构主义与符号学，乃至英美新批评派的形成，都有着重大的影响。然而，什克洛夫斯基的"陌生化"（"奇异化"）理论以及他割裂艺术"非审美序列"因素等形式主义的文论观，几乎就是人们对什克洛夫斯基的全部了解，可事实似乎并非这样，以下本文将对此做出详细的分析与论述。

---

① 让—伊夫·塔迪埃：《20 世纪文学批评》，百花文艺出版社 1998 年版，第 3 页。
② 维克多·什克洛夫斯基：《散文理论》，刘宗次译，百花洲文艺出版社 1997 年版，"译者前言"，第 3—4 页。

一　对"非审美序列"的重视

谈到形式主义而谈什克洛夫斯基，这是不错的，他的确是形式主义一位有突出贡献的主将，但谈起什克洛夫斯基而只谈其形式主义就不对了。因为无论什克洛夫斯基对形式主义做出了多大的贡献，在形式主义的道路上走出多远，那也不能代表其一生的文学主张都是如此。正像我们评价一个人，不管他人生的某一阶段多么辉煌，那也只是其人生的一部分，如要全面公允地评判一个人，就必须将其一生的所言所为全部纳入到评判的视野之内。对于什克洛夫斯基就是这样，形式主义只是其早期的文艺主张，他在后期已经走出了形式主义的牢笼，进入到对形式主义的反思与改造之中，而这重要的一点却被人们有意无意地给忽略了。

什克洛夫斯基的文学活动分期大致可以分为三个阶段。1914 年至 20 年代中期为其形式主义阶段；20 年代中期至 50 年代中期为其放弃形式主义转向用社会学方法报告文学和历史小说的阶段；50 年代中期至 1984 年作者逝世，是他重新回到文学理论的研究领域和俄国古典作家的评论上的阶段。在这三个阶段中，由于 20 年代后期至 50 年代中期，作者基本上离开了文艺理论研究这个学术舞台，文学活动发生了改向，因此为了论述的方便，笔者认为可以简单地把其文学观点只分为前后两期，而把其中间一段的活动"悬置"起来，避而不谈。

什克洛夫斯基一生著述丰富，学术思想十分活跃。早在 1913 年在大学一年级时他就做了题为《未来派在语言史上的地位》的报告，引起轰动。后来他将该报告整理成小册子《词语的复活》于 1914 年出版，成为形式主义的开山文献。这之后他又相继发表了《马雅可夫斯基的〈穿裤子的云〉》(1915)、《论诗与玄奇的语言》(1916)、《作为手法的艺术》(1917) 等文章并将蒂尼亚诺夫、雅库宾斯基、波利万诺夫以及当时在大学教书的艾亨鲍姆等团结在自己的周围，成立了"诗歌语言研究会"。他们还出版了自己的理论刊物《诗学语言理论文集》，发表了形式派的大量学术论文，形成了形式派重要的理论阵地。这期间他的主要著作还有《马步》（1919—1923）、《罗扎诺夫》（1921）、《散文理论》（1925）、《汉堡记分法》（1923—1928）。另外还有两本回忆录《伤感的旅行》（1923）、《动物园，或并非情书的信》（1923）等。

后期，什克洛夫斯基的著作同样是十分丰富的，主要有《赞成与反对，陀思妥耶夫斯基札记》（1957）、《列夫·托尔斯泰》（1963）、《弓弦·论似中之不似》（1970）、《迷误的动力——谈情节》（1981）、《关于小说的故事》（1961）、《散文理论》（1982）。另有电影评论《爱森斯坦》（1973）及关于自己童年少年时代生活的回忆录《往事》（1962）等。

做出这种前后两期的分法是十分有意义的。它不仅给本文的论述带来方便，更重要的是可以使我们清楚地看到：学界对什克洛夫斯基的认识仅局限于其前期的思想，而对其后期的文学观却谈得不多，知之甚少，隔膜较深。

什克洛夫斯基的后期思想集中体现在其 1982 年本的《散文理论》中。尽管作者当时已 90 高龄，写作文风稍嫌散乱，个别地方逻辑也不够清晰，但经过深入细致地阅读之后，我们还是能很清楚地从中理出头绪并发现其真实的文艺主张。由于这几乎是作者晚年的封笔之作，因此笔者认为，它可以被视为是作者对自己一生文艺思想的完善和总结。其中凝聚了作者从放弃形式主义至逝世前几十年中对文学的反思和探索，代表着什克洛夫斯基一生主要的文学见解。

首先，作者在 1982 年本的《散文理论》中对自己早年形式主义的思想进行了反思、反省和批判。

在第一章"词使受挤迫的心灵自由"中，他说："我说过，艺术是超情绪的，艺术里没有爱，艺术是纯粹的形式。这是个错误。"① "不向艺术里注入意

---

① 维克多·什克洛夫斯基：《散文理论》，刘宗次译，百花洲文艺出版社 1997 年版，第 80 页。

义，这是懦怯。""我曾写过艺术无恻隐之心。此话激烈，但并不正确。""我限制了运用艺术的范围，重蹈了老唯美派的覆辙。"① 作者在这里是针对自己早年纯艺术的思想而谈的，他采取了批判的立场。在该书第五章他说："我过去曾说过，艺术无所牵涉，它没有内容。从讲这话到现在，五十周年了，可以庆祝金婚了。但这话不对。提起奇异化，不可忘记它是为什么目的服务的。"② 早年的什克洛夫斯基是反情绪的，否定艺术可以有意义，这一点在 1929 年版的《散文理论》"前言"中他说的很明显，"在文学理论中我从事的是其内部规律的研究。如以工厂生产来类比的话，则我关心的不是世界棉布市场的形势，不是各托拉斯的政策，而是棉纱的标号及其纺织方法。所以本书全部都是研究文学形式的变化问题"③。

　　什克洛夫斯基在前期很重视情节形式的变化，他分析了感知的一般规律。他认为多次重复的动作在变为习惯的同时，也就成了自动的，而自动的感知正是旧形式导致的结果。什克洛夫斯基还分析了"梯级性式构造与阻缓作用"的规律，并认为"这一现象体现了一条普遍的规律：形式为自己创造内容"④。在形式派眼中，艺术程序对于艺术研究是异常重要的。雅可布逊也曾断言："如果文学科学试图成为一门真正的科学，那它就必须认为'程序'是自己的唯一角色。"⑤ 而在《故事和小说的构成》一文中什克洛夫斯基也是着重论述故事的构造及用故事组成小说的各种手法。他认为："通常故事是由于扩展而变得复杂的环式构造和层递式构造的组合。"⑥ 前者又称抽屉型结构，其转变为重复、内部押韵和前后交错，后者给人以已经完成的整体印象。"无论是框套手法还是串联手法，在小说史上不断朝着插入的材料愈来愈紧密地进入

---

① 维克多·什克洛夫斯基：《散文理论》，刘宗次译，百花洲文艺出版社 1997 年版，第 82 页。

② 同上书，第 243 页。

③ 同上书，第 3 页。

④ 同上书，第 35 页。

⑤ 雅可布逊：《现代俄罗斯诗歌》，布拉格，1921 年版，第 11 页。见胡经之、王岳川主编《文艺学美学方法论》，北京大学出版社 1994 年版，第 184 页。

⑥ 乔·艾略特等：《小说的艺术》，社会科学文献出版社 1999 年版，第 93 页。

小说体内的方向发展。"① 这是作者得出的结论。显然，什克洛夫斯基最关心的莫过于描述小说的这种技巧。在形式主义的道路上，什克洛夫斯基走得深入而遥远。

已90高龄的什克洛夫斯基敢于如此地检讨自己的过去，修正自己的看法，一方面体现了作者严谨的学术精神和令人钦佩的大家风范，另一方面使我们清晰地看出什克洛夫斯基深刻地意识到除了形式之外，情绪、意义在艺术作品中是万万不可或缺的。其实早在1970年他写的《弓弦·论似中之不似》一文中，作者就表达过类似的看法。他说："放弃艺术中的情绪，或是艺术中的思想意识，我们也就放弃了对形式的认识，放弃了认识的目的，放弃了通过感受去触摸世界的途径。"② 虽说这里作者的目的似乎仍在说明对形式的认识，但这句话也是对思想意义的实实在在的强调。他对自己的前期是极其不满的，他说："关于形式，我们随意地讲了许多不必讲的话。"③ 他对"诗歌语言研究会"这样评价："散文诗学至今仍不存在，因为诗语会的建树并不精确，不完全。"④ 由此可见，作者后期已把情绪或思想意识放在了一个非常重要的位置，这是对其早期忽视艺术内容的一种反叛。A. 杰弗逊在《俄国形式主义》一文中提到巴赫金曾以"一切语言的运用，包括文学地运用语言，都既是社会的又是思想意识的"⑤ 作为论据指责过形式主义理论中没有社会范畴的东西，晚年的什克洛夫斯基显然代表整个形式主义接受了这种批评。

对"奇异化"的反思。作者在1982年本的《散文理论》中回顾了"奇异化"（又称"陌生化"、"反常化"）这个给他带来巨大声誉的术语的产生过程。"是我那时创造了'奇异化'这个术语。我现在已经可以承认这一点，我犯了

---

① 乔·艾略特等：《小说的艺术》，社会科学文献出版社1999年版，第106页。

② 维克多·什克洛夫斯基：《散文理论》，刘宗次译，百花洲文艺出版社1997年版，"译者前言"，第6页。

③ 同上书，第92页。

④ 同上书，第95页。

⑤ A. 杰弗逊、D. 罗比等：《现代西方文学理论流派》，北京大学出版社1992年版，第44页。

语法错误，只写了一个'H'，应该写'CTPaHHbIй'（奇怪的）。结果，这个只有一个'H'的词就传开了，像只被割掉耳朵的狗，到处乱窜。"① 这里作者诚恳地恢复了"奇异化"的本来面目，一定程度上消解了"奇异化"的价值和至高无上的地位。这无疑也是作者对自己早年形式主义文学理论的一种思索和批判。"奇异化"是作者早期形式主义理论的一大支柱，他曾论述道："艺术的目的是为了把事物提供为一种可观可见之物，而不是可认可知之物。艺术的手法是将事物'奇异化'的手法，是把形式艰深化，从而增加感受的难度和时间的手法，因为在艺术中感受过程本身就是目的，应该使之延长。艺术是对事物的制作进行体验的一种方式，而已制成之物在艺术中并不重要。"② 显然，"奇异化"在作者艺术观中占有非同寻常的地位，而后期对这一术语的正名，一定程度上显示了什克洛夫斯基思想上的某种转变。

尽管同结构主义创始人之一的雅各布森曾是俄国形式主义战壕里协同作战的朋友，但什克洛夫斯基晚年也毫不留情地对结构主义不重思想内容的弊端进行了批评。他一针见血地指出"结构主义者们制造了大量术语，从而产生一种幻觉似乎分析很精确。但这种不考虑意义对比关系的分析建树不多"③。什克洛夫斯基的批判是击中要害的，他说："结构派滋生了许多术语，并自以为创造了新理论。换言之，他们研究的是事物的包装，而不是事物本身。"④ 他深表惋惜地对结构主义者说："你为什么把艺术变成一种见解，把戏剧、散文和诗的艺术变成语言学？"⑤ 他深刻地指出："问题不仅在于韵脚，而在于韵脚把什么紧紧联结起来。事情涉及心灵。农村如今变成了集体农庄，但在农村里过去和现在都一样唱四句头的短歌，只是短歌里理解的客体发生了变化和位移。"⑥ 作

---

① 维克多·什克洛夫斯基：《散文理论》，刘宗次译，百花洲文艺出版社 1997 年版，第 80—81 页。
② 同上书，第 10 页。
③ 同上书，第 153 页。
④ 同上书，第 148 页。
⑤ 同上书，第 132 页。
⑥ 同上。

者因此立誓要同结构主义划清界限。"老朋友，你为什么不改变？我们本来可以像荷马笔下的英雄们那样，交换盔甲，而不计较其价值。但我们被分开。被命运，大洋和不同的艺术目的分开。别了，朋友。我们将不再相见。"① 俄国形式主义同结构主义在不重视意义这一层上几乎犯了同样的毛病，因此什克洛夫斯基此处所作的批评一方面是针对结构主义的，另一方面显然也把手术刀对准了自己早期形式主义的思想。

其次，通过对自己早期思想的批判和解剖，什克洛夫斯基明确地表明了词语是应当被赋予意义的这一看法。

什克洛夫斯基早期的思想中，词语只是其进行"奇异化"的一个筹码、一个因素，其所含的意义是无需被作者注意的。他曾经说："我们处处都能见到艺术具有同一的标志，即它是为使感受摆脱自动化而特意创作的，而且，创造者的目的是为了提供视感，它的制作是'人为的'，以便对它的感受能够留住，达到最大的强度和尽可能持久。"② "真正的词语是不死的。它会变化。它换个方式说出来。"③ 他在《词语的复活》中也从词语这一重点入手谈形式主义理论，"在柔情或者愤恨发作时，我们便想去抚慰或凌辱人，这时，对我们来说，陈词滥调是不够用的，于是我们会急得吐字不清，并且破坏词语，为的是使这些词能变得刺耳，使人能看见这些词，而不是知道它们"④。这正如同时代的其他形式主义者对词语所强调的，如日尔蒙斯基说："诗歌的材料既不是意象也不是感情，而是文字……诗歌是语言的艺术。"⑤ 美国新批评的代表人物韦勒克和沃伦也说："语言是文学艺术的材料。我们可以说，每一件文学作品都只是一种特定语言中文字

① 维克多·什克洛夫斯基：《散文理论》，刘宗次译，百花洲文艺出版社 1997 年版，第 133 页。
② 同上书，第 20 页。
③ 同上书，第 301 页。
④ 什克洛夫斯基：《词语的复活》，《外国文学评论》1993 年第 2 期。
⑤ 钱佼汝：《"文学性"和"陌生化"——俄国形式主义早期的两大理论支柱》，见《外国文学评论》1989 年第 1 期。

语汇的选择。"① 显而易见，在形式主义者眼中，词语只是一种加强感受的东西，它是一种材料。然而在后期，什克洛夫斯基认为："词与时代相联系。"② 他认为作品的意义是源生于词的，而词又同每个时代是联系的，所以以往纯语言学理论的分析不可能把作品分析透彻，要看当时"种种环境、情势组合表现的思想"，这才是词语的价值。"'士兵'、'统帅'、'莫斯科'这些概念在时间上改变自己的指向。"③ 作者清晰地意识到了词语所携带着的历史含义。他认为："词——它们来自深处，似乎是连根拔起，带着它们在其中生活和冲突的思想之林的茎块。我们不知道我们生活于其中的词的命运。"④

在这里"词语"显然已不再只是语言、节奏等形式的构成因素，词的意义得以恢复。正如作者所说，"艺术作品由明白易懂的，但诞生于不同时代的概念——词语组成。我曾有过错误，因为我曾认为，词语仅仅是词语而已"⑤。词语是发展的，作为一种存在方式，它也有自己的历史和特定历史时代下的特殊的意义。"无论我们怎么计算词语和字母，如果我们见不到其中的思想争论，见不到生死攸关的斗争，我们就理解不了艺术。"⑥ 词是历史中的词。作者在批驳结构主义时曾指出："就是说世界上的事不在于词语，而是要用所提供的情景来思考。"⑦ 在别处他还郑重其事地指出："请不要分析词，而要分析词系；思想，脱离开讲它时的环境，也就是说脱离人的心灵，脱离它投入其中的错综复杂的关系的迷宫——而这就是生活，——这样脱离上述一切的思想会'大大降低其价值'。但每个人都用自己的语言说话，即把自己的灵魂用

---

① 韦勒克·沃伦：《文学理论》，刘象愚、邢培明、陈圣生、李哲明译，生活·读书·新知三联书店 1984 年版，第 186 页。

② 维克多·什克洛夫斯基：《散文理论》，刘宗次译，百花洲文艺出版社 1997 年版，第 118 页。

③ 同上书，第 117 页。

④ 同上书，第 162 页。

⑤ 同上书，第 302 页。

⑥ 同上书，第 98 页。

⑦ 同上书，第 454 页。

词语表达出来——用它自己的词语。"① 这种对词的认识态度比其前期的认识显然是全面而完整了。他还意识到对词语的分析是初步的工作，他说："这里只是指出，对词语的接受理解，有一定的局限性，是初步的工作；还有，这里是暂时地拒不深思，不愿达到理解的程度；至少当预想敌人在场的时候，不愿理解文意。"② 他还引用托尔斯泰对斯特恩的话说明了这一点，"如果大自然是这样编出仁慈的蛛网，用几缕情爱之丝和几缕情欲之丝，合织成片，那末有什么必要抽出蛛丝而毁坏一片呢?"③ 显然，生活是丰富多彩的，不可以词（蛛丝）的分析而害了生活。他十分赞成爱因斯坦的一句话，即："词语不管是写出来的也好，说出来的也好，它们在我的思维机制中看来并不起什么作用。作为思维要素的，倒是明晰的形象，和物质实体的标志。这些形象和标志，似乎由人的意识任意地产生和组合……"④ 他还从不同的文化交流的高度上探讨词，"如果事情只在于构造词，就不可能有翻译，不可能有多种文化的穿山越岭和远渡荒原，不可能在理解罗马文化时同时理解中亚和中国文化"⑤。这样，词语意义特性的恢复，确立了词语的正确地位，也恢复了艺术作品所包括的丰富思想内涵的存在价值和意义。对词语的这种正确的认识构成了什克洛夫斯基后期思想的一个基石，也是同其早年的形式主义划清界限的一个标志。

最后，在对自己早年文艺思想反思的基础上、在确立了对词语的正确认识的基础上，什克洛夫斯基形成了他对社会生活、人生命运以及对艺术价值意义的新的看法和认识。这是其前后思想不同的主要内容，从而也使什克洛夫斯基的文艺思想完全地走出了其早期形式主义的牢笼。

什克洛夫斯基在 1923 年曾宣称："艺术永远是独立于生活的，它的颜色从

---

① 维克多·什克洛夫斯基：《散文理论》，刘宗次译，百花洲文艺出版社 1997 年版，第 163 页。
② 同上书，第 228 页。
③ 同上书，第 229 页。
④ 同上书，第 228 页。
⑤ 同上书，第 119 页。

不反映飘扬在城堡上空的旗帜的颜色。"① 这里文学显然被认为是独立自足的，它作为客体是独立于创造者和接受者之外的，同时也是与政治、道德和宗教等各种意识形态及上层建筑无关的，它独立于生活。然而，这种早年的文学思想在其后期已被完全抛弃，作者已认识到艺术"非审美序列"因素在艺术中的地位和价值，并且形成了一套较完整的理论体系。以下是较为详细的阐述。

1. 文学与生活的关系

作者首先反思了自己前期割裂艺术与生活的错误看法。他说："我曾把生活之流与艺术之流分离开来，这是不同的，这二者被失望、光荣和对功勋的召唤联系在一起。"② 生活和艺术是不可分离的，是联结在一起的，它们联结的中介是诸如失望、光荣、对功勋的召唤等因素，这是什克洛夫斯基对生活同艺术的粗浅的看法。而在另一处谈及毕加索时，他对毕加索对人学的关注颇有感触，他说："毕加索的左的艺术首先引出了人学的因素。因此他进入了文学。所以当维克多·什克洛夫斯基说艺术没有内容时，他是愚蠢的。艺术中的内容是隐蔽的。"③ 什克洛夫斯基并未直接谈及内容但又实实在在地意识到了艺术中内容之不可或缺，他对自己表示了不满。

艺术和生活的关系是什克洛夫斯基后期谈的较多的。艺术离不开生活，生活离不开艺术，他看到了两者之间的辩证关系。他曾说："艺术之外的生活——在生活之外。"④ 生活，这里是被什克洛夫斯基看做同艺术具有同等地位的一个概念。对生活与艺术的这种认识在其前期是做不到的。不仅如此，他还意识到了艺术同生活之间的微妙关系。他说："理解艺术的途径——即是认识生活。分析生活中现象的更替——通过艺术现象的更替。"⑤ 艺术和生活具

---

① 维克多·什克洛夫斯基等：《俄国形式主义文论选》，生活·读书·新知三联书店1989年版，第11页。

② 维克多·什克洛夫斯基：《散文理论》，刘宗次译，百花洲文艺出版社1997年版，第395页。

③ 同上书，第356页。

④ 同上书，第353页。

⑤ 同上书，第140页。

有很强的互补性与关联性，对任何一方的了解，都可以加强对另一方的认识。这种认识具有"艺术源于生活，艺术反映生活"的正确看法，这一点是很重要的。对艺术"非审美原则因素"的忽视一直是什克洛夫斯基形式主义的症结所在，而这种新认识也使什克洛夫斯基有了自己新的理论起点，使其从其执著研究的"纯文学"中走出。他在别处也曾说到"艺术——与其说是内科，还不如说是外科"①。"外科"一词证明什克洛夫斯基的眼界已经涉及了"艺术性"之外的东西。

什克洛夫斯基论及了艺术同生活的具体关系。他说："艺术反映生活，但不是镜子式的。"② 所谓不是"镜子式"的，就是说不是被动的反映。从其后期《散文理论》的论述中，我们可以发现，什克洛夫斯基强调的是艺术对生活中某种"运动"的反映，他希望通过艺术对生活的反映，可以使人看见镜子背后的东西。"镜子背后的东西"——笔者的理解是指艺术要能反映出社会、人生的规律性的东西，要有艺术的内在意蕴。正如作者所说，"长篇小说的框架，要建立在这样的基础上：现实首先应具备历史的准确和文献的见证。有了这些之后，用灰浆封盖起来，上面绘出壁画——画上是富足的甚至非常阔绰的生活"③。这句话形象地揭示出了艺术作品展示生活的丰富性和层次性。

2. 艺术形象与生活的关系

在 1982 年本《散文理论》第三章《童话与词》的开篇，作者写道："词自己不会哭泣，甚至也不总能辨别方向。人痛苦和欢乐，并且在任何情况下都想弄明白，应该怎么办。我们如果就词论词来分析，就完全或几乎完全不能知道，哈姆雷特是怎样和为什么痛苦。"④ 这里作者已从早期冷冰冰的词语研究走进了丰富多彩的人物灵魂，走向了对人物命运的关注。艺术要表现人的生

---

① 维克多·什克洛夫斯基：《散文理论》，刘宗次译，百花洲文艺出版社 1997 年版，第 236 页。
② 同上书，第 357 页。
③ 同上书，第 248 页。
④ 同上书，第 163 页。

活，要关注人的命运，只有这些才是艺术作品的思想所应驻足的地方。什克洛夫斯基不无动情地说："为什么塔季雅娜和并不爱的人同床共枕？为什么她也选择了这个不幸的制度？为什么她首先和奶妈谈自己的爱情，谈奶妈的爱情？她伸出双手环顾了四壁，希望找到支柱。"① 面对塔季雅娜，只是寻求词语层面的理解，只去进行结构分析，无疑是艺术的堕落，作品中重要的应是人。"伟大的作品以不同的方式展现人。"② 关注人物就是关注生活，人是生活中的人，对人物的关注必然落脚于对人物的性格命运以及生存环境、社会关系等的重视，艺术应该是以这些作为自己的重要内容的。正如什克洛夫斯基所言，"艺术是有所选择的。……在艺术中有许多失去生活中位置的被社会遗弃的人"③。而在论及中国小说时，作者认为："中国艺术的品格——是道德的相对性，两性关系的相对性，和贫富关系紊乱可怕的暴露。"④ 我们看到什克洛夫斯基就是这样把眼光盯在了"道德"、"两性关系"、"贫富关系"等社会生活的内容之上，在其早期，这些也是不可能的。

从社会生活层面来谈艺术表现人物的冲突和斗争。在谈悲剧艺术时他说："悲剧建立在道德变化的关键时刻上。与惯常相悖的人的崛起，属于未来的人生不逢时。但由于这些关键时刻在重复——所以现代人眼望舞台，心里回想起自己的冲突。"⑤ 关于这一点，1971 年作者纪念陀思妥耶夫斯基诞辰 150 周年作的一篇文章中提出，陀思妥耶夫斯基的成功在于他"描写了处于争论中、处于矛盾、不可消除的矛盾紧张对峙中的世界"⑥。其实作者在 1957 年写的《赞成与反对：陀思妥耶夫斯基的研究札记》中就已有分析。巴赫金曾对此作过说明："什克洛夫斯基援引了大量历史的文学史的和生平传记等方面的材料，用

---

① 维克多·什克洛夫斯基：《散文理论》，刘宗次译，百花洲文艺出版社 1997 年版，第 212 页。
② 同上书，第 371 页。
③ 同上书，第 452 页。
④ 同上书，第 185 页。
⑤ 同上书，第 431 页。
⑥ 赫海曼·海塞等：《陀思妥耶夫斯基的上帝》，社会科学文献出版社 1999 年版，第 12 页。

他所特有的异常生动、犀利的形式、揭示了时代的各种历史力量和声音——政治的、意识形态的——之间的争论。"① 什克洛夫斯基后期对作品中冲突与斗争的认识由此来看显然是一贯的。在分析完托尔斯泰、屠格涅夫等人的作品后，他说："关键在于：情节首先意味着是被发现的矛盾。发现的方法是各式各样的。而矛盾又是生活本身使然。"② 因此，什克洛夫斯基还强调，作家要积极地反映生活中的冲突和斗争，显然他把表现冲突和斗争看做是创作的一个标准，这种立场和认识是很到位的。他说："普希金不是硬要去反映生活，而是投入生活的争论，并与生活争论。"③ 他还认为"陀思妥耶夫斯基的现实主义在于，他不仅看到大人物们的痛苦，也看到小人物的痛苦"④。不难看出什克洛夫斯基此时已清楚地认识到了作家的创作远远不是仅仅关注形式就行，艺术也不仅仅"是对事物的制作进行体验的一种方式，而已制成之物在艺术之中并不重要"⑤。

3. 艺术的本质和功用

什克洛夫斯基不仅认识到艺术对社会生活、人生命运的反映，而且还认识到艺术对生活内在本质规律的揭示。他说："我读吉尔伽美仆的故事，它大概有七千年历史了，但我觉得它仿佛是今天的故事。艺术，它之所以是艺术，正因为它能看到不会成为过去的真理。"⑥ 这一认识是多么的深刻啊！他在评价契诃夫戏剧时也说："契诃夫的戏剧表现主要人物不是为了唤起对他的怜悯，而是为了谴责把他毁灭的世界。"⑦ 在早期，作者连艺术的一般内容都不去关注，而此时他不仅强调要关注内容，而且要求关注艺术对生活内容本质的揭示，这实实在在是向前又迈出了一步。他同样看到了中国小说的本质所在，

① M. 巴赫金：《巴赫金文论选》，中国社会科学出版社1996年版，第49页。
② 维克多·什克洛夫斯基：《散文理论》，刘宗次译，百花洲文艺出版社1997年版，第226页。
③ 同上书，第123页。
④ 赫海曼·海塞等：《陀思妥耶夫斯基的上帝》，社会科学文献出版社1999年版，第4页。
⑤ 维克多·什克洛夫斯基：《散文理论》，刘宗次译，百花洲文艺出版社1997年版，第10页。
⑥ 同上书，第101页。
⑦ 同上书，第430页。

"中国小说的种种情节后面是一个民族的历史，它接受了这些情节，大概也不止一次地对之改造"①。艺术不可能只是一种文字或某种符号的存在方式，它必然有其内在的意蕴，他说："艺术作品的目的曾为我所排斥。但是艺术，甚至从屋顶上的猫叫开始，它有目的。"②

在以上认识的基础上，作者还谈到了艺术的功用问题，他说："艺术不仅擦净了向我们展示世界的玻璃。艺术教我们看和理解世界，而世界如此经常地被欺骗和血迹斑斑。"③ 这是一种对艺术的认识功能的体现。在他的眼中，艺术是为现实而存在的，起到展现和认识现实的作用，他说："艺术——是暴露现实，更新现实的方法。艺术紧贴着现实世界来构筑自己的现实；艺术离它的源泉很近，比影子同遮阳物体间距离还要近。艺术建立认知的方法，排除噪声，把噪声变为能传达信息的话语。"④ 他还说："艺术经常揭露生活。充实生活。压缩它。挖掘被埋藏的生活，使之成为良心。"⑤ 这同他早年认为艺术不是思想和认识的一种方式如《现代西方美学史》所谈到的：俄国形式主义认为"文学并没有传播信息的功能：文学更要将文字抽离其原来的传播功能，从而创造纯粹的文学世界"⑥ 的看法，又是多么的格格不入。这里实际上宣告了纯文学思想的破产。

4. 作家与生活的关系

对创作主体的重视是什克洛夫斯基前后期都十分关注的，但前期重在说明主体在创造"奇异化"中的重要作用，主体本身并不重要，而后期什克洛夫斯基却从不同的角度探讨了作为主体的作家同生活、作品的密切关系。

他在称赞《项狄传》的作者斯特恩——这个曾深刻地影响了托尔斯泰、屠

---

① 维克多·什克洛夫斯基：《散文理论》，刘宗次译，百花洲文艺出版社 1997 年版，第 176 页。
② 同上书，第 401 页。
③ 同上书，第 372 页。
④ 同上书，第 235 页。
⑤ 同上书，第 338 页。
⑥ 朱立元主编：《现代西方美学史》，上海文艺出版社 1996 年版，第 347 页。

格涅夫创作的英国作家——时说："他是试图理解生活、理解自己、理解文学的人，而他的尝试、探索，是我们至今还没有作过的。"① 作家本人必须有对生活的深刻的体察和理解，这是作家的素质，什克洛夫斯基对有些艺术家在这一方面的贫乏和迟钝表示遗憾。他还认为作家的素质也表现在对生活的依赖上，生活中的材料是作家写作的依据，"作家在全部材料的综合中探寻现实。他探寻得那样细心，如同女人挑选衣料，以至更为细致"②。作家的创作不是凭空地捏造事实，他必须有生活的基础，他要用"人的命运的秘密说话"③。作家不应该只是用词语、手法制造"奇异化"的能手，而应是一个有血有肉有灵有魂的人，并将自己融进作品创作过程的始终。关于作家与作品的关系，什克洛夫斯基认为作家并非外在于作品，而可以存在作品之中。他说："小说有时渗入作者的声音。"④ "列夫·托尔斯泰的历史——就是他的主人公们变化的历史。"⑤ 作者同作品必然形成一种丰富而复杂的关系。这对早期的什克洛夫斯基来说，这样的看法是难以想象的。

5. 文学接受与社会生活、人生命运的关系

在后期，什克洛夫斯基认为人们要站在人类历史的高度来看待作家，他说，"脱离世界史，不分析历史的种种病痛，不解决人类所走的全部艰难困苦的道路，而要理解托尔斯泰或陀思妥耶夫斯基——是不可能的"⑥。不仅如此，阅读作品还要了解时代发展的态势，他认为："不了解时代，不了解俄国正孕育着一切大革命，就无法理解陀思妥耶夫斯基。"⑦ 作品产生的背景是十分重要的因素，了解这一切，可以更好地认识作品。"对于一部作品，只有我们了解这部作品创造的背景，它所倚靠的土壤，了解它——在以新事物对抗它所由

---

① 维克多·什克洛夫斯基：《散文理论》，刘宗次译，百花洲文艺出版社 1997 年版，第 229 页。
② 同上书，第 251 页。
③ 同上书，第 102 页。
④ 同上书，第 252 页。
⑤ 同上书，第 309 页。
⑥ 同上书，第 118 页。
⑦ 同上书，第 98 页。

以产生的旧事物时——与之争论的土壤时，我们才能正确地接近并理解它的统一性。"① 除此之外，阅读者还要了解作者的生活情况，"不知道普希金为何生活就不能理解他……"②。什克洛夫斯基还很重视文学接受时的阅读活动，他说："为了不败坏旅行家的名声和发明家的名声，要反复阅读塞万提斯的书，以便努力用堂吉诃德正直和勇敢的眼睛来观察世界。"③ 另外，他认为在整个文学的接受活动中，读者并不是一个被动的接受者，他完全有自己独立的地位，"长篇小说可以写得很乖巧，但其中最重要的是读者自己的心得和发现"④。由此我们可以看到什克洛夫斯基形式主义对接受美学也有所启发。当然读者在阅读作品时也不是说就可以随心所欲，除了上面所谈到的要从历史、作者、时代等角度出发外，读者要尽可能使自己超越自我达到对整个人类的认识，他说："应该用恢复了青春的人类的眼睛来看《李尔王》。"⑤ 以阅读《李尔王》为例，这里什克洛夫斯基再一次使我们看到读者在整个阅读活动中的独立地位。总之，就什克洛夫斯基的文学接受观而言，他是要求读者作为一个历史的经历者、体验者站在历史的、全人类的高度，并以时代生活为尺度准绳充分调动各种积极因素来认识和解读作品，可以说从这个角度谈文学的接受活动也是作者以前所没有的，这一点也大大丰富了什克洛夫斯基后期文艺思想的含量。

二　"奇异化"与"时间"

M. H. 艾布拉姆斯在《镜与灯：浪漫主义文论及批评传统》一书中曾提出"文学四要素"的著名观点，⑥ 而后期的什克洛夫斯基分明全部谈到了。他从

---

① 维克多·什克洛夫斯基：《散文理论》，刘宗次译，百花洲文艺出版社1997年版，第165页。
② 同上书，第401页。
③ 同上书，第461页。
④ 同上书，第322页。
⑤ 同上书，第428页。
⑥ M. H. 艾布拉姆斯：《镜与灯：浪漫主义文论及批评传统》，郦雅牛等译，北京大学出版社1989年版，第5—6页。

关注文学的思想出发，进而关注现实生活，关注读者的接受、关注作家的生活经历以及作品深层的价值和意义。尽管作者仍说"我不放弃'形式主义'一词"，但他毕竟接下去说"但我赋予'形式'一词以作家赋予它的意义"①。就像诗是需要分析的，但要像诗人那样来分析，不要失去诗的信息。作者也还谈"奇异化"，甚至列专章来谈，但他提醒人们"不可忘记它是为什么目的服务的"②。的确，此时的奇异化已不是技巧规则方面的奇异化，而是以反映现实生活为前提的。通过对莎士比亚、寒万提斯、狄更斯、屠格涅夫、托尔斯泰等几位作家的作品的分析，作者还引入"时间"这一概念揭示人物的不同命运结局和性格矛盾的冲突和斗争，从而寻求人物在社会历史层面上的意义和价值。为了更好地把握其后期思想的转变情况，这里专就其后期谈到的两个重要问题进行集中的探讨，一个是早年的"奇异化"，一个是后期列专节讨论的"时间"。

（一）关于"奇异化"

作者对自己早年的"奇异化"理论是颇为得意和自豪的。他曾说："我度过的一生，自然是并不正常的。不然的话，我也做不成我做过的事。我用过一个词：奇异化。"③ 作者虽承认过去由于自己把两个"H"写成了一个"H"的笔误，以致使"奇异化"一词以讹传讹，但作者还是在《迷误的动力》一书中将错就错。给作者带来了极大的满足和名声的"奇异化"，作者是不会轻易放弃的。正如他所说："不应当放弃过去，应当否定它，并加以改造。"④ 作者对"奇异化"的改造就是不再只在"形式的艰深"、"感受的难度"、"时间的延长上"谈奇异化，而赋予"奇异化"以更广、更深、更丰富的内涵。

在"奇异化"一节中，作者开门见山称"奇异化——就是用另外的眼睛来

---

① 维克多·什克洛夫斯基：《散文理论》，刘宗次译，百花洲文艺出版社 1997 年版，第 101 页。

② 同上书，第 243 页。

③ 同上书，第 280 页。

④ 同上书，第 80 页。

看世界"。接下来又说,"诗的世界容纳奇异化的世界"、"奇异化的世界——是革命的世界",而且"奇异化——是时代使然"①。作者曾为自己前期忽视内容而深表后悔,他说提起奇异化"不可忘记它是为什么目的服务的"②。而一旦认识到它的目的,作者也就走出了其纯形式主义的圈子。

作者后期的"奇异化"重视事件的内容、人物命运的变化、现实社会生活等主题的开掘和题材的使用。正如作者所说:"艺术、剧场、戏剧、长诗的特点在于我们以不同一般的寓意来表现普通一般的生活。它有如拳击赛,眼看就要取胜的拳手突然被击昏倒下。"③ 这就是艺术,突如其来,出人意料,它不同于一般的松散、缓慢的现实生活,它要求在紧张、突转中给人以惊奇,这就是奇异化。"奇异化"在作者的意识中成为艺术存在的普遍规律。这一点什克洛夫斯基也直接地表示过,他说:"惊奇,或是我以前所谓的奇异化,也就是产生惊奇的能力和引起惊奇的方法的变换——这些是许多艺术现象相通的地方。"④ 可以看出,什克洛夫斯基后期"奇异化"思想较前期是有些变化的,具体有以下几点不同。

第一,目的不同。众所周知,奇异化是什克洛夫斯基在反对语言自动化的基础上提出的,前文对此已经论述过。也就是说奇异化在前期只是在重视惊奇、震惊等感觉上的效果,这在什克洛夫斯基最早的论文《词语的复活》中已说得十分清楚。而在后期什克洛夫斯基认识到"惊奇"的感觉显然不是艺术的目的,他说:"在艺术中,我们想得到最大的感受,想使人震撼。但叫喊、起火——这并不够。"⑤ "奇异化"只不过是用以吸引人去关注艺术的一种方法,"要能把人留在篝火边,使他们听完,还加以补充"⑥。显然,后期的"奇异

---

① 维克多·什克洛夫斯基:《散文理论》,刘宗次译,百花洲文艺出版社 1997 年版,第 326 页。
② 同上书,第 243 页。
③ 同上书,第 332 页。
④ 同上书,第 243 页。
⑤ 同上书,第 331 页。
⑥ 同上书,第 335 页。

化"不再是目的本身，而只是达到目的的一种手段而已。

第二，出发点不同。什克洛夫斯基前期谈"奇异化"只是在文学内部来谈，即以"文学性"为出发点，而不涉及文学以外的东西。而后期谈奇异化显然是为了使艺术更好地反映现实生活。他说"（中国小说的多面布局）存在着怪诞，但它与现实并存，而且，我要说这个词，令人感觉是一种后备的现实"①，什克洛夫斯基发现了中国小说奇异的特征，但没有忘记为它找到一个现实的基础。"莎士比亚、塞万提斯、拉伯雷、斯特恩克服了旧传奇小说的惯性，扩展了小说的题材，刻画了主人公的心理，从而提示了心灵的辩证法，提示了人类现实的矛盾性。"② 在什克洛夫斯基眼中莎士比亚、塞万提斯、拉伯雷、斯特恩等无疑是创制奇异化的高手，但他们的高明之处在于对题材、人物心理、心灵以及对现实矛盾的处理突破了过去的习惯，这显然将艺术同生活紧紧地联系在一起了。

第三，组织奇异化的材料不同。由于出发点和目的的不同，所以创造"奇异化"所使用的材料也必然不同。前期什克洛夫斯基以反对语言的僵化和惯常化为出发点来谈"奇异化"，所以"词语"是其组织"奇异化"的材料。在前期，作者称"几乎是哪里有形象，那里就有奇异化"。当然"形象的目的不是使其意义易于为我们理解，而是制造一种对事物的特殊感受，即产生'视觉'，而非'认知'"③。"形象"在这儿与形象无关，仅是一个可以用以驱遣的形式单位。后期什克洛夫斯基是以生活事件本身作为奇异化的内容的，他说："历史饱经沧桑，多少宫殿和民族都已化为烟云，这些装饰过的墙壁也给人奇异之感了。怪诞之感。"④ 显然，后期什克洛夫斯基是借"奇异化"之名而强调人们对那些具有典型性的历史事件、生活事实的关注的。

---

① 维克多·什克洛夫斯基：《散文理论》，刘宗次译，百花洲文艺出版社1997年版，第182页。
② 同上书，第239页。
③ 同上书，第16页。
④ 同上书，第348页。

第四，结果不同。前期的"奇异化"重在强调一种视觉、感觉上惊奇的美学价值，这从其早期的各种文章中随处可见。而后期由于什克洛夫斯基开始重视艺术同社会生活、人生命运的关系，也加强了对艺术的各种社会功能的认识，所以后期"奇异化"更多地体现其作为方法论的价值和意义。

在什克洛夫斯基后期的思想中，能带来陌生化的东西很多。陌生化不仅在于要恢复人的感觉，陌生化还在于恢复人的审美激情。陌生化可以调节人们的各种生活，陌生化可以使你更熟悉一个陌生的人，陌生化可以丰富文学创作的语言，陌生化可以深化小说的情节，陌生化同"无所谓"无关，陌生化同震惊具有因果关系，陌生化创造美。可以说，陌生化进入到了艺术活动的各个环节之中，生活的质量也靠陌生化。其实，海德格尔还原人存在的"畏"、"烦"（操心）等的感觉，也就是在寻求人自在自为的陌生化能力。现代、后现代艺术的"反艺术"特点，也在于他们对这种"陌生化"手法的深刻运用。

（二）关于"时间"

"时间"是什克洛夫斯基后期颇为重视的一个概念，他专门在第五章最后一节"艺术中的时间问题"里讨论了它。笔者认为把"时间"概念引入小说理论是什克洛夫斯基后期文论的一大特色，也是其对文艺理论研究的一大贡献。

首先，什克洛夫斯基分析了艺术中的时间同现实中时间的不同所在。他说："时间的更迭——这是根本关系的更迭。世界即便不成长，它会变化。世界的变化，正如钟之走动，是时间决定的。正因为如此，艺术阻滞变化的表现，并看着秒针。艺术超于时间之外，因为艺术不消失。但艺术同时又是时间，因为其中有另一个时间所创造的时间的另一成分。重新创造出的时间。"[①]这里什克洛夫斯基区分了钟表时间和艺术时间，强调了艺术时间的"现实性"特性，从而区分了现实与艺术。他说："现实性不同于实在的时间，经过验证

---

① 维克多·什克洛夫斯基：《散文理论》，刘宗次译，百花洲文艺出版社1997年版，第418页。

的时间，亲眼看到的时间。"① 他还说："小说中的时间是结构性的"、"现实的时间、内在（小说的）的时间是处于矛盾的关系中"②。这里谈及了现实生活、作品与读者在艺术欣赏过程中的一种关系，发现了艺术虚构的特点。作者认为艺术时间同现实时间的不同主要在于时间在艺术中的"假定性"。他写道："小说是按照一定的顺序在时间中展开的。不过小说的时间是假定性的，因为写人的生活不可能一步挨着一步，一分钟接着一分钟。"③ 这种朴素的对艺术的看法包含着艺术的真理。"我们发现了时间的假定性，即文学作品中的时间，戏剧中的时间与大街上的时间，城市大钟上的时间是不同的。"④ 艺术是对现实的一种模仿，这是作者这句话的潜台词。这里什克洛夫斯基从艺术时间的特殊规律出发，发现了艺术同生活难舍难分的关系。

其次，作者论述了艺术领域内时间的特殊功用及其包含的意义。如什克洛夫斯基自己所说，"时间和它的流程，在长篇小说里有着自己的艺术意义。描写堂·吉诃德种种壮举之后讲到他的疲惫，便是强调这种艺术意义"⑤。时间的冲突可以导致故事情节的发展，他在分析《十七个春天的瞬间》时说："不过还存在一种历史时间。城市失陷了，田野被占领了，可同时这些都是靠不住的。人们占据土地，掌握战利品，而这些战利品却是要归还原主的。这两种时间不相吻合，便构成了这部片子的情节。"⑥ 这就是说，对人物而言，他们的命运和他们之间的矛盾关系决定于他们不同的"时间"存在。作者又举例说："人们生活在同时，但他们存在着不同的时间。有特里戈林的时间和他的道德，有特列普列夫的时间，有道恩大夫的时间。这表示出生活的不同等级，不同的灾祸。"⑦ 不同的时间伴随着不同的道德，这是人的命运受其性格（道德观）

---

① 维克多·什克洛夫斯基：《散文理论》，刘宗次译，百花洲文艺出版社 1997 年版，第 295 页。
② 同上书，第 151—152 页。
③ 同上书，第 231 页。
④ 同上书，第 83 页。
⑤ 同上书，第 214 页。
⑥ 同上书，第 215 页。
⑦ 同上书，第 261 页。

影响的另一种说法。时间的隔膜导致了人们不同的性格和命运，构成人物之间的矛盾冲突，推动故事情节的发展。正如作者所论："作品里的主人公是生于不同时间的人。属于不同时代的道德观的人。大概由于这个缘故吧，他们很难在一起共处。这也正是长篇小说的内容——坎坷人生。"① 坎坷人生显示出生活的矛盾和人物在各种社会环境中的不同时间。长篇小说之所以可以吸引人，就在于它展示给人们这种由于"时代"差异而造成的人物的命运、经历和冲突。这种以"时间道德"的不同来衡量推动小说情节发展的说法既提供了小说的内容也为我们找到了故事发展的内在动力。在别处作者说，"奥涅金不是塔季雅娜的同代人。""考狄莉亚被绞死。她超越了自己的时代。""失去王位的哈姆雷特与自己的时代发生冲突。"总之，什克洛夫斯基以"时间"为基点和切入点来分析作品中人物的命运和情节冲突的观点可以说是深刻的，也是很独到的。

再次，由于作者区分了现实的时间和艺术的时间，因此他进而论述了作品可以永恒存在的内在原因。"文学作品不会衰老。因为存在两个时间要素：一个是当今时间的成分，一个是永恒时间的常数。"② 这里"当今时间的成分"也就是作品时下的意义，"永恒的时间的常数"则是作品内永恒不变的艺术价值。正如作者对词语的论述——"真正的词语是不会死的。它会变化。它被换个方式说出来"③。这句话里包含了词语的"永恒的常数"，它不是变化的部分，而是被说出来的部分。作者在别处还有类似的论述，如"童话中的主人公与讲童话的人是不同时代的人。壮士们比自己的同时代人都更老。这就是艺术的'多龄性'。它习惯于在不变中变化"④。"不变中之变化"，这就是艺术的永恒性同其当代性的关系。罗兰·巴尔特说："作品之所以是永恒的，不是因为它把单一的意义施加于不同的人，而是因为它向单一的人表明各种不同的意

---

① 维克多·什克洛夫斯基：《散文理论》，刘宗次译，百花洲文艺出版社1997年版，第297—298页。
② 同上书，第298页。
③ 同上书，第301页。
④ 同上书，第310页。

义，在任何时代都说着同一种象征性的语言：谋事在作品，成事在人。"① 这里什克洛夫斯基所谈的"恒定的常数"，我们可以理解为作品的"意义开放体系"，不变的是文本，变化的是对文体的理解，对文本不同的解释将是"恒常不变的"。而之所以这样，是因为作品在不同时代的人之间传播，不同时代的人有着不同的看法。

马克思在评价古希腊神话时，认为它之所以至今"仍能给我们以艺术享受"、"显示出永久的魅力"②，就在于它积淀着那个特定的社会历史阶段的物质文化和精神文化的全部成果，它是原始先民们集体的世界观和思维方式，它不是哪一代人的创作，而是整个希腊时代的人的创作。因此古希腊神话是一种最能体现出"历史的必然要求"的远古神话。③ 这里什克洛夫斯基的关于艺术永恒的看法虽没有马克思论述的深刻，但也接触到了其中的某些方面。另外，什克洛夫斯基在这里已经论述到了文本接受的某些问题，这一点应该引起我们的注意。

另外，由于"时间"在文学中的特殊意义，它常常还左右着作者的创作进展过程和创作的最后结果。对此什克洛夫斯基论述道："在文学中，时间仿佛领着人朝前走，时间决定着人的审视。在文学中，时间经常是作品改动的原因。"④ 也许正因为这样，作家们在进行创作的时候，常常会对自己人物命运的发展无能为力，也难怪托尔斯泰会为安娜的死悲伤难过。另外，作品中的人物在时间面前也是无能为力的。什克洛夫斯基另有论述，"主人公祈祷上苍，他不知道，许多要由时间来解决。土地，城市，河流，战役都有自己的时序表。"⑤ 我想，在这里"他"的无能为力也正是作者的无能无助吧。时间是一

---

① 特伦斯·霍克斯：《结构主义和符号学》，上海译文出版社 1997 年版，第 162 页。
② 马克思：《政治经济学批判导言》，载《马克思恩格斯选集》第 2 卷，人民出版社 1995 年版，第 29 页。
③ 唐正序、冯宪光、李益荪：《马克思主义文艺批评学》，四川人民出版社 1999 年版，第 34—35 页。
④ 维克多·什克洛夫斯基：《散文理论》，刘宗次译，百花洲文艺出版社 1997 年版，第 296 页。
⑤ 同上书，第 451 页。

把剪刀，它无情地剪裁着一切。

除了以上关于时间的论述，什克洛夫斯基还谈到了空间问题，以此作为其时间理论的一个补充。他认为同时间一样，艺术里空间也具有假定性，他说："小说的街市本是狭窄的。生活的街市在文学里和画图中，同样是假定性的。"[①] 不同的空间也导致人物不同的命运，在分析莎士比亚中的人物时，他写道："莎士比亚的主人公们不仅是不同时代的人，而且是不同国家的臣民。他们来自各种存在的和不存在的国家，这些国家里的政府纷纷瓦解，愿望未曾实现，而法律则只能以苦中作乐的态度去执行。"[②] 总之，《散文理论》中关于空间问题作者谈的虽说不太多，但结合其对时间的透彻分析，我们仍能体会出作者在文论中对空间问题的精辟论述。这种将人物置于时空的矛盾冲突之中的做法实际也正体现出后期什克洛夫斯基将理论的视野投向现实生活中人的实际的生存状态，而不是只关注艺术本身的存在状态。将艺术同生活相连，使什克洛夫斯基的艺术思想找到了一个坚实厚重的基础，为其形式主义找到了一个可以依托的靠山。有了这个基础，形式主义才可以获得无穷的开拓空间。

三　"旗帜的颜色意味着一切"

需要说明的是，有一种非常流行的说法认为什克洛夫斯基对其形式主义的反思和批判是被迫的。笔者认为关于这一点应具体地、历史地去分析它。可以这样说，什克洛夫斯基在早年确实迫于政治的压力，违心地说过形式主义的不是。但在其后期，也就是写作1982年本《散文理论》时，对其早期思想的反思和剖析应该是发自肺腑的，因为源于政治上的压力已微乎其微

---

① 维克多·什克洛夫斯基：《散文理论》，刘宗次译，百花洲文艺出版社1997年版，第231页。
② 同上书，第341页。

了。理由如下：

什克洛夫斯基对"十月革命"持反对立场，也曾同右派社会党一起组织过反布尔什维克党的暴乱，因此在苏维埃国家里政治上的坎坷不平是必然的。但就文艺思想而言，什克洛夫斯基是一直坚持其形式主义主张的，即便是遭到托洛茨基、布哈林这样一些当时身居高位者的批驳也不曾示弱。如在 1925 年，在"诗语研究会"行将解体以前，仍宣称"我们对作品的倾向不感兴趣。……我们不是马克思主义者，过去从来不是，将来也不会是马克思主义者"①。当然在强调文艺意识形态性的苏联，什克洛夫斯基"纯艺术"论和形式主义的文论遭到沉重打击和批判也是必然的。什克洛夫斯基在 1926 的出版的《第三制造厂》中就说："我生活的不好。……可能时代是对的。它正按自己的方式改造我。"② 并多次在报刊上公开做自我批评，表示要改悔。直到在 1959 年出版的《小说管见》一书中，60 岁的什克洛夫斯基仍在纠正 20 岁的什克洛夫斯基："当时我在旗子的颜色上抬了杠，不懂这旗子就决定了艺术。……在诗歌中旗帜的颜色意味着一切。旗的颜色就是灵魂的颜色，而所谓灵魂是有第二化身的，这就是艺术。"③ 从他的检讨中我们可以看到形式主义所受到的压迫。关于这一现象，我们还可以从诗人谢·基尔萨诺夫在第一次苏联作家代表大会（1934，莫斯科）的发言中有更深切的体会。"只要一接触到诗歌的形式问题，隐喻，诗韵或者形容语，就会立即引起反驳：让形式主义者们住口！人人都冒着被扣上形式主义罪名的危险。形式主义这个词变成了批评家们练习二头肌的拳击袋。一提到'声音的图形'或是'语义学'，马上就遭到无礼的对待；向形式主义者冲啊！"④

然而，进入 60 年代以后，形式主义的命运在俄国的处境有了很大的改观，

---

① 维克多·什克洛夫斯基：《散文理论》，刘宗次译，百花洲文艺出版社 1997 年版，"译者前言"，第 4 页。

② 同上书，第 5 页。

③ 引自阿·梅特钦科《继往开来》，中国社会科学出版社 1983 年版，第 161 页。

④ 雅各布森：《诗歌语言理论研究与诗学科学探索》，见《外国文学评论》1987 年第 2 期。

什克洛夫斯基、艾亨鲍姆、蒂尼亚诺夫、托玛舍夫斯基、日尔蒙斯基等人的论著陆续出版，一些过去未能发表的作品、通信等也可以发表了，什克洛夫斯基也可以在杂志上刊登自己的随笔札记了。苏联高校出版社1979年出版的《文艺学导论·文选》就收入形式主义理论家的多篇文章。而从60年代初至90年代近30年间苏联学者发表的关于形式主义学派诗学品格、历史命运、美学价值、学术渊源以及理论影响的文章也不下30篇。[①] 这些文章"尽可能对形式主义的基本原理，对形式主义的历史价值作出客观的评价"，"既不是去复活形式主义，也不是再来发动一次对它的揭露。"（阿·米亚斯尼科夫语）[②] 由此看来，后期的什克洛夫斯基是大可不必违心说假话的，其学术思想的修正应当是其深思熟虑的结果。

那么造成前后期什克洛夫斯基思想变化的原因究竟是什么呢？笔者认为主要有以下几点：

（一）形式主义理论本身的局限

形式主义关于文学发展问题的看法始自1919年前后与维谢洛夫斯基为代表的历史诗学理论的分歧。维派认为新的文学形式的出现是为了解释新内容，内容决定形式。与此相反什克洛夫斯基宣称："新形式的出现并非为了表现新的内容，而是为了代替已失去艺术性的旧形式。"[③] 而当时的现状又是"即使在伟大的文学艺术古典作品中，人们也看不到提供信息的价值了，因为群众已熟悉了它们的内容。小学生不喜欢莎士比亚的作品，因为他们在他的作品里只看到许多已经知道的引文"[④]。换句话说，即"习惯往往使我们看不到、感觉不到各种事物，一定要使这些事物变形，我们才会注意到，因为这就是艺术惯例的目的"[⑤]。这样，破坏自动化的"陌生化"理论也就自然应运而生。形式

---

① 乔雨：《俄苏形式主义在当代苏联文艺学界的命运》，《外国文学评论》1991年第3期。
② 同上。
③ 维克多·什克洛夫斯基：《散文理论》，刘宗次译，百花洲文艺出版社1997年版，第31页。
④ 茨·托多罗夫：《关于形式主义理论的历史说明》，《外国文学评论》1987年第2期。
⑤ 同上。

主义只把作品作为考虑的中心，他们拒绝接受当时支配俄国文学批评的心理学、哲学和社会主义方法，从语言研究入手为文学研究开辟了新的途径，成为当时的一种具有先锋精神的文艺理论。这一理论无疑是一场革命，因为它中止了艺术作品是模仿（即占有内容）的常识性看法，而代之以形式主宰一切的观念。① 然而也正是这一具有革命意义的文艺思想由于纠偏而过正，由于开拓者们的自负和天真而使这一理论自开始起就存在先天的不足——"形式主义在语言的牢房里为我们精制成以自动化——奇异化为基本模式的形式自生规律是没有任何具体的社会历史内容和美学内容的"②。巴赫金对此也作过批判：形式主义公式只需要有两个对立的艺术流派就行，根本不可能产生也不需要第三者。例如，有普希金与杰尔查文就行，两者可以无休止地相互否定下去。③ 又如托多洛夫认为，"指责形式主义的'形式主义'是没有根据的"。他说："实际上，由语言要素构成的叙述层次，本身就作为潜在世界、人物特点和抽象价值的能指。创作者也同样在这个网络之中，（并非指具体的人，而是通过与作品紧密结合在一起的形象），他的敏感性就是一种补充的能指。"④ 托多洛夫是一片好心，然而这种为形式主义的开脱本身也证明了形式主义理论的局限性。其实，形式主义（包括结构主义）所探讨的主要是"什么是"（文学）的问题而不是人们常常陷入的"是什么"的问题，它探讨的是文学本身。我国有学者认为形式主义主要有以下几点不足：（1）对形式的夸张丧失了对话的可能，其文学性与主体的关系表现为一种简单的认知关系。（2）形式的先验性、终极性导致了形式实际在场的匮乏，因为主宰文学作品的形式并不能支撑文学作品的全部。（3）对反常化手法的强调，造成了艺术存在对生活存在的超越和隔离。⑤

---

① 特伦斯·霍克斯：《结构主义和符号学》，上海译文出版社 1997 年版，第 66 页。
② 陶东风：《俄国形式主义的文学史观》，见《外国文学评论》1992 年第 3 期。
③ 巴赫金：《文艺学中的形式主义方法》，漓江出版社 1989 年版，第 218 页。
④ 陶东风：《俄国形式主义的文学史观》，见《外国文学评论》1992 年第 3 期。
⑤ 张政文、杜桂萍：《形式主义的美学突破与人文困惑》，见人大复印资料 1998 年第 6 期。

　　米·卡冈指出"诗语研究会"的探索中有错误，这种错误就在于失落了文学艺术的意识形态性。① 维·古谢夫也认为形式主义由于突出了对"酒瓶"的研究而失落了对"酒"本身的研究。② 而巴赫金在《论语言诗学》一文中，认为俄苏形式主义方法论立足于"材料美学"，这样，（1）因为它视艺术为被组织起来的材料，把艺术看成物，这就失落了艺术作品作为人的"审美产品与审美对象"的精神性；（2）它只关注艺术作品本身，这就失落了对非艺术品的审美活动，失落了对那些未积淀成一定的美感形态的现象的审美活动；（3）因为它不是在文化大系统中考察艺术史，不是在艺术生活中研究艺术，因此它不能论证艺术发展史，顶多只能编制"技巧与手法交嬗流变的编年史似的表格"③。托多洛夫在《批评的批评》中也写道："形式主义运动的这一猝然结局给我们留下的唯一积极的教训是：显而易见，文学和批评都不能在自身找到它们的目的；如果能找到的话，国家就不会想到要来干涉了。"④ 这个结构主义的批评家针对斯宾诺莎在《神学政治论》中提出放弃探索作品的真理而关心作品意义的主张时还说过："我们不会把我们的探索仅停留在作品的意义上，我们也要探索作品中的真理；我们不只关心'他说了什么？'也关心'他说的对吗？'我们同意斯宾诺莎的对作品意义的探求不能从属于事先掌握的真理这一观点，然而我们没有任何理由为此放弃对真理的探索并把它与作品的意义对立起来。"⑤ 托多洛夫将在结构主义、内在论立场上关闭起来的结构链条打开了，使文学研究走向更加广阔的对文学真理探索的天地，而这一点是其他形式主义者很少做到的。

　　人们对形式主义理论局限性的认识是很透彻和系统的，这里不再详述。从根本上讲，形式主义者的理论的失足之处就在于他们普遍地缺乏历史主义的观点，相信先验的和不变的东西太多。

---

① 乔雨：《俄苏形式主义在当代苏联文艺学界的命运》，见《外国文学评论》1991年第3期。
② 同上。
③ 同上。
④ 托多洛夫：《批评的批评》，生活·读书·新知三联书店1988年版，第155页。
⑤ 同上书，第176—177页。

（二）形式主义学派的内部分歧及其演变

形式主义的弊端是明显的，许多形式主义者后来都略有改变，相比之下倒是什克洛夫斯基在固执己见。正如陶东风所言："全然不顾周围所发生的一切，只把眼睛盯在形式技巧上的'顽固分子'在形式主义者中只是小部分（主要是前期人物），像日尔蒙斯基、托玛舍夫斯基（还有蒂尼亚诺夫）都不同程度地肯定了文学演变与社会文化系统的关系。"①

关于文学演变与社会文化系统的关系，日尔蒙斯基主张：文学除作为艺术事实外，还有道德事实和政治事实。他认为，"独立的美学系列在历史发展中分化出来尽管是合理的，但确是相对的方法论手段，而独立领域内部的发展动因常常是从外部输入进去的"②。而"风格作为艺术表现手段或程序的系统，它的进步与一般艺术任务，审美经验和审美鉴赏力，甚至与整个时代的处世态度的变化都有紧密的联系。从这个意义上说，艺术中巨大而重要的进步（如文艺复兴和巴洛克式、古典主义和浪漫主义），一般都同时囊括了全部的艺术，并与精神文化的一般进步有联系"③。这是形式主义阵营中最具"叛逆"色彩的文学发展观，尤其对文艺发展与社会心理、审美心理的关系的肯定，在形式主义阵营中也是绝无仅有的。托玛舍夫斯基也认为文学的发展既有自身之内的，也有自身之外的动因。他说："要揭示该演进的原因，不论它是在文学自身之内，还是源于它对人类文化其他现象的文化关系，正是在这样的环境中文学才得以发展，并与之共处于永恒的相互关系之中。"④

蒂尼亚诺夫则引入"系统"与"功能"两个核心概念全面革新了俄国形式主义者前期的一系列概念和命题。他认为不能脱离要素（指艺术中的各种艺术

① 陶东风：《俄国形式主义的文学史观》，《外国文学评论》1992 年第 3 期。
② 日尔蒙斯基：《论形式主义方法问题》，见方姗等译，《俄国形式主义文论选》，生活·读书·新知三联书店 1989 年版。
③ 日尔蒙斯基：《诗学的任务》，见方姗等译，《俄国形式主义文论选》，生活·读书·新知三联书店 1989 年版。
④ 托玛舍夫斯基：《诗学的定义》，见方姗等译，《俄国形式主义文论选》，生活·读书·新知三联书店 1989 年版。

手段，如节奏、韵律、情节等）的功能（即它在系统中的关系）对要素做孤立的"内在研究"。他说："一种作为文学的事实的存在，正取决于它的特殊的性质，即它与文学系统和文学外系统中的相互关系，换言之，取决于它的功能。"① 据此他认为："只有联系作为一个系统的文学，只有把这个系统看成是与其他系统相互关联并受其制约的体系，才有可能研究文学的演变。"② 蒂尼亚诺夫概念系统本身是对孤立的静态的共时性研究的反叛。在系统之中，截取时间之流中的任何一个断面，都可以发现它是一个包含此前—此时—此后的一个三维结构。"此时"是历史发展的结果，而又向"此后"开放。因而，从严格意义上讲，即使对于个别的作品，作纯共时的分析研究也是不可能的。文学系统和文学外系统的观点的提出不但没降低社会生活的重要性，而且使这种重要性得到科学的提示，两种系统的构通有助于打破前期形式主义者的"文本的神话"（即将文本当成封闭的、孤立的现象）。这种系统对形式主义前期是一种大的突破，但"实际上文学形式本身就蕴含文化意味，就是一种意识形态力量，文学话语的演变总是折射出意识形态与社会文化的变迁"③。由此蒂氏的突破还是有些束手束脚的，但毕竟开阔了视界，富有启发意义。

苏联符号学理论家劳特曼（J. M. Lotman）的观点大致可以看做是俄国形式主义的继续。他在著作中虽也常常出现"技巧"一词，但同什克洛夫斯基认为文学作品仅仅是"技巧的总和"不同，他将"技巧"界定为"一种结构因素及结构功用"，或者"在结构中拥有功用的东西"。他强调文学作品结构的内在有机性，提出"每一符号都必须有一意义"，而符号的意义或表现与内容很难截然分开。他写道："艺术中的符号不是建立在随便什么惯例上面的，而是具有一种象喻、象征的特性。"④ ——"美就是信息"。这里他承认，艺

---

① 蒂尼亚诺夫：《论文学的演变》，转引自陶东风《俄国形式主义的文学史观》，《外国文学评论》1992 年第 3 期。

② 巴赫金：《巴赫金全集》第 4 卷，河北教育出版社 1988 年版，第 77 页。

③ 陶东风：《俄国形式主义的文学史观》，《外国文学评论》1992 年第 3 期。

④ 周始元：《苏联符号学》，《当代文艺思潮》1986 年第 2 期。

术形式是可以解释并含有意义的。D. W. 佛克玛在《20 世纪的文学理论》中说，劳特曼是用符号学理论对文学的象喻性及形式特征的语义性的研究，使文学研究又向前迈出了重要的一步。劳特曼还对文学文本的内在结构与社会—文化—语境之间的联系作了研究探讨。如佛克玛与康内—伊珀斯奇所指出的，如果这种方法能够使我们克服接受美学及文艺社会学与"新批评"派所实践的内在研究之间的裂痕，将它们极为不同的方法所研究的成果联系起来，那么劳特曼就是将"哥白尼式的革命引进了文学研究中"。① 劳特曼实际上接受了姆卡洛夫斯基的这一观点——文学文本既有自己的特征，也有传达交流的特征。

晚年的巴赫金在《答"新世界"编辑部问》中把包括蒂尼亚诺夫、托马舍夫斯基、艾亨鲍姆、古科夫斯基在内的前奥波亚兹派（OPOYAZ）理论家称为"严肃认真而又有才华出众的文艺学"，把它们纳入一种"高水平的学术研究传统"② 中去，不是没有道理的。但他唯独没提什克洛夫斯基这个形式主义的执牛耳者，如果巴氏至今尚在的话，面对什克洛夫斯基思想后期的改变也许要补上什克洛夫斯基这一笔吧。

（三）其他方面的批评以及 20 世纪文学理论本身丰富和发展的必然结果

俄国形式主义学派重视文学本身的特性，他们提出"文学性"的概念，并从文学语言层面的"陌生化"来界定文学的本质，把社会生活、思想感情都看成是文学的外部的东西。他们的观点遭到了毫不留情的批判。尽管 20 年代的苏联文论在"左"的思潮影响下，形式主义者的命运非常悲惨，有些批驳十分偏激，但主要的批评还是道出了个中道理。阿·卢纳察尔斯基曾指出形式主义是"资产阶级文化的一种现象"、"评论不可能长期地停留在纯形式方面，它不可能不在自己面前首先提出关于文学在社会生活中的作用，关于作家的作用这

---

① 周始元：《苏联符号学》，《当代文艺思潮》1986 年第 2 期。
② 巴赫金：《巴赫金全集》，第 4 卷，河北教育出版社 1988 年版，第 363 页。

样的问题"①。巴赫金也指出："在文学的统一体之外无法了解作品。但是这个统一体的整体及其每一部分（从而也是该作品）如果脱离意识形态的统一体也无法了解。""文学作品与意识形态环境具有双重联系：以自己的内容反映这一环境而建立的联系，以及作为一个具有特点的整体和作为这一环境的一个独特部分而与它直接发生的联系。""只有遵守这些条件才可能有对文艺作品的真正具体的历史研究。"② 巴赫金主张的是打通文学的外在研究与内在研究、纯文学的文本研究与文学的社会学研究，在内外结合的维度上进行的文学批评。这是一种审美的意识形态的文本分析方法。

德国哲学家弗兰克曾说："每一种意义，每一种世界图像，都处在流动与变迁之中，既不能逃脱差异的游戏，也无法抗拒时间的汰变。绝没有一种自在的、适用于一切时代的世界和存在的解释。"③ 纵观整个 20 世纪的西方文艺理论，引人注目的主要有四个方面：一是注重作者心理表现研究方面的表现主义、象征主义、文艺心理学派、原型批评；二是注重作品本体论的研究的俄国形式主义、英美新批评派、结构主义、现象学作品本体论等；三是注重读者阐释接受研究的阅读现象学、文艺阐释学、接受美学、读者反应批评等；四是注重文艺的社会文化批判方面研究的西方马克思主义文艺理论，新历史主义诗学等。④ 可谓门派众多、异彩纷呈，其中每一学派均提出了自己独特的文艺思想。这些思想分别从某一角度出发，相互之间具有很强的互补性。就 20 世纪文论的发展实际来看，各门派相互吸收对方的观点或者观点交叉互渗的现象也是很明显的。什克洛夫斯基后期思想的变化同整个 20 世纪文论发展的实际情况也是符合的。

什克洛夫斯基的文艺思想后期的转变是巨大的，然而人们对什克洛夫斯基

---

① 阿·卢纳察尔斯基：《阿·卢纳察尔斯基选集》8 卷本第 8 卷，莫斯科，1967。见乔雨《俄苏形式主义在当代苏联文艺界的命运》，《外国文学评论》1991 年第 3 期。

② 巴赫金：《文艺学中的形式主义方法》，漓江出版社 1989 年版，第 35—37 页。

③ 郭宏安、章国锋、王逢振：《20 世纪西方文论研究》，中国社会科学出版社 1997 年版，第 2 页。

④ 胡经之主编：《西方文艺理论名著教程》（下），北京大学出版社 1989 年版，第 4 页。

的认识却始终停留在其形式主义的层面上，这其中的原因又是什么呢，笔者这里从几个方面做一些简单地分析。

其一，作为本世纪初形成、兴盛的俄国形式主义，虽历时不长，却是本世纪最有影响、最富活力的文学理论学派之一，同时又是久盛不衰的结构主义思潮的真正发源地。这样，什克洛夫斯基形式主义的理论主张可以说在本世纪是相当璀璨夺目的，以至使其别的思想黯然失色，不被人重视。加上他于1930年发表的《学术错误志》正式宣布："对我来说，形式主义是一条已经走过的路。"[①] 并从此离开了文学理论的研究领域，销声匿迹，尽管他后来又回到了文艺理论的舞台，但此时的思想却很难再引起人们的注意了。

其二，什克洛夫斯基后期的思想集中体现在其1982年本的《散文理论》一书中。由于成书较晚、流传有限，所以不被人知。人们了解什克洛夫斯基大都是通过一些介绍俄国形式主义理论的著作，而这些书又大都在六七十年代以前就出版了，人们不了解其后期的思想基本上是因为他们看不到其后期的著作。如：不懂俄语的读者了解俄国形式主义的最好的入门书——维克多·厄利奇的《俄国形式主义：历史与学说》是1955年第一次出版的。而在法国，俄国形式主义学派引起人们瞩目并产生影响的是1965年由茨韦坦·托多罗夫以法文出版的名为《文学理论》一书。关于俄国形式主义理论的最著名的两个英译本——莱蒙和M.J.雷斯编辑的《俄国形式主义批评：四篇论文》L.麦杰卡和K.波英斯卡编辑的《俄国诗学文选》分别出版于1965年和1971年。其他涉及什克洛夫斯基的书也大抵如此。1982年本的《散文理论》根本就不在学界的视阈之内。而国内见到的包括1982年本在内的《散文理论》全书是1993年才译出，于1997年12月最终由百花洲文艺出版社出版的。而1997年以前提及《散文理论》1982年版，笔者只在《语言的牢笼》一书中的"译注"中见到过。而该书是1995年5月出版的。所以人们对什克洛夫斯基的认识理

---

① 胡经之、王岳川主编：《文艺学美学方法论》，北京大学出版社1994年版，第163页。

所当然无法涉及其后期的思想，难免局限于其前期的形式主义。当然由于手头资料有限，我还不太了解 1982 年本俄文《散文理论》的传播情况。

其三，合本《散文理论》的译者在"译者前言"中说"特别是本书第二部分（第 70 页以后），写作时他已是九十高龄的老人，思维难免缺乏逻辑。可以说，此书至今我没有完全读懂"。译者同时谈到了什克洛夫斯基"渊博的学识以及他跳跃性的、独特的思路和松散、凌乱的文体"①。而 1998 年年初面市的《二十世纪欧美文论名著博览》一书在谈到 1982 年本《散文理论》时也说："《散文理论》（1982 年本）包括'引言'和 9 个章节（有的章节内部也有序言），文体松散、凌乱：在内容上没有创新，语言也较为随意。读者只求其大意，'一知半解'即可：因为作者往往自己也只是沉湎于写作的感受过程而对最终要表白的思想并不十分坚决。"② 还有，该书视 1982 年本《散文理论》仅仅是 1925 年本的实例分析、观点运用或修正。而合本《散文理论》的译者虽然认识到了什克洛夫斯基文艺思想的前后变化，但却怀疑什克洛夫斯基在后期的思想变化不是由衷之言。以上所有这些难免遮蔽人们的眼睛，麻痹人们的思维，使人们放弃了对什克洛夫斯基进一步了解的可能性。

（四）什克洛夫斯基的一点启示

什克洛夫斯基是 20 世纪一个重要的文学理论家，以他为代表的形式主义文艺观对整个 20 世纪的文学理论产生了极其重大的影响。而他后期思想的转变也是一个非常有意义的现象，对整个文艺理论界同样有很多启发。整个 20 世纪，文学批评存在着两个转向，一个是批判理论的转向，一个是语言学的转向。批评理论本质上是一种立场和态度，他关心社会文化中存在的各种不平等现象，关心各种社会文化冲突，并以一种理想的乌托邦来抗拒社会文化中的

---

① 维克多·什克洛夫斯基：《散文理论》，刘宗次译，百花洲文艺出版社 1997 年版，"译者前言"，第 8 页。

② 章国锋、王逢振主编：《二十世纪欧美文论名著博览》，中国社会科学出版社 1998 年版，第 441 页。

不公正现象；而语言学的转向旨在探讨语言作为本体同人的复杂关系，什克洛夫斯基就是从语言出发来探讨文学规律的，就大的范围而言也属于语言学一派。应该承认，在解读作品时仅仅着眼于批判或仅仅着眼于语言，均有其不足的地方。

马克思主义文艺批评学要求在艺术中贯彻整体把握的原则，即要将对象纳入完整的文艺活动的总体过程中，充分体察对象在四要素（社会生活、艺术家、艺术品、读者和观众）、两过程（创作过程、接受过程）中的地位、作用、功能，才能作出准确的评价、判断。① 什克洛夫斯基后期的思想同马克思文艺观显然是不谋而合的，尽管其论述零散，但也足以呈现其文艺观的完整性，这是什克洛夫斯基文艺思想成熟的一个标志。认识到这一点就可以使我们能以较全面的认识来评价什克洛夫斯基一生的文艺贡献，而不是只顾其一不及其余。

什克洛夫斯基是很固执的，然而他还是在其晚年像其他形式主义者一样修正了自己的形式主义思想，这一改变对我们的另一个启发是：人文精神是艺术中不可或缺的东西，艺术不可能完全独立，它必须要关注人，必须有所承诺和守护。它应该为人而设，因人而生，离开人的生活去谈论艺术是痴想在空中建起摩天大厦，那是一厢情愿的事情。人类历史是人通过劳动而改造自然、改造自身的历史。艺术的历史、艺术的创造史也必然是人在改造客观世界、改造主观世界的过程中产生的，对社会生活中人和人的生活的关注将是文学与艺术不变的主题。一切围绕人，一切为了人，只有这样我们才能真正找到艺术研究的出发点。20 世纪"人文精神"存在着普遍失落的现象，而文艺研究的"纯艺术"倾向无疑是这种人文思想缺失的一种体现。什克洛夫斯基后期思想的转变从另一个角度证明了这一点。

需要说明的是，笔者的关于俄形式主义主将什克洛夫斯基前后期文艺思想

---

① 唐正序、冯宪光、李益荪：《马克思主义文艺批评学》，四川人民出版社 1999 年版，第 195 页。

变化的探讨并非说明什克洛夫斯基因为一改初衷而更显伟大，也不是要贬斥形式主义对世界文论造成的巨大影响。实际上，总体来讲什克洛夫斯基的伟大贡献仍在其前期，其后期的改变并无太大的革命意义，因此本文探讨这一前后改变的原因旨在使人们对什克洛夫斯基一生的思想活动有一个整体的了解，并从什克洛夫斯基固执而终有所悟的学术思想中认识到文艺的特殊本质与价值诉求。这就是实践一再证明的人文学科的"主体自律性"与社会性。而忽视这种"主体自律"，漠视文艺作为人文学科的"人文性"、"精神性"，正是导致形式主义诗学理论大厦倾斜的关键点。

做什么事都不应一叶障目，不见森林，我们要有整体的观照与思考。本世纪我们匆匆忙忙从西方接受了许多理论和方法，更应采取一种客观求实的态度，不可人云亦云，牵强附会，造成对学术思想囫囵吞枣、生吞活剥的结果。当然，这里笔者对什克洛夫斯基后期思想所作的分析也只是些肤浅的认识和看法，在此希望抛砖引玉，以期今后什克洛夫斯基的研究者能关注其后期思想的变化，不再抱定先前的观点不放，也犯了"形式主义"的错误。那样的话，就十分对不住我们这位文学理论界的老前辈，也无法使文学艺术保持在一个正常的轨道之上了。

第二章　马尔库塞艺术对真理与幸福的承诺①

艺术离不开形式，但不能唯形式，形式并非一个单一存在。如果说什克洛夫斯基在其后期思想的转变为艺术留住了对于社会历史内容的一种守候，那么马尔库塞关于"艺术形式"的理论探讨则以艺术自身的逻辑演绎为我们打开了"形式"的秘密。

一　"形式的王国"的建立

"艺术形式"是艺术成其为艺术的东西，这个被诸多哲人早已论说过的话题因现实对人性与自由的背弃而被马尔库塞重新看重，"艺术自律"也因此被他赋予了新的意义。在马尔库塞的艺术思想中，"艺术形式"不仅捍卫着艺术的独立性、本体性，而且具有极强的现实批判和现实否定功能，有极强的政治改造力。"艺术形式"保存和塑造着所有指向人类未来的东西，并通过其审美构建的潜能将人类社会带入一个新的天地。

---

① 关于艺术和审美及其对人类社会的未来承诺，马尔库塞有非常系统的理论探讨，可参见拙作《马尔库塞美学思想研究》，社会科学文献出版社 2011 年版。本章主要内容选自该书，并做了一些修改。

（一）"艺术形式"与"艺术自律"

艺术之所以成为艺术，就在于"艺术形式"，"形式"是艺术本身的现实，是艺术自身。马尔库塞认为，"艺术形式"即"审美形式"，是指"把一种给定的内容（即现实的或历史的、个体的或社会的事实）变形为一个自足整体（如诗歌、戏剧、小说等）所得到的结果。有了审美形式，艺术作品就摆脱了现实的无尽的过程，获得了它本身的意味和真理。这种审美变形的实现，是通过语言、感知和理解的重组，以致它们使现实的本质在其现象中被揭示出来——人和自然被压抑了的潜能。因此，艺术作品在谴责现实的同时，再现着现实"①。这里，"形式"的组织类似于数学上的排列组合，拿化学上碳元素的排列来说，不同的排列成就的是硬度有着天壤之别的石墨和金刚石。马尔库塞认为："一出剧，一部小说，只有借助能'溶合'和'升华'素材的形式，才能成为真正的艺术作品"②，这就是"形式的专制"。"形式的专制"是作品中压倒一切的必然趋势，它要求任何线条、任何音响都是不可替代的，它压制着表达的直接性。无论是诗歌和戏剧，还是现实主义的小说，都必须改变作为它们物质素材的现实，给那些习以为常的内容和经验以一种"异在"的力量，由此导致新的意识和新的知觉的诞生，以便重现它借艺术（形式）展示的本质。

在马尔库塞看来，故事、情节在不同时代、不同民族那里大体是相近的，描绘的对象、创作的素材也可以任由他人分享，但这些"内容"并不是作品之为作品的东西，使作品成为作品的只能是"形式"，而且只有形式才使作品从现实中分离、分化、异化出来，使作品进入到它自身的现实之中。"形式是艺术本身的现实，是艺术自身。"③ 离开了形式去谈论艺术，那是违背艺术法则的。

在艺术中，形式的组织原则依据"美"，正是通过某种艺术形式对于艺

---

①　赫伯特·马尔库塞：《审美之维》，李小兵译，广西师范大学出版社2001年版，第196页。

②　同上书，第218页。

③　同上书，第111页。

术的质料因素的依据"美的理念"的组合，才创造出了一个艺术的天地，一个形式的王国。形式的王国给人们带来的是超越现实生活的对于人的灵魂的一种慰藉，它提供给人的是一种更"高贵"、更"深沉"、更"美好"的东西，而这些东西在现实中是不可能得到的。形式的王国关联着人的感性，服从的是快乐原则。

"艺术形式"构筑了一个独一无二的形式的王国，因而"艺术自律"便成为艺术的根本特性，使艺术与"给定的东西"区别开来。马尔库塞认为："赋予艺术的非妥协的、自律的性质以审美形式，就是让艺术从'介入的文学'中挣脱出来，从实际生活和生产过程的王国中挣脱出来。艺术有其自身的语言，而且也只能以自身的语言形式去揭示现实。"[①] 也就是说，自律和形式构成了艺术的自身维度，这一维度拒绝同现实生活同流合污。在发达工业社会中，在一切都可能被现实所整合的情况下，艺术自律就显得尤其重要。"真正的反文化应坚定执著于艺术的自律，执著于它本己的自律性艺术。"[②]

（二）"异在"与艺术对现实的否定

自古希腊罗马时期的先哲大贤到今天的各家各派，对艺术与现实的关系的阐述可说是多种多样、举不胜举，而马尔库塞基于自己对艺术的独特看法，提出了艺术的"异在"理论。在"作为现实形式的艺术"一文中，马尔库塞认为："无论艺术是怎样地被现行的趣味和行为的价值、标准以及经验的限制所决定、定型和导向，它都总是超越着对现实存在的美化、崇高化，超越着为现实排遣和辩解。即使是最现实主义的作品，也建构出它本身的现实——它的男人和女人、它的对象、它的风景和音乐，皆揭示出那些在日常生活中尚未述说、尚未看见、尚未听到的东西。艺术即'异在。'"[③] 艺术的"异在"显然是就艺术与现实的关系而言的，艺术疏远现实并超越现实。当然，这种"异在"

---

① 赫伯特·马尔库塞：《审美之维》，李小兵译，广西师范大学出版社 2001 年版，第 205—206 页。
② 同上书，第 224 页。
③ 同上书，第 181 页。

是由艺术形式与艺术自律所决定的。艺术的"异在"即艺术对现实的"异化"。

关于艺术"异在"的思想，马尔库塞早在其博士论文《德国艺术家小说》中就有所论及，而对艺术"异在"特性的完善阐述则是在经历了六十年代的革命风潮之后，他从明显的富有现实批判意味的席勒的美学和1968年巴黎学生工人造反运动中撤离了出来。马尔库塞坚持认为："艺术一定不要失去它的否定（negative）和异在（alienating）力量，因为正是在这里存在着它的激进的潜能。失去了这种否定力量，实际上，也就废除了艺术与现实之间的紧张（tension）关系，当然也废除了这些因素的差别：主体和客体、量和质、自由和奴役、美和丑、好和坏、未来和现在、正义与非正义等。"[①] 正是艺术的"异在"保存着所有美好的东西，以便人们永远心存愿望，不懈追求。在马尔库塞看来，艺术的世界是另一个现实的世界，而且艺术只有"异在化"，才能完成它的认识功能。当然"异在性"并不是艺术的唯一特性，但它是艺术的根本特性。马尔库塞认为："艺术，作为现存文化的一部分，它是肯定的，即依附于这种文化；艺术，作为现存现实的异在，它是一种否定的力量。"[②] 艺术的这种双重性，使艺术既可以成为对既有社会的否定，也可以成为既有社会的护卫者。

艺术的"异在性"存在，使艺术表现出对现实的否定、超越和批判。艺术造就的是不同于现实的另一个世界，艺术对眼前现实的超越，打破了现存社会关系中物化了的客观性，并开启了崭新的经验层面，它造就了具有反抗性的主体性的再生。艺术虽然有"肯定的意识形态的特征"，但它仍旧是一股异端的力量。现实是压抑物，艺术是对快乐原则的记忆，艺术要否定现实的"非自由"，于是艺术便不再是亚里士多德所说的对于现实的模仿，而是对于现实的

---

① "Dialogue with Herbert Marcuse"，see Richard Kearney，*Dialogues with Contemporary Continental Thinkers：the Phenomenological Heritage*，Manchester University Press，1984．p.82．

② 赫伯特·马尔库塞：《审美之维》，李小兵译，广西师范大学出版社2001年版，第181页。

反抗，"艺术就是反抗"①。艺术的存在是"异在"，它与现实的冲突是艺术存在的普遍规律，而不是特殊规律。

（三）艺术、真理与人的幸福

只要是艺术，它就不能不保存着对真理的承诺，这是马尔库塞艺术形式思想的深层内涵。在马尔库塞看来，在艺术的世界中，个体的命运（如文艺作品中描述的那样）不仅仅是个体的，同时也是其他人的。"个体使普遍意义具体化"，"个体在他不可替代的命运和地位之中，成为一个普遍真理的预言家"②。艺术形式通过审美变形创造的王国是一个虚构的艺术的王国，然而艺术的王国提供"更'高贵'、更'深沉'，也许还更'真实'、更'美好'的东西"，"出于唯有艺术才能以感性方式表现的这种真理，世界就被颠倒过来了。那个现存的日常世界，现在看起来才是不真实的、虚假的、欺骗人的"③。在这里，艺术打开了一个其他经验达不到的领域，人、自然和事物不再屈从于既定现实的领域，它使得在日常生活中不再或尚未被感觉、被看到和被听见的一切能够被人类感觉到、看到和听到。

艺术形式所开启的真理与人的幸福是直接关联的。人正是借助美的相助，才使自己置于幸福之中。但是，即使美，也只有在艺术的理想中才为善良的心灵所肯定，因为美包含着危及给定生存形式的充满危险的破坏力。美的直接感性性质可以提供直接的感性幸福。马尔库塞认为，在社会生活的整体化中，只有在艺术中，即在理想美的处所里，幸福才有可能作为一种文化被再生产。哲学与宗教，这两个在其他方面与艺术一样表现着理想、真理的文化领域，都不能再生产作为一种文化的幸福。哲学在其观念论的趋向中，愈发产生出对幸福的不信任感；而宗教，只有在来世才给幸福安置了一个位置。理想美是一种渴望在其中得到了表达、幸福在其中得到了满足的形式。因此，艺术便成为可能

① 赫伯特·马尔库塞：《爱欲与文明》，黄勇、薛民译，上海译文出版社 1987 年版，第 105 页。
② 赫伯特·马尔库塞：《审美之维》，李小兵译，广西师范大学出版社 2001 年版，第 146 页。
③ 同上书，第 226 页。

真理的预示。"美的时刻一旦在艺术作品中获得形式,它就可能被持续重复地体验到,它被永恒地化入艺术作品中。感受者在艺术的快感中,总能重新创造出这种幸福。"①

同技术领域不同,艺术的领域是一个幻想、外观的领域。然而,这种外观类似于那种作为对现存东西的威胁和许诺的实在性。艺术的领域,在各种伪装和沉默的形式上,是靠一种无所畏惧的生活形象来组织的。虽然艺术没有实现生活的力量,没有充分表达这种生活的力量,但"艺术的无力的幻想的真理性(今天艺术已成为被管理社会的一个无所不在的组成部分,显得更无力、更富于幻想)证明了它的形象的有效性。社会越是明显地不合理,艺术领域的合理性也就越大"②。马尔库塞称艺术的这种合理性为"特定合理性",正是这种特定的合理性显示着艺术的真理性。

二 "艺术革命"论的理论逻辑

马尔库塞由政治走向美学,或者说将美学置于与政治的某种关联中是有其必然性的,这是他的学术追求与人格品性所决定的。他曾经这样质问:"多少世纪以来,对审美之维的分析,都集中在'美'的观念上,这个观念是否表现着、提供着审美的和政治的一般指示器的'美的规律'?"③ 他将审美与政治联系起来,从而为从政治之维探讨审美或从审美之维探讨政治指明了方向。马尔库塞50年代以后的论文,基本是围绕这一内容展开的,正如在《审美之维》中,他写道:"从一开始,政治斗争的必要性就是我这部著述的前提。"④ 马尔库塞独特的艺术观也成就了他独特的"艺术革命"思想和政治趋求。

---

① 赫伯特·马尔库塞:《审美之维》,李小兵译,广西师范大学出版社2001年版,第30页。
② 赫伯特·马尔库塞:《单向度的人》,张峰、吕世平译,重庆出版社1993年版,第201页。
③ 赫伯特·马尔库塞:《审美之维》,李小兵译,广西师范大学出版社2001年版,第100页。
④ 同上书,第215页。

（一）艺术的政治潜能在于艺术本身

艺术借助于审美的形式变换，以个体的命运为例示，表现出一种普遍的不自由和反抗的力量，去挣脱神化了（或僵化了）的社会现实，以打开变革（解放）的广阔视野。马尔库塞声称："艺术的政治潜能在于艺术本身，即在审美形式本身。"①虽然艺术作品在表现它们的倾覆潜能时面对着不同的社会结构，但因为它是由审美形式构成的维度，所以它依然表现和表达着其自身的真理、反抗和承诺。

艺术同革命和政治之间的关系，是马尔库塞后期论述最多的一个问题。关于艺术与革命、艺术与政治，他的基本观点是：艺术的政治潜能只有在艺术同政治无关——确切地说，只有在艺术只是艺术的时候，才能得到最好地表达。用他的话说就是，"艺术能超越任何特定的阶级利益而又不废除这一利益"②。在评价奥维尔、狄更斯，还有法国超现实主义作品时，马尔库塞认为，超现实主义从来都不是政治的，奥维尔不是一个大作家，而狄更斯像所有伟大的作家一样远不是一个政治理论家，阅读他的作品会给我们带来一个积极的快乐，因而这就保证了在开始的时候，他的作品就会至少有一个读者。虽然艺术是一种革命的代理人，但即使是最激进的艺术，在它对于社会丑恶现象的谴责中，也不能没有娱乐的成分——这就是为什么布托尔特·布莱希特总是坚持认为即使是描述最残酷的发生在现实世界上的事情，也必须要"快乐"的原因。另外，他还认为，即使某些艺术作品显示了直接的社会或政治内容，如奥维尔和狄更斯，还有左拉、艾伯森、布希纳、德莱克罗塞、毕加索等，他们也从不在形式上这样做，因为他们的作品总是保存着对于艺术结构的执著，所有这些都显示了作品同现实必然疏远的事实。③一是艺术的"娱乐性"，二是艺术的"形

---

① 赫伯特·马尔库塞：《审美之维》，李小兵译，广西师范大学出版社 2001 年版，第 189 页。

② "Dialogue with Herbert Marcuse", see Richard Kearney, *Dialogues with Contemporay Continental Thinkers*: *the Phenomenological Heritage*, Manchester University Press, 1984. p. 79.

③ Ibid. , p. 80.

式"，这两项是艺术维护自身同现实疏远的基本前提，正是它们使艺术同直接的政治革命区分开来。

艺术的政治潜能在于艺术自身，"异化"是艺术革命的力量之源，"艺术的异化使得艺术作品、艺术的天地在根本上成为非现实的了。艺术创造出一个并不存在的世界，一个'显现'、幻象、现象的世界。然而，正是在这种把现实变为幻象的转化中，也只有在这个转化中，表现出艺术倾覆性之真理"①。由于艺术本身的根本超越性，使得艺术与政治实践之间的冲突不可避免，马尔库塞认为："艺术与'人民'之结成同盟的可能性需要这样一个前提：让被垄断资本主义操纵的男人和女人，不理睬那些操纵着他们的语言、观念以及形象；让他们体验到质的变革的维度，让他们重申他们的主体性，他们的内在性。"②然而现实不可能是这样的，艺术同人民的结盟还遥遥无期。

当然，革命的内容在艺术中也不是不可表现，马尔库塞只是认为当在艺术中表现革命的内容时，它必须依据艺术自身的原则——要受到审美形式、艺术自律的制约。"艺术不能为革命越俎代庖，它只有通过把政治内容在艺术中变成原政治的东西，也就是说，让政治内容受制于作为艺术内在必然性的审美形式时，艺术才能表现出革命。所有革命的目标——自由和安宁的世界——都出现在完全是非政治的媒介中，都受制于美和和谐的规律。"③ 在马尔库塞看来，这就是艺术与革命的基本关系。越是艺术的，也才能越是政治的。马尔库塞有一句话说得非常准确——"政治维度总是附属于另一个审美的维度，这个维度反过来又具有政治价值"④。

（二）艺术直接成为政治——艺术的滥用

艺术不能直接成为政治，但它是革命的，艺术不能改变现实，但可以

---

① 赫伯特·马尔库塞：《审美之维》，李小兵译，广西师范大学出版社 2001 年版，第 157 页。
② 同上书，第 215 页。
③ 同上书，第 163 页。
④ 同上书，第 173 页。

改变现实中的人。"艺术从来不能也从来不应当倾向于和直接成为政治实践的一个因素。它只在没有倾向性时，通过对人的意识和下意识的冲击而起作用。"① 艺术的"倾向性"这个曾为正统马克思主义美学家所津津乐道的艺术原则，在马尔库塞看来是应该极力反对的，因为这种倾向实际上违背了马克思对于艺术与政治斗争关系的基本原则，对于"倾向性"的重视恰恰削弱了艺术的战斗力量。使艺术直接参与政治实践，那就只能是对艺术的滥用。

艺术不能直接"改变世界"的性质决定了艺术如果不能起到对现实否定的作用，那么它的革命性将无从谈起。艺术不是政治理论，"艺术能给予你一个自由社会的景象，展现出更多富于人性的关系，而超过这些，它就无能为力了。在这个意义上讲，美学与政治理论之间的差异是无法沟通的"②。艺术靠的是真实可感的艺术形象，而政治靠的却是抽象的概念内容，艺术成为政治是不可能的。

诚然，在马尔库塞的整个理论中，他对艺术、美和意识等文化问题始终给予了高度的重视，他对"左派"学生运动和知识分子革命也抱有支持的态度，但就其基本思想而言，他对于"文化革命"是反对的，因为"它在使艺术的政治潜能自由发挥的努力中，被一种不可解决的矛盾扼止了"③。马尔库塞认为人和自然的解放如果的确是可能的，那么毁灭人、使人屈从的社会关系网络就必须被打破。"这并不意味着，革命应成为艺术作品中压倒一切的主题。恰恰相反，在美学上最完美的艺术作品，情况并非如此。在这些作品中，革命的必要性，似乎只是作为艺术的先验条件被假定，而且，革命究竟是值得称道的，还是需要质疑的，要看它在多大程度上反映了人类的苦闷，在多大程度上真正达到了

---

① "Dialogue with Herbert Marcuse", see Richard Kearney, *Dialogues with Contemporay Continental Thinkers: the Phenomenological Heritage*, Manchester University Press, 1984. p. 74.

② Ibid. , p. 75.

③ 赫伯特·马尔库塞：《审美之维》，李小兵译，广西师范大学出版社 2001 年版，第 162 页。

与过去的决裂。"① 艺术——作为形式的艺术，马尔库塞认为浸润其中的是悲观主义，艺术在其自由的笑声中，提醒人们记得刚刚过去的危险和罪恶！艺术就是革命——仅当其作为艺术的时候才是如此，这是马尔库塞再三强调的。

（三）艺术家的"政治介入"

马尔库塞在《德国艺术家小说》中有一段论述："当艺术家与革命的大众站在一起并加入他们反对现存社会的斗争中时，他却不能感到满足，因为这只是简单的道路上的一致而不是目的上的根本相同，大众战斗是为了别的什么，而不是艺术家所期望的东西。"② 虽然在早期马尔库塞对于艺术与革命的看法尚处于朦胧之中，然而，我们却可以从这段话中体会到他之所以反对艺术家走上街头的理由。当然，这绝不是说艺术家不能走上街头，而是说当他走上街头的时候，他就已经不是一个艺术家了；同时，艺术家如果走上街头，他在现实斗争中所看到的东西也绝不是他在艺术世界中所期望的东西，直接的政治斗争总是会出现斗争之外的目的。马尔库塞认为："艺术遵从必然性，然而又有其自身的自由，这种自由并非革命的自由。……艺术总是非操作性的东西。在艺术中，政治目标仅仅表现在审美形式的变形中。即便艺术家本人是'介入的'，是一个革命家，但革命在作品中也许照会付诸阙如。"③ 这样，政治的"介入"实际上变成一个艺术"技巧"的问题，这样做，不是要使艺术（诗歌）转化为现实，而是要把现实转化为一种新的审美形式。"持久的审美倾覆——这就是艺术之道。"④ "审美"意味着对现实的一种审美的加工和转化，艺术家的政治介入只能是以艺术的"审美倾覆"的方式，而不应该是街头上的冲锋陷阵。

这样，马尔库塞对于艺术家与革命的论述，就为一些资产阶级作家的阶级

---

① 赫伯特·马尔库塞：《审美之维》，李小兵译，广西师范大学出版社 2001 年版，第 200—201 页。

② Charles Reitz, *Art, Alienation, and the Humanities*, State University of New York Press, Albany, 2000. p. 36.

③ 赫伯特·马尔库塞：《审美之维》，李小兵译，广西师范大学出版社 2001 年版，第 164—165 页。

④ 同上书，第 166 页。

局限并没有使他们的作品成为资产阶级的作品找到了合理的解释。马尔库塞论道："艺术家属于特权阶层这个事实，既不会抹杀他的作品的真实性，也不会抹杀他的作品的审美性质。那种真实地表现在'社会主义经典'作家身上的情况，也真实地表现在其他伟大的艺术家身上——他们可以同他们的家庭、生活背景和社会环境造成的局限性决裂。马克思主义的理论并不是家庭血统的研究，所以，艺术的先进性以及艺术对解放斗争的贡献既不能用艺术家的血统，也不能用他们阶级的意识形态水准来衡量；同样，它也不能用被压迫阶级在他们的作品中是否出现去决定。艺术先进性的标准，只有让作为整体的作品本身去说明，也就是说，艺术先进性的标准在于这件作品说明了什么和用什么方式去说。"① 只要是艺术家，不管你属于哪个阶级，在艺术创作中，重要的不是别的，而是作品所展现的经过审美形式转化后的东西。艺术必须靠艺术形式来表达它的革命功能，马尔库塞批评那些以"无形式"的半自发和直接性表达自身的革命文学，认为它们已失去了审美形式中的"政治内容"。

在马尔库塞的艺术思想中，艺术的"异在"和自律，正是艺术革命的潜能所在。由于艺术的"异在"特性，艺术不是通过"介入"革命才成为一种革命实践，相反，艺术通过远离（疏远）现实来实现它。在马尔库塞的艺术观中，艺术没有变节的本性，它总会依据自己的步履和节奏前行，艺术对现实的态度总是靠着一种沉默来表达。艺术和革命的关系是对立统一的关系，这种关系体现着一种新的艺术与政治的规则——不是艺术屈服于政治的需要（现实），而恰恰是现实主动地靠拢艺术；不是艺术模仿现实，而是现实模仿艺术。"审美的形式、自律和真理，这三者是互相关联的东西，它们都是社会—历史的现象"② 这句话道出了马尔库塞艺术思想的精髓所在，他的艺术思想背负着他的全部热情和希望，永远激励着人们为追求一个美好社会的到来而不断求索。

---

① 赫伯特·马尔库塞：《审美之维》，李小兵译，广西师范大学出版社 2001 年版，第 203—204 页。
② 同上书，第 197 页。

三　艺术对未来社会的可能建构

正如瑞兹所言："马尔库塞所对抗的基础和他所提出的政治活力的基本因素不是具体的阶级斗争，也不是意识形态的历史斗争，他的宗旨是以美学形式的'能动性'来寻求快乐、美、幸福和满足的真正实现。"① 马尔库塞正是借助于"艺术形式"的独特性质，赋予"艺术形式"以巨大的改造力，从而使他的社会批判理论独树一帜，使他的艺术理论最终成为社会改造的理论。"艺术形式"不仅成为斩尽世间不平的利剑，而且更是建构一个美好社会的武器。"审美之维"向着现实痛苦中的人们投出一缕希望之光，不仅拯救个体的不幸，而且找到了一条人类社会从必然王国向自由王国迈入的应然之途。

（一）"艺术作为一个自由社会的建筑师"

马尔库塞声明，艺术在过去通常全部仅仅是艺术，保存和创造了很多的"幻象"，但是今天艺术成为"新社会构成的富有潜能的因素"，"今天艺术在历史上第一次面对社会实现新模式的可能性"②。艺术通过发展和贯彻对于艺术对象的构想，通过在基本的、感性的、实践的层面上的创造，来发挥其改造社会的潜能。"艺术趋于实现自身"。③

艺术的建构作用是马尔库塞整个美学思想中的一个重要内容。在马尔库塞看来，不是技术而是艺术或"审美之维"才是人类解放的真正承诺。他说："我们不能不把我们的注意力转向艺术的历史特性上来。艺术不仅在它的各种形态和形式上是一种历史现象，而且历史现在可能正在跟上艺术，或者说艺术正在把握住历史。艺术的历史立场和功用现在正在改变。真实、现实正成为艺

---

① Charles Reitz, *Art*, *Alienation*, *and the Humanities*, State University of New York Press, Albany, 2000. p. 171.

② Ibid., p. 168.

③ Ibid., p. 169.

术未来的主宰，而艺术在'实践'意义上也正成为完全意义上的技术：创造或再造事物而不是绘出图画；用词语或声音的内在潜能做实验而不是写作诗歌或创作音乐。这些创造性预示着艺术形式成为'现实原则'的可能性——艺术在科学和技术的成就的基础上和艺术自身成就的基础上，达到自我超越。"① 马尔库塞相信，技术的成就通过与艺术理想的结合可以将人类的大部分幻想和乌托邦冲动变成现实。

马尔库塞认为，如果我们需要对自然和社会做些什么，如果我们需要对他人和事情做些什么，那么为什么人们不使这些主客之间处于一个和平的、非进攻的、美学的环境之中呢？这种实践技能存在着，现存的组织和材料为构建这种环境、社会和自然也提供着支持。这样，未升华的生命本能将为人的需要和潜能的发展确立新的方向，也为技术进步确定新的方向。"这些事先存在的条件是为美的创造而存在的，而不是作为一种装饰、不是作为丑的表面、不是作为博物馆的收藏品，而是作为一个新型人的表达和客观化而存在；作为一种在新的生活体系中的生物性需求而存在。"② 现有的技术成果可以为人种的成熟、物质的丰富、感性和美的需求的实现服务，而艺术将创造和表达出一个"新的生活体系"，一个新型的人类生活。通过强调"审美形式"在社会和自然中的永恒存在，马尔库塞称人类可以使"人类总体生活"和谐起来。这样，马尔库塞就将他的审美活动观念"作为历史走向新的文明的起点"③。艺术在新的社会的构建中所起的作用在这里也就十分明显了，它为技术的发展、为人类需求的改变、为新的社会的形成确立方向。为此，马尔库塞提出了"意识革命"的思想，但这种"意识革命"是有其坚实的物质基础的，这基础就是现有社会已经存在的基本的物质状况，尤其是技术文明的客观事实。马尔库塞对于意识革

---

① See Charles Reitz, *Art, Alienation, and the Humanities*, State University of New York Press, Albany, 2000. p. 169.

② Ibid..

③ Ibid., p. 170.

命的强调恰恰证明了他是一个唯物主义思想家。

在《单向度社会中的艺术》中，马尔库塞写道："既没有作为政治的艺术，也没有作为艺术的政治，有的只是艺术作为一个自由社会的建筑师。"① 他认为他已经为自由社会的建立提出了一个新的政治哲学的理性，这一新的理性不是由社会主义的原则来指导，而是由美、和平和情感的满足的意识来指导。

（二）想象力对于未来的建构作用

艺术对于未来社会的建构作用基于"审美形式"的功用，但马尔库塞认为，这种总体的美的形式从来不是自然的、直接的，它必须由正确感受的理性和想象力来创造并以此为媒介物。这样，它就是一种技巧的结果，但这种技巧对抗着技术，这种技巧主导着今天压抑性的社会，也就是说这种技巧从破坏性的力量中解放出来，而这种破坏的力量将人和事、精神和物质仅仅作为分裂、组合、改变和消费的材料来看。艺术对于社会的构建作用是通过艺术的想象力和理性的共同制约来完成的。想象力在本质上是一种不受约束的东西，靠着它，人同现存社会对抗；靠着它，人们面向遥远的未来乐观而自信。

马尔库塞将想象力介于"理性潜能和感性需求之间"来谈，他认为："感性为了不被控制的合理性整形和侵蚀，就应当以介于合理性潜能和感性需求之间的想象力为指导。"② 也就是说，想象力本身尽管构成了对现存社会的一种对抗，然而作为"新感性"的一个重要特征，它并不是不受任何制约的人类的异想天开。想象源于人的感性需要，一个压抑的个体可能由于丧失了想象力而成为"单向度的人"，然而一个没有约束的想象的个体，也并不一定就具有完整的人格品性，想象力如果没有"理论理性"和"实践理性"的制约，或许想象的个体将与疯子无异。"这种感性与理性的和谐统一，是艺术的显著特

---

① See Charles Reitz, *Art, Alienation, and the Humanities*, State University of New York Press, Albany, 2000. p. 169.

② 赫伯特·马尔库塞：《审美之维》，李小兵译，广西师范大学出版社 2001 年版，第 104 页。

质。"① 马尔库塞之所以看重艺术的本体思想，之所以将艺术作为引领人类社会前进的"异在"力量，就在于艺术依其富有感性的想象，将个体的需要同人类社会的未来有效地结合在一起，而现有现实在这两个方面却是落后的。

（三）艺术建构与"新语言"的产生

把希望定在"艺术的、解放的根本性力量"是马尔库塞深思熟虑的结果，而对"新语言"的寻找是其艺术建构理论的又一个重要内容。所谓"新语言"决不意味着要找到一种人们从未使用过的语言，或创造一种新的语言，这里的"新"不是物理意义上的"新"，而是指使语言恢复它原有的表达情感、表达个体的需求的功能。在 1967 年 3 月 8 日于纽约视觉艺术学院所作的题为《单向度社会中的艺术》的演讲中，马尔库塞谈道："我想对为什么我会把精力投入到艺术现象上说几句话，……那是某种失望或者绝望。当你认识到所有的语言，所有散文化的语言，尤其是传统的语言看来有点是僵死了一样的时候，你是绝望的。对我来说，好像无法与今天正在发生的事情进行交流；与一些艺术的和诗性的语言相比，尤其在我们这个时代，在不满和反叛的年轻人反对现实社会的背景下，这些语言是陈旧的和过时的。……现在，这可能听起来有些浪漫，我常常责备自己在评价艺术的解放和激进力量时可能太过浪漫。……不过，艺术的存在证明着与浪漫的一种不易察觉的关联，即今天关联着未来希望的展现。"② 艺术与审美对于未来的意义就在于此。马尔库塞对于艺术的看重是对他早期艺术思想的回应，在博士论文《德国艺术家小说》中，马尔库塞就认为艺术是异化的、也是浪漫的东西。

语言在既有社会中已成为组织统治的一种重要手段，马尔库塞对此有着清醒的认识。然而，马尔库塞同时也发现了"语言也可以成为革命的"这一重要内容。他说："政治语言学，这是既有社会的保障。如果激进的反抗形成了它

---

① 赫伯特·马尔库塞：《审美之维》，李小兵译，广西师范大学出版社 2001 年版，第 110 页。

② Charles Reitz, *Art, Alienation, and the Humanities*, State University of New York Press, Albany, 2000. pp. 165—166.

自己的语言，它就可以自动地、下意识地成为对抗统治和中伤最有效的'秘密武器'之一。"① 这样，对于一种新的语言、一种作为革命语言的诗意语言的寻找在马尔库塞看来就是革命的必然要求。他在艺术中找到了这种语言，这种语言就是超现实主义所提出的"诗性语言"，是"唯一没有陷于既有体制所接受的一种语言，是一种总体否定的'超越语言'"②。"超越语言"的革命作用，如马尔库塞论述的艺术革命一样，它在与现实的"疏离"中表达出来。技术成为艺术，人成为艺术家，语言成为艺术语言，这些都是马尔库塞"新社会"构建的重要内容。

（四）小结：美作为一种"更高的法则"

人类历史上曾有过诸多肯定美和艺术的独特人文价值的睿识，马尔库塞对于艺术和审美问题的关注是对这些并未远去的睿识的一次富有现代气息的回响，这种回响同样也是以具有某种独特意味的"形式"为牵引展开的。"形式"对于美学的意义，就在于使美最终成为人生价值向度上的一种追求。

与历史上的两次审美自觉——柏拉图以"美本身"所提示的审美自觉和康德以"'美'的情致与'美'的'形式'相契于'人是目的'"的审美自觉③——相回应，马尔库塞对以"形式"为标志的审美自觉的再度申说，表达出他在面对人类文化危机时的一份敏感和深沉的忧患。尤其在技术理性控制一切的情况下，马尔库塞的"艺术形式"思想对科技与艺术、科学与人文问题的思考引出了一个沉重的话题。瑞兹在谈到《审美之维》这部著作时，就认为马尔库塞对于艺术形式和艺术自律的重视，使"艺术作为艺术"的观念和脑力劳动的解放潜能在他这里得以重新估价。这样，"马尔库塞的美学理论就决定性地从《爱欲与文明》和《论解放》好战的活跃的立场转到了清晰的对于值得深思的价值

① Herbert Marcuse, *An Essay on Liberation*, Boston, Beacon Press, 1969. p. 73.

② Charles Reitz, *Art, Alienation, and the Humanities*, State University of New York Press, Albany, 2000. p. 167.

③ 黄克剑：《审美自觉与审美形式——从西方审美意识的嬗演论作为一种价值取向的美》，见《哲学研究》2000 年第 1 期。

的确认和对于欧洲经典美学的设想上来"①。

马尔库塞一直认为："支配物质产品从来都不是人类劳作和智慧的全部工作，因为支配物质产品受制于偶然性的规则。一个人若将其最高目标和幸福都倾注到这些产品中，必定会使自己成为人和物的奴隶，出卖了自己的自由。财富和幸福的到来与保持，并不取决于一个人的自主决断，而是受制于神秘莫测的外界环境变动不居的命运安排。这样，对物质产品的崇拜，必然使人将自己的存在交付给了一个外在于他的目的。"② 一旦生活的物质条件组织不当，这个外在于人的目的就可能摧残人、奴役人。因此，仅有物质这一度，人根本不可能获得真正的自由，人的幸福也不可能最终成全。

与物质获取的"有所待"及偶然性不同，美作为一种价值祈向是人生求取中"无所待"的和必需的，对这种"无所待"的美的追求保存了人类的一切希望。马尔库塞认为："所谓乌托邦、幻想以及在现实世界中的反抗，在艺术中却是可以允许的。……真理靠美的帮助，恢复了自身的光彩并摆脱了当下境况。艺术中出现的东西都是没有强制而出现的东西。"③ 不仅如此，美作为一种价值追求还在于它可以给人提供直接的幸福，尤其在个体备受社会压抑和控制的现实之下，美更加成为人们生活中不可或缺的东西。马尔库塞指出："最重要的并不在于艺术表现着理想的现实，而在于艺术把理想的现实表现为美。"④ 这就是艺术和美令人感到慰藉的一面。

在现实社会中，对于美的追求还在于美实际上成为引领人类社会真正前进的必然条件。在《暴力和激进的对抗》一文中，马尔库塞认为"对抗"——公民不服从的责任和对较高的权力的认知和运用——成为自由历史发展中一个能动力量，这是一个具有解放潜能的"暴力"。对抗的产生源自一种"更高的法

---

① Charles Reitz, *Art, Alienation, and the Humanities*, State University of New York Press, Albany, 2000. p. 195.

② 赫伯特·马尔库塞：《审美之维》，李小兵译，广西师范大学出版社 2001 年版，第 2 页。

③ 同上书，第 24 页。

④ 同上书，第 29 页。

则"的存在，这种法则激活了公民的对抗。如果没有这种对抗的力量，今天，我们也许还处于最原始的"未开化"的状态下。① 虽然马尔库塞并没有对这一"更高的法则"做出非常明确的论述，但笔者认为，从他对传统哲学和德国哲学的重视来看，他对这个"更高的法则"的悬设恰如康德对"至善"的悬设，是人类历史在价值向度上对于一种"好"的追求，是以一种当有的"应然"为可能出现于历史中的"实然"世界提供的一个终极性的价值衡准。由此来看，这个"更高的法则"就是马尔库塞所说的艺术与美。

人一刻也不能停下对美的追求，因为现实永远都与美所创制的王国存在着差距，对美的追求进而成为衡量一个社会进步的标尺。马尔库塞曾为现代西方社会文化富有特色的进步概念从"质"上和"量"上做出过区分和界定。他认为，发达工业国家在财富和生产力方面，已经达到了马克思所设想的只有在社会主义社会才会有的水平，即物质的进步已经足够发达。因此，要建立一个我们还没有见到过的"真正的社会主义社会"，在物质生产方面的继续增长——对经济的依赖（量）——在当下就显得并不重要，而社会的"质"的改变——对美的依赖——却是紧迫而必需的。只有艺术才能使人的完整需求得以满足和改变，"这就是为什么在我们这个时代马克思主义革命如果想取得成功也必须重视艺术的原因"②。面对单向度的"一体化"社会，艺术和美成为人类解放的第一缕曙光。最后需要说明的是，马尔库塞对于艺术对抗与人的解放的审美倚重绝不是盲目的，虽然他并没有给未来社会设定一个现实的道路，但他给人类社会带来的诸多深情的提醒，使人类终究可以在一个未来社会的建构中实现自己的潜能和幸福，实现人类的真正自由与解放。

---

　① Herbert Marcuse, *Five Lectures*, Boston, Beacon Press, 1970. p. 90.

　② Richard Kearney, *Dialogues with Contemporary Continental Thinkers: the Phenomenological Heritage*, Manchester University Press, 1984. p. 73.

第三章 歌德"世界文学"的民族指向

"世界文学"是由歌德与马克思恩格斯在 19 世纪 20 年代与 40 年代先后提及的一个概念,由于这个概念的提出者并没有对这个富于创见性的词汇给予太多的解释,时至今日,这个概念在被文学界广为使用的同时,也引发了学者们孜孜不倦地探讨与研究。随着"全球化"思潮的席卷而来,今天,即使这个词语被用于大学中文系专门设立的一个二级学科"比较文学与世界文学"① ——代替昔日的"外国文学"学科,以一种官方话语方式将"世界文学"的内容加以限定,人们关于"世界文学"内涵的界定与探讨也仍然没有停止。

一 "全球化"与"世界文学"的理论探讨

1827 年 1 月 31 日,在与爱克曼的谈话中,歌德最早提出了"世界文学"这一概念,这一概念的诞生源于当时他正在阅读的一部中国的作品。这部作品

---

① 1997 年 6 月,国务院学位委员会和国家教育委员会联合颁布了新的《授予博士、硕士学位和培养研究生的学科、专业目录》。在这一新《目录》中,原有的"世界文学"和"比较文学"两个学科被合并在一起,出现了"比较文学与世界文学"这一学科名称。1998 年教育部在大学中文系专门设立了二级学科"比较文学与世界文学"以代替昔日的"外国文学"专业。

使歌德对中国和中国人有了一种非同寻常的理解："中国人在思想、行为和情感方面几乎和我们一样，使我们很快就感到他们是我们的同类人，只是在他们那里一切都比我们这里更明朗、更纯洁，也更合乎道德。在他们那里，一切都是可以理解的，平易近人的，没有强烈的情欲和飞腾动荡的诗兴，因此和我写的《赫尔曼与窦绿合》以及英国理查生写的小说有很多类似的地方。"① 这的确是"非同寻常"的，因为当时的德国四分五裂，公国林立，大约有 300 多个小公国，对外交流狭隘保守，别说对于东方，即使是公国内部之间的交流都是壁垒重重，举步维艰。歌德曾经谈到，对于在"德国荒原"上出生的人来说，要得到一点智慧需要付出巨大的代价。然而正是在这样的背景下，歌德宣布："民族文学在现代算不了很大的一回事，世界文学的时代已快来临了。"②

在歌德提出"世界文学"这一概念 20 年后，1847 年 12 月至 1848 年 1 月，马克思恩格斯完成了《共产党宣言》的写作。在这篇于 1848 年 2 月第一次以单行本出版的著名作品中，马克思恩格斯写道："资产阶级，由于开拓了世界市场，使一切国家的生产和消费都成为世界性的了。使反动派大为惋惜的是，资产阶级挖掉了工业脚下的民族基础。……过去那种地方的和民族的自给自足和闭关自守状态，被各民族的各方面的互相往来和各方面的互相依赖所代替了。物质的生产是如此，精神的生产也是如此。各民族的精神产品成了公共的财产。民族的片面性和局限性日益成为不可能，于是由许多种民族的和地方的文学形成了一种世界的文学。"③

（一）西方学者对"世界文学"的理论探讨

由于歌德这个"世界文学"的肇始者并没有对"世界文学"进行界定，而只有一些相关的散见的文字，④ 而马克思恩格斯也没有对"世界文学"的具体

---

① 爱克曼辑录：《歌德谈话录》，朱光潜译，人民文学出版社 1978 年版，第 112 页。
② 同上书，第 113 页。
③ 《马克思恩格斯选集》第 1 卷，人民出版社 1995 年版，第 276 页。
④ 歌德：《歌德文集》第 10 卷，范大灿等译，人民文学出版社 1999 年版，第 409—411 页。

内涵做出说明，这引来了后世研究者们的各种猜测与探索。韦勒克、沃伦在《文学理论》一书中认为，歌德的"世界文学"这个名称"似乎含有应该去研究从新西兰到冰岛的世界五大洲的文学这个意思"。他们还认为，"用'世界文学'这个名称是期望有朝一日各国文学都将合而为一。这是一种要把各民族文学统一起来成为一个伟大的综合体的理想"，在此基础上，"'世界文学'往往有第三种意思。它可以指文豪巨匠的伟大宝库，如荷马、但丁、塞万提斯、莎士比亚以及歌德，他们誉满全球，经久不衰。这样，'世界文学'就变成了'杰作'的同义词，变成了一种文学作品选"①。在这里韦勒克、伦沃较早提出了关于"世界文学"所具有的"三层次"说。

　　不同的理论家的理解是不同的，伊列乌斯（Brius）认为，歌德的理论具有"惊人的现代性"，歌德使用"Weltliteratur"（世界文学）这个词，我们可以称之为"跨文化交流"，是指一系列的全球对话和交换，在这些对话和交换中，不同文化的共性日趋明显，而个性却也并未被抹杀。② 厄文·科本（Erwin Koppen）则认为"世界文学"有这样三层意义：一，在世界范围内，在任何时代中，最重要也基本上是最有价值的文学作品的选粹；二，所有时代所有地方的所有作品；三，"世界文学"是"与其他国家文学有关联的一国文学的命名"，他认为，这也是歌德的用法。③ 弗兰克·沃尔曼（Frank Wollman）于1959年提出了自己的"世界文学"思想："一，将'世界文学'理解为全世界所有的文学，因此，'世界文学'史也就是相邻文学各自历史的总和；二，将'世界文学'理解为各国文学中最优秀作品的总和，这也可以说是关于所有文学作品的一个系统观点——经典观；三，将'世界文学'理解为不同文学中相关或相似的那些作品，它们之间的关系可以通过它们的直接关系

---

① 韦勒克、沃伦：《文学理论》，刘象愚等译，生活·读书·新知三联书店1984年版，第43页。
② 简·布朗：《歌德与"世界文学"》，《学术月刊》2007年第6期。
③ 玛利安·高利克：《世界文学与文学间性——从歌德到杜里申》，《厦门大学学报》2008年第2期。

或社会政治状况获得解释。"① 美国前比较文学学会会长、哥伦比亚大学英语与比较文学教授大卫·戴姆劳什（David Damrosch）在《什么是世界文学》中将"世界文学"区分出的三种意义是：古典文学著作、现代杰作和现代一般文学或流行文学。②

比起这些只去探讨"世界文学"概念的人，俄国学者尤里·鲍列夫或许已经走得更远，为了表达他对"世界文学"研究现状的不满，他甚至开始研究"从世界文学走向全人类文学"的问题了。在他看来，全人类文学的特征应该由以下几个方面构成："一，在保持民族特色之际去获取一系列稳定的普遍共通的特征。二，立足于本民族自身的传统，也立足于其他民族的传统，包括在时空关系上相隔甚远的那些文学的传统。既在社会意识中也在艺术传统中对全人类价值加以肯定。三，广大读者有可能去理解其他民族的文学，包括那些相隔甚远且在日常生活上、在风俗习惯上、在文化上差异甚大的民族的文学。四，将其他民族文学的艺术经验与技巧整合到本民族文学中去。五，文学定位于全人类价值，这种全人类价值每一次都是用民族精神来理解的。况且，在全人类价值理解基础上的民族特色，同时在其各具的特色中也得到深化，而获得许许多多普遍共通的特征。六，东方—西方（亚洲—欧洲）的艺术综合，北方—南方（欧洲—非洲）的艺术综合，大西洋两岸（欧洲—美洲）的艺术综合的形成。"③ "世界文学"也罢，"全人类文学"也罢，或许我们可以将尤里·鲍列夫的这些观点看做是目前对于这一问题的一种较为丰富的理解。但尤里·鲍列夫毕竟走得太远，还是让我们回到"世界文学"这一概念上来。

美国学者简·布朗在《歌德与"世界文学"》一文中通过对歌德有关"世

---

① 玛利安·高利克：《世界文学与文学间性——从歌德到杜里申》，《厦门大学学报》2008 年第 2 期。

② David Damrosch，*What is World Literature*? Princeton：Princeton University Press，2003，p. 15.

③ 尤里·鲍列夫：《文化范式的流变与世界文学的进程》，周启超译，《文学评论》2003 年第 3 期。

界文学"的多角度分析，表达了如下一些看法，兹列于此。"歌德还没有天真到期待——或者是希望——世界各国人民之间有完美的和谐，但是他非常希望借文化了解来提高宽容度，从而使今后的战争在恶意和毁灭性上要小于拿破仑一世发动的历次重大战争。""歌德的'世界文学'理念和现代多元文化主义者一样，重视文化多元、口头文化和大众文化。""他的'世界文学是作家之间对话'的理念实际上是终生学术和诗歌写作相结合的延伸。""歌德（特别是在他的后半生）创造出若干含有'世界'的含义深刻的概念，比如'世界文学'（Weltliteratur），但是除此之外还有'世界公民身份'（Weltbürgertum）、'世界信仰'（Weltf rümmigkeit）和'世界灵魂'（Weltseele）。所有这些概念都共有一个相同的特质，可以共享一个更大的体系而不丧失自己特有的个性，融合共性和特性，共享一个充满活力的共同体"。在这篇文章的最后，她还非常精辟地指出："对歌德来说，世界文学就是上帝的一百个美名。"[①] 应该说，简·布朗在综合前人成果的基础上，得出了比较切合实际的观点。由此，我们可以看到，歌德所创造的"世界文学"这一概念并不是单数的，而是复数的，并且还是彼此对话和交流的复数。歌德提出"世界文学"的概念并非想让全世界的文学都成为一个模式，而是强调不同民族的文学都应抱有一种"宽容"的态度。世界文学既不是一体的，也不是趋同的，它们只是共享一个世界的共同的"体系"。这让我们想到歌德本人的原话，"问题不在于各民族都应按照一个方式去思想，而在于他们应该互相认识，互相了解，假如他们不肯互相喜爱至少也应学会互相宽容"[②]。

对于"世界文学"的这些探讨应该说已经是非常丰富与新颖了，然而，所有这些探讨与歌德的某些看法似乎又有些格格不入。这里，我们不妨引用两段歌德的话来说明这一点——"我们大胆宣布有一种欧洲的，甚至是全球的世界

---

① 简·布朗：《歌德与"世界文学"》，《学术月刊》2007 年第 6 期。
② 朱光潜：《朱光潜美学文集》第 4 卷，上海文艺出版社 1984 年版，第 458 页。

文学,这并不是说,各种民族应当彼此了解,应彼此了解它们的产品,因为在这个意义上的世界文学早已存在,而且现在还在继续,并且在不断更新。不,不是指这样的世界文学!我们所说的世界文学是指,充满朝气并努力奋进的文学家们彼此间十分了解,并且由于爱好和集体感而觉得自己的活动应具有社会性质"。"别人说了我们些什么,这当然对我们极为重要,但对我们同样重要的,还有他们同其他人的关系,我们必须密切注视他们是如何对待其他民族的,如何对待法国人和意大利人的。因为只有这样,最终才能产生普遍的世界文学;各个民族都要了解所有民族之间的关系,这样每个民族中才能既看到令人愉快的方面也看到令人反感的方面既看到值得学习的方面也看到应该避免的方面。"[1] 由此看来,对于"世界文学"的探讨还不能结束,尤其是由于"全球化"及其各种理论的席卷而来,人们对"世界文学"的理解在获得更多探讨路径的同时,也增加了对于这一问题探讨的难度。

(二)"全球化"与"世界文学"的中国研究

由于处于"发展中国家"这一基本的国情事实,中国学者对于"全球化"的理解与接受一直是十分谨慎的。这一态度反映到"世界文学"的研究与论述上,大体表现为这样几种情形:"全球化"的发展,使一些学者备受鼓舞,他们相信"世界文学"的到来已经是可能的事实,因而煞费苦心地为"世界文学"这种可能寻找理论依据与支持;另有一些学者则看到"全球化"的"殖民"特性,对于"全球化"持一种抵制与对抗的态度,他们质疑"世界文学"实现的可能;还有一些学者对"全球化"保持一种冷静的态度,既带着对"全球化"的一份理解与宽容,同时又保持着对"全球化"的一种必要的警惕,他们更希望从歌德或马克思恩格斯的"世界文学"的经典论述出发,从文学发展的实际出发,去探讨"全球化"语境中"世界文学"与"民族文学"的相关问题。本文无意对这诸多的情形以及学者们的详细观点做出全面的梳理或

---

[1] 尤里·鲍列夫:《文化范式的流变与世界文学的进程》,周启超译,《文学评论》2003 年第 3 期。

论述，而只想选择其中比较有代表性的若干论文，就目前的研究现状与涉及的主要问题做些介绍或说明，希望读者可以借此窥见"世界文学"研究的中国声音。

1. 如上所论，自歌德提出"世界文学"开始，人们对于这一概念的阐释与探讨就从来没有停止过，"全球化"的新语境，促使中国学者以新的研究视角继续对此展开讨论，并对"世界文学"存在的可能依据，补充了许多新的看法。李衍柱撰文认为"全球化"的到来证明了歌德"世界文学"理论的预见性与真理性。他将歌德提出"世界文学"的理由归结为这样三个方面：一，由于科学技术的进步，"世界关系及人的关系前景更为广阔"，世界各民族的科学与艺术、各民族文学之间的合作、交流等已逐渐成为现实；二，随着对希伯来人、阿拉伯人、波斯人、中国人和古希腊人及其诗歌和文化的了解，歌德突破了传统的"欧洲中心论"，逐渐形成并提出了总体性的"世界文学"理念；三，地球上的人类，虽有不同的种族和民族，但人的生理结构的相同性，不同民族的诗人在生活、爱情和情感上的相似性，文学艺术中"真正值得赞扬的东西"的全人类属性，促使歌德认识到"诗是人类的共同财富"，从而将此作为提倡"世界文学"的一个重要的理论支点。在做出了如此分析之后，该文认为，随着时间的推移和资本主义市场经济的发展，特别是在当今数字化生存的信息时代，歌德"世界文学"理论所包含的科学预见性与真理性就更加地凸显出来。[①] 王一川认为"全球化"过程是与"现代性"过程交织在一起的，为此，他提出了一个与"全球化"不可分割的新的民族性概念，即"全球民族性"概念。"过去主要谈一种纯粹民族性，着重于世界普遍性主体中的某种'民族作风'或'民族气派'，相信这样的文学民族性是纯粹地或固定地存在的，只要个人努力把它创造或激发出来便是。而现在谈文学的全球民族性，涉及的却是

---

① 李衍柱：《全球化视域中的民族文学与世界文学——从歌德的总体性文学观谈起》，《江西社会科学》2007年第2期。

处于全球化复杂因素渗透中的被建构或想象的文学民族性。"① 他试图通过对全球化语境中的文学民族性问题的思考来解决当下文学的处境问题。

面对"全球化"的席卷而来，王宁也对狭隘的民族主义进行了批判性分析和解构。他认为，全球化进程的加快不仅突破了传统的欧洲中心主义思维模式，同时也突破了狭隘的民族主义思维模式，从而为一种新的超民族主义思维模式的形成铺平了道路。"全球经济一体化大大地加快了中国经济的发展，而且文化上的全球化也使我们得以利用这一契机大力地将中国文化推向世界。在这方面，弘扬一种新的类似'世界主义'视野的超民族主义，应该是我们的比较文学和文化研究者努力的目标。"② 杜书瀛认为，对全球化问题，马克思主义研究者早就作了理论阐发。随着经济的全球化，相应的也就会有文化的全球化。"在人类物质文化和精神文化的各个领域里，全球化恐怕是难以避免的，也可以说是不以哪个人的意志为转移的。"文化全球化符合人类精神文化（包括文学艺术）已有的历史事实，也符合人类精神文化（包括文学艺术）发展的客观规律。不管文学艺术的这种全球化性质多么特殊，从长远的历史发展来看，其全球化的方向恐怕是难以改变的。文学的全球化就是一个"世界文学"的命题。他认为，文学艺术的全球化问题就是文学价值和艺术价值的全人类共享，是价值共识，当然，它同时必须保持个性、民族性、多样性、多元性。③姚鹤鸣认为文化全球化正在渐进之中，但是文化全球化的"西方化"实质及其"文化侵略"性质也是十分明显的。不过，他认为这种"文化侵略"虽然有着无可避免的害处，我们却完全没有必要为此感到过分忧虑和恐惧。他以传播学中的"文化维模原理"与"适应原理"证明，"优势的文化形态要能够在一个民族中得到扩散并为这个民族所接受，必须要适应该民族的文化圈的特殊情形。而一个民族吸收其他民族的文化形态，也总是以本民族的文化形态为根

---

① 王一川：《当前文学的全球民族性问题》，《求索》2002 年第 4 期。
② 王宁：《全球化、民族主义及超民族主义》，《西南民族大学学报》2007 年第 7 期。
③ 杜书瀛：《文化的全球化与民族性问题》，《民族艺术研究》2002 年第 3 期。

本，将外来文化民族化，使之成为自身文化形态的一部分"。文章认为，在全球化的交流和影响中，中华文化既要开放吸纳，又要维模自律。① 全球化的到来，或许真的无须惊恐，全球化对于印度文学的影响就能证明这一点，侯传文梳理了印度文学在接受英国文化影响后的发展状况——印度独立之后，印度和英国的民族矛盾得到缓解，世界文学的信息在印度更加畅通、快捷，作家更加注重自己的文化修养，自觉地面向世界，印度文学与世界文学基本上同步发展，印度文学对世界文学的接受也更加多元化。与此同时，印度文学开始走向世界，由单纯的文学输入转向文学输出。② 显然，印度文学的发展经验是值得我们借鉴的。只有不断加强同世界各国的文化交流，真正地走向世界，我们才能提升本民族文学的世界化水平，这也是民族文学"经典化"的重要途径。在这里，歌德的提醒对于我们而言仍然是中肯的："各个民族都要了解所有民族之间的关系，这样每个民族在别的民族中才能既看到令人愉快的方面也看到令人反感的方面，既看到值得学习的方面也看到应当避免的方面。"③

2. "全球化"过程是与"现代性"过程交织在一起的，然而这种"现代性"的"西方中心"的主导模式不能不引起学人的反思，正是有了这样的反思我们才更清楚地看到自己的处境，也看到"世界文学"或"全球文学"的另一张面孔。高建平认为，学术界有一种习惯做法，一谈到"世界文学"就回到歌德和马克思那里去，说这是他们的伟大的预言。而实际上，当我们从理论上去分析"世界文学"的真正含义时，我们会发现歌德的"世界文学""只是以古代希腊文学为典范的世界文学"。然而，其他文学并非不能成为"模范"，实际上，许多民族的文学家和文学研究者，都或多或少有以自己的文学为典范、以外国的文学为"其他"的情况。在马克思的"世界的文学"概念中，也同样有

① 姚鹤鸣：《文化全球化和马克思的"世界文学"》，《广西师范大学学报》2007年第2期。
② 侯传文：《现代印度文学与世界文学》，《东方论坛》2001年第2期。
③ 歌德：《歌德文集》第10卷，范大灿等译，人民文学出版社1999年版，第411页。

类似的情况。在世界市场的开拓过程中，也只能是殖民者带来"模范"，而那些"野蛮人"所提供的只能是"其他"。① 显而易见，"世界文学"概念包含了一种"西方中心"或文明优越论的话语逻辑。王卫东、杨琳就明确地指出："隐藏在'世界文学'概念之后的是一整套话语权力，这种话语权力不是强迫人们做什么或不做什么，而是通过这种讲述赋予世界文学一种秩序。在这套话语中，'民族文学'是特殊的、边缘的，'世界文学'才是普遍的、中心的，只有符合超越于众多'其他'民族文学的更高的'模范'标准或价值尺度的文学才可能成为世界文学，全世界的文学可以而且应该服从于同一逻辑，在一个中心、一种典范的引导下发展并走向统一。"② 他们从"世界文学"命题切入，具体分析了"世界文学"命题的遮蔽性和压抑性，对"全球化"视阈中的"世界文学"问题充满了警惕。理论上的模糊认识必然造成创作上对于"全球化"理解的一种误读，肖向明认为，在"全球化"背景中，中国当代文学的"民族性"书写存在着种种问题，中国现当代作家在作品中表现出的"把西方文明当作普世理想的思维模式"导致了"现代性"的"迷思"。实际上，从某种意义上讲，"独立性"、"主体性"才是民族价值和意义的"一种标志"，面对着"全球化"这样一个文学话语权力的象征，文学"民族性"务必通过主体性的维护和多样化的文学呈现追求深度，从而才能达成与文学"世界性"的对话与交流。③

　　"全球化"强烈的殖民倾向对民族理论话语形成了一种挤压与侵害，这还在我们今天文艺理论术语的运用上表现出来，仪平策认为："打开20世纪以来我们的美学、文艺学教科书，我们看到了什么？本质、反映、再现、表现、上层建筑、意识形态、优美、崇高、悲剧、喜剧、直觉、理性、形象、典型、现

---

① 高建平：《论文学艺术评价的文化性与国际性》，《文学评论》2002年第2期。

② 王卫东、杨琳：《如何走出西化的文论话语——从"世界文学"命题的遮蔽性说起》，《思想战线》2004年第4期。

③ 肖向明：《论全球化语境下的中国当代文学的民族性追求》，《文艺评论》2007年第5期。

实主义、浪漫主义、主题、结构、机制、媒介、符号、形式……这些我们耳熟能详的、构成美学理论、文艺理论主体框架的概念、范畴、词汇、术语，有哪一个真正来自于我们民族的、自己的'话语'系统？可以说，我们今天仍在使用的一整套文艺美学规范和批评术语，几乎无一不是来自于代表'世界文学'范式的'西方'。""我们在'现代化'神话的激励和鼓舞下，过于强调文学艺术的普遍性、世界性、人类性价值（而说到底，这种所谓'现代化'其实就是'西方化'），而忽略了文学艺术的特殊性、本土性、民族性属性，忽略了文学艺术最终无法超越的民族文化根基。"① 这或许只是问题的一个方面，"全球化"的殖民结果，甚至可能造成更为严重的后果，正如欧阳友权对"中文的拉丁化"所分析的那样："当我们的民族语言成为全球化祭坛上的牺牲品后，由文化商品和消费活动构成的一种国际化意符体系就将代替原初的民族语言。那时候，全球化图式中的文学焦虑就将演绎为失语悲剧，民族文学的生态根基就更加岌岌可危了。"② 其实，情况未必会有这样严重，我们相信任何民族都不会坐以待毙，实际上当"全球化"试图横扫一切的时候，每一民族都将本能地做出反抗。

其实，伴随着经济的"全球化"，我们不仅没有看到文化的一体化，而且看到了更多的文化之间的冲突与斗争。"21世纪的世界文化似乎比过去增加了更多的冲突和麻烦，有时甚至比冷战时期的对抗还要激烈。"③ 这是文明的冲突与矛盾，这是经济全球化必然伴随而生的冲突。当东方感受到西方强大的经济、科技的一体化压力与理性的强势的时候，东方能拿出来与之抗衡的就只有文化传统与民族的东西了。文明的冲突实际上就是文化的冲突，是不同的价值观之间的冲突。文学作为某种价值观的艺术化的阐释，必然处于冲突的显要位置。

---

① 仪平策：《文学民族性身份的现代人类学还原》，《文史哲》2007年第3期。
② 欧阳友权：《全球化图式中的文学焦虑》，《益阳师专学报》2002年第5期。
③ 高小康：《"世界文学"与全球化文学界说》，《社会科学辑刊》2002年第2期。

　　3. 面对"全球化"诡谋的本质，我们应该做出怎样的判断与选择呢？尽管有很多人在谈论文化的全球化，但与此相对，也有许多学者坚信"全球化"所引发的"一体化"可以是经济的、科技的、物质的，但永远不可能是文学的或文化的。"不同文化之间可以交流互补，但交流互补并不是、也不可能让原本不同的文化'化'为一体。"① 而作为以语言为载体的文学，它在不同的民族那里，在不同的语种之间是难以翻译的，难以被不同语种的人阅读的。而真正到了世界上只有一种语言——如高建平先生所说的一个"世界语"的时代——至少在今天看来，是难以实现的。因此，"避开语词的定义带来的种种不确定情况，我们可以确定的是，至少在今天，从非西方国家的文学教育的情况可以得出一个结论，'世界文学'并不是一种单数的名词，而是一个复数的名词。从不同的角度出发，就会有不同的视野，就会形成不同的'世界文学'"② 。"世界文学"是复数的，这是我们面对"全球化"时，必须明确的认识。这一认识，既可以使我们警惕"西方中心论"对民族文化可能造成的伤害，同时，也可以使我们在面对民族文学的重建时，采用一种"外位性立场"去审视外来的文化资源。"外位性立场"是巴赫金提出的，他认为："理解者针对他想创造性地加以理解的东西而保持外位性，时间上、空间上、文化上的外位性，对理解来说是件了不起的事。要知道，一个人甚至对自己的外表也不能真正的看清楚，不能整体地加以思考，任何镜子和照片都帮不了忙，只有他人才能看清和理解他那真正的外表，因为他人具有空间上的外位性，因为他们是他人……即使两种文化出现了这种对话的交锋，它们也不会相互融合，不会彼此混淆。每一文化仍保持着自己的统一性和开放的完整性。然而它们却相互得到了丰富和充实。"③ 始终保持一种"他者"的地位，这就是不同民族文学文化交往的真实情景。邱运华运用巴赫金的"外位性"理论对跨民族文学研究中

　　① 盛宁：《世纪末·"全球化"·文化操守》，《外国文学评论》2000 年第 1 期。
　　② 高建平：《论义学艺术评价的文化性与国际性》，《文学评论》2002 年第 2 期。
　　③ 巴赫金：《巴赫金全集》第 4 卷，河北教育出版社 1998 年版，第 370 页。

的文化站位问题进行了深入论述，并认为只有这种"外位性立场"，"全球化时代跨文化的世界文学研究，才是真正的世界文学研究，而不是文学世界的殖民"①。金惠敏提出的看法或许能更为直观地表明"全球化"语境中"世界文学"的真实意义。金惠敏提出了以"全球"取代"世界"、以"全球文学"取代"世界文学"的主张，他认为，"'全'已经包括了'世界'，而'球'则呈现出立体的、动感的、旋转的、解中心的趋势，这样的'全球'就是我们全球化时代的文学的特征"。这样，"一切文学都将进入我们所谓的'全球化'之中，也就是说，它们将成为'球域性'的，既是全球的，又是地域性的"②。

（三）"民族文学"发展的良好机遇

由以上论述可知，"全球化"的到来，将"世界文学"、"民族文学"的讨论与研究引向了一个多层次、多角度的新境地，虽然论家观点不同，立场不一，但我们还是可以透过这诸多的讨论与研究看到这样一个基本的事实："全球化"已经成为历史发展的必然趋势，每一民族，它的任何行为，不仅经济的，而且文化的、艺术的，都将成为"世界的"。当然，"全球化"并不能将一切整合划一，它在将各民族的经济文化活动紧紧夹裹在一起的同时，也使各民族自身的文化传统与身份认同更加突出与鲜明。因此，在这样一个"世界性"与"民族性"分别都需要重视的时代，我们所要做的就是好好把握这一历史机遇，拥有一种世界性的眼光，努力建设好我们的民族文学。

这是一个网络信息十分发达的时代，然而信息交流的便捷并不能毁坏各民族之间的界限，在"地球村"的大家庭中，居住着的仍然是有着鲜明民族标记的不同国度的人民。当希利斯·米勒声称民族独立国家之间的界限正在被因特网这样的信息产业所打破，任何人只要拥有一台电脑、一个调制解调器、一个服务器，几乎马上就可以链接到世界上任何一个网址，"国际互联网既是推动

---

① 邱运华：《"世界文学"概念的建立与跨民族文学研究中的文化站位问题》，《民族文学研究》2006 年第 4 期。

② 金惠敏：《作为哲学的全球化与"世界文学"问题》，《文学评论》2006 年第 5 期。

全球化的有力武器，也是致使民族独立国家权力旁落的帮凶"① 这样一个似乎耸人听闻的事实时，我们其实更应该关心的是，这种事实又将带来怎样的后果。也就是说，如果米勒的说法没错，那么由网络媒介留给民族国家的这种后果，势必激起民族国家捍卫自身权力与利益的本能力量，而作为同这种后果对抗的力量一经得到人们的认同，那么米勒所说的这种事实的存在就将是可疑的，或者说根本就不存在了。互联网的效力根本没有米勒想象的那样巨大，足可以动摇一个民族国家稳固存在的根基，因为所有使用互联网络的人，都会以他们自己的方式去获取来自网络上的东西。"由于意识到其他民族的特殊贡献以及懂得珍视它们，我们也就懂得我们自己的贡献。确实，我们自己的文学在某种程度上也会由于这样的接触而改变它的性质，但这只会是一种丰富，而由此产生共生现象，诸如歌德自己的《西方与东方的合集》和《中德四季晨昏杂咏》，仍然会继续带有独特的民族文化的印记和这些作品的作者的天才和个人性格的印记，通常人们是在本国文化范围之内接受外国的作品的。"② 这就是民族文学面对"全球化"的基本立场与事实。

　　每一个民族都有其深厚的文化传统与人类学积淀，离开这些而试图对不同国度的文学作品进行理解，永远都无法真正弄懂作品的本来意义，无法理解作品的伟大之处。这也就是为什么米勒也希望"当今的文艺批评家或理论家要在一定程度上自觉地成为自身文化产品，具体地说是文学作品的人类学学者"的原因。虽然米勒看到了文学研究在全球化条件下面临的转型，但他还是比较客观地说出了文学研究当下的现实——"伴随着经济和技术的全球化，文学研究转移扩展至全球规模已是大势所趋，但温和地讲，区域性仍然侵蚀着全球性。全球区域化将成为未来几年里文学研究的主要目标"③。本书认为，从时间上

---

　　① J. 希利斯·米勒：《全球化时代文学研究还会继续存在吗?》，国荣译，《文学评论》2001 年第 1 期。

　　② 柏拉威尔：《马克思和世界文学》，梅绍武等译，生活·读书·新知三联书店 1980 年版，第 192 页。

　　③ H. 米勒：《作为全球区域化的文学研究》，梁刚译，《社会科学辑刊》2002 年第 1 期。

看，"全球区域化"不仅仅只是"未来几年"，而是可能需要很长的时间，这或许就是一个超乎我们想象的数字，或者就是永远。

理论从来都是有局限的，"在全球化时代中，文学研究既包含全球性因素也包含地域性因素。一方面，虽然几乎每一种理论都来自特定的区域文化，却无不寻求阐释和方法论的充分有效性。理论在翻译中旅行。另一方面，无论用任何一种语言写成的文学作品都是独特、特殊、自成一类的，文学作品拒绝翻译，拒绝旅行"①。因此，"世界文学"作为一种理论，它存在着阐释的局限性，无法真正概括和说明各国文学发展的真实状态。如果仅就文学已经进入到一个对话与交流的时代而言，"世界文学"是成立的，然而若是将"世界文学"作为一个实体去看，以为它可以超越民族而自成一格，那么，这种文学就是不存在的，就只在人们的想象里。任何民族，它只有真切地尊重本民族的文化与传统，才可能在"全球化"的场域中占有一席之地。换句话说，一个民族的文学正因为有了民族的东西，它才能真正成为"全球化"中的一员。"和而不同"，文学的魅力正在于文学言说了对于另一个民族（或个人）而言是陌生的东西，文学的魅力正在于它是对不同民族个体的"生命"的叙述。

今天，当冷战已经成为人们久远的记忆，当文明的冲突与文化的矛盾已经成为各民族间的主要矛盾与冲突，如何重建一个民族自己的文学、文化、精神，就将会是每一个国家与民族必须认真对待的问题。冲突就是一种博弈，一个民族到底在多大程度上可以真正焕发出本民族的力量，怕是这场博弈最终谁能获得胜利的关键因素。虽然，我们希望这世界是和谐的。但和谐并非不要矛盾，马克思主义创始人相信，只有矛盾运动才能真正推动事物不断地向前发展，因而各民族之间的这场民族文化与精神的重建运动，最终将会使人类整体文明向前推进一大步。人们越来越企盼各个民族以各自不同的风姿出现在世界的舞台上，文化的多元将会成为世界人民的共同追求。

---

① H. 米勒：《作为全球区域化的文学研究》，梁刚译，《社会科学辑刊》2002 年第 1 期。

因此，可以这样说，这场关于全球化、民族化与世界文学的理论探讨，实质上是第三世界学人对于这一关乎民族文学生存与命运的一次清醒的理论探索，这种探索让我们更为真切地看到中国民族文学的发展迎来了一次良好的机遇。作为一个大国，当中国的经济得到了很好的发展，中国的文学便不能不面临同样的责任。构建一个大国的文学，通过文学叙事提升中国的形象，让世界了解中国，让西方尊重中国；同时，也在中国文学精神的塑造中，让中国人学会自信，学会自我尊重。这是摆在中国文学家面前的一项重要任务。

理论是灰色的，让我们站在"全球化"的大地上，努力培育"民族文学"这棵"长青之树"吧！

二　对歌德"世界文学"的新解读

自歌德提出"世界文学"这一概念后，虽然论者不少，成果丰硕，然而令人信服的解释，在笔者看来几乎没有，因此，本文将从一个新的角度，即美学的角度，对"世界文学"的意义重新作出解释，而这种新的解释将有助于进一步论证关于发展"民族文学"的基本观点。

（一）祈向"本原"的"世界文学"

1827 年 1 月 31 日，在与爱克曼的谈话中，歌德提出了后来广为人知的"世界文学"这一概念，这一概念提出的原因，前文中已有论述这里不再赘述。歌德对当时德国的四分五裂、狭隘保守非常痛心。他曾提到过与法国一位诗人的交往，"当亚·韩波尔特来此地时，我一天之内从他那里得到的我所寻求和必须知道的东西，是我在孤陋状态中钻研多年也得不到的。从此我体会到，孤陋寡闻的生活对我们意味着什么"[1]。处于"孤陋"中的德国人对中国几乎一无所知，不过，文学作品弥补了这种缺憾，并且透过作品，歌德看到了不同民

---

[1]　爱克曼辑录：《歌德谈话录》，朱光潜译，人民文学出版社 1978 年版，第 140 页。

族文学中共同的东西。他写道：

> 我愈来愈深信，诗是人类的共同财产。诗随时随地由成百上千的人创作出来。这个诗人比那个诗人写得好一点，在水面上浮游的久一点，不过如此罢了。……每个人都应该对自己说，诗的才能并不那样稀罕，任何人都不应该因为自己写过一首好诗就觉得自己了不起。不过说句实在话，我们德国人如果不跳开周围环境的小圈子朝外面看一看，我们就会陷入上面说的那种学究气的昏头昏脑。所以我喜欢环视四周的外国民族情况，我也劝每个人都这么办。民族文学在现代算不了很大的一回事，世界文学的时代已快来临了。现在每个人都应该出力促使它早日来临。不过，我们一方面这样重视外国文学，另一方面也不应拘守某一特殊的文学，奉它为模范。我们不应该认为中国人或塞尔维亚人、卡尔德隆或尼伯龙根就可以作为模范。如果需要模范，我们就要经常回到古希腊人那里去找，他们的作品所描绘的总是美好的人。对其他一切文学我们都应只用历史眼光去看。碰到好的作品，只要它还有可取之处，就把它吸收过来。①

虽然在此之前，已经有那么多的学者对歌德的"世界文学"做出了解释，但笔者仍然相信对此问题有继续探讨研究的必要，因为这诸多的讨论并不让人满意。在笔者看来，歌德谈"世界文学"是与他的整个审美观相关联的。因此，如果我们能暂时撇开他的文学观，而进入他的美学世界，那就会获得一种对于"世界文学"的崭新看法，这或许也是最合理的对于歌德"世界文学"的一种解释。

在歌德看来，美是不可定义的，因为任何定义的结果都只会把我们叫作美的那种不可言说的东西化为一种抽象的概念。"美其实是一种本原现象

---

① 爱克曼辑录：《歌德谈话录》，朱光潜译，人民文学出版社 1978 年版，第 113 页。

（Urphänomen），它本身固然从来不出现，但它反映在创造精神的无数不同的表现中，都是可以目睹的。它和自然一样丰富多彩。"① 歌德认为，自然往往展示出一种可望而不可攀的魅力，但自然的意图（目的）固然总是好的，而使自然能完全显现出来的条件却不尽是好的，因此他不认为自然的一切表现都是美的。他以橡树为例说明，橡树可以很美，但需要许多有利的环境配合在一起。一棵橡树如果长在密林中，它就总会倾向于向上长，争取自由的空气和阳光，而等它终于将树顶升入自由的空中，它就开始向四周展开，向宽度发展，它高大强健，树干却很苗条，树干树冠的比例也不相称，不能显示橡树之美；如果它生在低洼潮湿的地方，土壤的肥沃，加上有合适的空间，它就会长出无数的枝杈，远远望去像是菩提树一样，也没有了橡树之美；如果长在高山坡上，肥瘦石多，它就不能自由发展，很早枯萎，不能令人感到惊奇，同样没有了橡树之美；如果生长在避风雨的地方，它就还是长不好，也不会将作为橡树的美的目的全然显现。② 事实上，通过橡树，歌德讲了这样一个道理：任何自然物依其内在意图或目的全然实现于外部环境的情形都是绝对没有的。但他认为，人可以通过精神创造把他由心灵把握到的事物"本原"形态努力实现在艺术中。通过对吕邦斯画作的分析，歌德断言："艺术并不完全服从自然界的必然之理，而是有它自己的规律。""艺术要通过一种完整体向世界说话。但这种完整体不是他在自然中所能找到的，而是他自己的心智的果实，或者说，是一种丰产的神圣的精神灌注的结果。"③

从歌德的这些论述中，我们可以注意到这样两点：一，任何事物都有其内在目的，但事物在自然环境中的受限状态下的成长总是无法彻底表现出它的内在目的；二，虽然事物在自然条件下无法全然表现它的目的，但人可以通过"心智"把握到它，美只有在一种"理想状态"下才能实现。"理想状态"——

---

① 爱克曼辑录：《歌德谈话录》，朱光潜译，人民文学出版社 1978 年版，第 132 页。

② 同上书，第 132、133 页。

③ 同上书，第 136、137 页。

这是一个从歌德到康德到黑格尔，或者可以追溯的更早，从古希腊起，就被哲人们反复论证的一个话题。这个理想状态是"既成普遍而又还是个别"的理念，是"按照事物应当有的样子"而创造出的"比实际更理想"的人物典型（亚里士多德），是一事物之所以是美的最后根源——"美本身"（柏拉图），是"神心灵中的永恒的模型"（奥古斯丁），是"美的理想"的"最高的范本"与"鉴赏的原型"（康德），是"赋予自己以自我意识""使它自己发展并在自身中反映"的观念或"绝对精神"（黑格尔）。有了这个"理想状态"，人们也就能够对照出现实的缺陷与不足，也就能够义无反顾地将生命与激情投注到对这个状态的不懈追求当中。

恰如橡树的成长，它在现实中永远无法全然达到性格的"完全发展"并使各部构造都符合它的"自然定性"或"它的目的"一样，任何民族，其自发的原初文学的发展都要受到这样或那样的限制。在任何一个民族那里，那些堪称为"优秀"的文学作品，倘若以一个最后的目标，即文学"理想状态"的目标来衡量的话，就也有这样或那样的短处。显然歌德正是在此意义上看到了"民族文学"写作的局限，从而提倡走出这种局限，并向其他民族学习的。任何事物都有局限，而只有走出自己经验的局限，才能真正成全事物最后的目的，达到"理想状态"或"自然发展的顶峰"。"一个演员也应该向雕刻家和画家请教，因为要演一位希腊英雄，就必须仔细研究流传下来的希腊雕刻，把希腊人的坐相、站相和行为举止的自然优美铭刻在自己心里。但是只注意身体方面还不够，还要仔细研究古今第一流作家，使自己的心灵得到高度文化教养。"[①]一个演员如此，一个"天才"也是如此。同他那个时代的人一样，歌德也赞赏天才，然而比起个人的天资禀赋来，他对时代机制和群体积累显然更看重一些。这同样源自他对"天才"的个人局限的清醒认识。他认为："我们全都是些集体性人物，不管我们愿意把自己摆在什么地位。严格地说，可以看成我们

---

① 爱克曼辑录：《歌德谈话录》，朱光潜译，人民文学出版社 1978 年版，第 227 页。

自己所特有的东西是微乎其微的，就像我们个人是微乎其微的一样。我们全都要从前辈和同辈那里学习到一些东西。就连最伟大的天才，如果想单凭他所特有的内在自我去对付一切，他也绝不会有多大成就。"① 这也正是他之所以将"独一无二的伟大大师"莎士比亚的成就在很大程度上仍然归功于那伟大而雄强的时代的原因。个人需要学习，民族也需要学习，因为他们都无法摆脱局限。在当时的德国，文学、文化、哲学等都处于极端落后的状态，这种学习就更是重要而迫在眉睫的了。

当然，这只是问题的一个方面。另一方面，当歌德以民族文学经验的局限去敦促德国人向外学习的时候，他的另一个目的也在这里暴露出端倪，这就是德国文学的"经典化"问题。德国文学的"经典化"，这是"世界文学"提出的又一重要原因。

　　一个经典的民族作家在什么时候和什么地点会产生呢？在这样的情况下：他在自己民族的历史上发现了伟大的事件同它们的后果处在幸运的和意义重大的统一之中，他不放过他同胞的思想中的伟大之处，不放过他们感情中的深沉，不放过他们行为中的坚定不移和始终如一，他自己充满民族精神，并且由于内在的禀赋感到有能力既对过去也对现在产生共鸣。他发现，他的民族已有很高的文化，因而他自己受教育并不困难。他搜集了很多资料，眼前有他的前人做过的完善或是不完善的试验，如此众多的外在与内在的情况汇总在一起，使他不必付高昂的学费就可以在他风华正茂之年构思，安排一部伟大的作品，并能一心一意地完成它。②

然而，与西方近邻的法国、英国相比，经典的民族文学作品和经典的民族

---

① 爱克曼辑录：《歌德谈话录》，朱光潜译，人民文学出版社 1978 年版，第 250 页。
② 歌德：《文学上的无短裤主义》，见《歌德文集》第 10 卷，第 13 页。

作家在德国的孕育显然迟缓而艰难。"一个出类拔萃的民族作家的产生,我们只能向民族要求。"① 在歌德看来,民族的统一是形成民族文学的重要前提,同时民族文学的形成与发展,又不能脱离本民族的优秀文化传统的继承与弘扬。然而,当时德国的情况又如何呢?

在德国根本没有一个作家们可以聚在一起的社会生活中心,在那里的每一个作家都可以受到他所从事的专业的教育,但这种教育又是按照一种方式,根据一种思想进行的。德国的作家出生在四面八方,所受的教育五花八门,大多数人都沉溺于自己以及同各不相同的情况所造成的印象之中。他们入迷地偏爱本国或者外来文学中这个或者那个范例,为了在没有指导的情况下检验自己的力量,他们不得不做各种各样的尝试,甚至不得不做一些敷衍塞责的事,只是经过仔细思考才慢慢地确信自己该做什么,只是通过实践慢慢地才知道自己能做些什么,一再被大批毫无审美趣味的读者引入歧途,这些读者在吸收好的东西之后,又以同样的兴致吞食坏的东西,然后又由于结识了有教养的读者而精神振奋,但是这些读者分散在这个大帝国的各个地方,受到与他们一起工作、一同奋斗的同伴们的鼓舞。……哪一位受尊敬的德国作家不是在这样的一幅图像中认同自己的?哪一位作家不是谦逊地哀痛地承认,他曾经经常地渴念有机会能及早使他特有的天赋服从于一个全民族的文化?然而遗憾的是这种文化他至今也没有找到。②

歌德一向重视民族文化对于作家的重要作用,这大概只有深居落后的德国生活之中,并且深受其苦的人们才可能真正体会歌德之所以提出这种思想背后

---

① 歌德:《歌德文集》第 10 卷,范大灿等译,人民文学出版社 1999 年版,第 14 页。
② 同上。

的深层原因。我们从歌德的著作中的许多地方都能感受到这一点。他曾惊叹安培尔由于生活在巴黎在二十四岁就能做出巨大的成就，并认为法国的贝朗瑞如果是德国耶拿或魏玛而不是法国巴黎的一个穷裁缝的儿子，那么同样的生活旅程，他将一事无成；他赞赏席勒在年轻时就能写出《强盗》《阴谋与爱情》等经典的剧本，但他认为这仅仅是源于作者个人的"非凡才能"，与高度成熟的"文化教养"无关。他还以英国的农民诗人彭斯为例说明，假如不是由于前辈的"全部诗歌"在人民口头上活着，假如不是由于马上能获得"会欣赏的听众"，"彭斯又怎么能成为伟大诗人呢？"① 他说："我们都惊赞古希腊的悲剧，不过用正确的观点来看，我们更应惊赞的是使它可能产生的那个时代和那个民族，而不是一些个别的作家。"② 歌德相信，如果一个有才能的人想迅速地幸运地发展起来，就需要有一种很昌盛的精神文明和健康的教养在他那个民族里得到普及。然而，这种"全民族文化"对于当时的德国作家来说还无从谈起。"我们德国人还是过去时代的人。我们固然已受过一个世纪的正当的文化教养，但是还要再过几个世纪，我们德国人才会有足够多和足够普遍的精神和高度文化，使得我们能像希腊人一样欣赏美，能受到一首好歌的感发兴起，那时人们才可以说，德国人早已不是野蛮人了。"③ 试想在这样一种文化传统氛围中，德国文学又怎么可能走上"经典"之路。歌德说，"我们德国文学大部分就是从英国文学学来的"④，而"我自己的文化教养大半要归功于法国人"⑤。歌德正是体察到了这一点，在他自己成为一位伟大诗人时，也造就了德国"民族文学"的经典之作。这是值得经营而又令人敬佩的事业。

如果说"世界文学"的提出仅仅是为了要走出民族经验的局限，并尽可能地创造出本民族的文学经典这两个方面，那么对"世界文学"含义的理解在笔

---

① 爱克曼辑录：《歌德谈话录》，朱光潜译，人民文学出版社 1978 年版，第 142 页。

② 同上书，第 141 页。

③ 同上书，第 148 页。

④ 同上书，第 48 页。

⑤ 同上书，第 214 页。

者看来就还是不完整的。那些仅仅认识到世界文学在于重视"跨文化"交流与对话的理解并不全面，那种把世界文学平面化地理解为几个层次的说法尽管正确也还缺乏必要的深度。我们看到，歌德的确在谈论德国文学的前途问题，但歌德在谈论"世界文学"的时候，并没有将法国文学、英国文学或者古希腊文学直接称为"世界文学"，当然他就更不可能把德国文学的未来经典称为"世界文学"。希腊文学可以作为"模范"，但希腊文学并不就是"世界文学"，"世界文学"在这里显然是一个要高于法国文学、英国文学、古希腊文学等任何"特殊的文学"的一个概念。恰如生长于自然中的橡树们终究有着各种它们难以成全的局限一样，任何特殊的文学也都存在着各种局限。由此来看，当我们从歌德对于橡树的论说中体会到"民族文学"经验的局限时，我们同时也可以从中领会到"世界文学"那难以企至的高级状态。就此而言，各民族的文学"经典"不过是"世界文学"属下的一个个"范本"，正是这些无数个"范本"向我们展现了"世界文学"所应该具有的存在方式。我们可以由此得出，歌德的"世界文学"并不是实体的，而是他为各民族文学悬设的一个必须追求的标准。因此，"世界文学"虽然不能作为实体而存在，但我们又可以通过无数个民族文学的"范本"认识它。这是歌德为"世界文学"提出的一个更高层次的意义。对歌德的"世界文学"含义的理解，倘若没有这一更高层次的维度，那么"世界文学"这一概念也就会失去活力，就会是"死"的。从歌德提出"世界文学"这一概念到现在，已经过去 180 多年了，尽管各民族的交流随着交通与通信技术的发展日益频繁与丰富，但真正的"世界文学"却仍然没有形成。这其中的原因并不在于现实中不同民族语言障碍的限制，也不在于不同的文化传统所形成的略嫌保守的各民族精神的自我认同的根深蒂固，而在于"世界文学"本身就不是一个可以在现实世界中得以成全的东西，恰如橡树的美不能在现实中成全一样，它是一个在价值认知上被悬设的一个各国民族文学共同追求的"本原"标准。

从以上分析我们可以看到，歌德提出"世界文学"的原因是复杂的，"世界文学"的意义也是丰富的。实际上，他说"民族文学在现代算不了很大的一回事，世界文学的时代已快来临了"的目的在于希望通过汲取其他民族文学的精华来更好地发展德国的民族文学，使德国民族文学不至于在世界文坛陷入狭隘的圈子。一种世界文学正在形成，他希望德国人在其中可以扮演光荣的角色。[①] 另外，歌德在当时已经感到世界各民族之间的交往已经是既成事实，别国的文学在汲取他国文学优势方面已经做得很好，比如英国与法国，"他们已经有了一种充满自信的预感，他们的文学将在更高的意义上对欧洲产生像在十八世纪上半叶产生过的那样影响"[②]，因此，他希望德国民族奋起直追，迎头赶上。再者，"世界文学"是衡量民族文学水平的最高标准，即"本原"的标准。"世界文学"不可能在某一民族文学中得以实现，但每一个民族，有了"世界文学"的这一最高标准，便获得了努力发展本民族文学的真正动力。歌德想就此提醒，德国民族文学的发展倘若缺乏了"世界文学"这一更高层次的维度，那么民族文学的发展就不可能是"宽容"的，就无法获得真正的进步，他希望德国文学在发展自己的时候，在开始就能够拥有这样一个"在更高的意义上"的健康的立场。因此，正如有学者指出的："民族文学"的雕铸在近代德国一开始就是一个"面向世界"的问题，正是处于一种特殊的历史情境"才使德国民族文学的代言人——而不是其他民族文学的代言人——有可能最早向人们报告'世界文学'的消息"[③]。

（二）"全球化"的诡谋与"世界文学"

前文已有论及，近些年，随着"全球化"思潮的兴起，学术界对"世界文学"话题的探讨又热了起来，然而，与这种研究热度极不相称的是许多学者的研究越来越背离歌德"世界文学"的本来意义，在"全球化"观念的遮蔽下，

---

① 歌德：《论文学艺术》，范大灿等译，上海人民出版社 2005 年版，第 378 页。另见《歌德文集》第 10 卷，第 409 页。

② 歌德：《歌德文集》第 10 卷，范大灿等译，人民文学出版社 1999 年版，第 410 页。

③ 黄克剑：《美：眺望虚灵之真际——一种对德国古典美学的读解》，福建教育出版社 2004 年版，第 127 页。

通过对"民族"与"文学"概念的消解与解构，不断淡化"世界文学"衡量民族文学发展水平的这种价值标准。

按照英国学者安德森的论述，民族性（nationality）是"一种特殊种类的文化制造物"，是一种"想象的社群"①，也就是说，"民族性"来自人们对于特定民族的独特生活方式的"想象"，包含人们的情感、想象和幻想等。据此他把"民族"（nation）定义为"一种想象的政治社群，并且被想象为既是内在有限的又是至高无上的政治社群"②。他对于"民族"问题的这一定义，显然为伸张民族或民族性中的想象色彩而故意淡化或弱化了民族历史中真实而富有生命情感的一面，无形中就将有着深厚文化传统符号的"民族"推向了一个飘忽不居的半空的境地。民族既然不存在，对于民族的任何可能的守护也自然成为无稽之谈。

解构主义理论学者 J. 希利斯·米勒认为，"全球化"过程在当今已经达到了双曲线的阶段，它已经成为文化、政治以及经济生活等许多领域里一个决定性的因素。他断言："民族国家的衰落、新的电子通信的发展、超空间的团体可能产生的人类的新的感性、导致感性体验变异、产生新型的超时空的人，乃是全球化的三大结果。"③ 在另一篇将这三大后果又说成是新的电信时代的三个后果的文章中，他试图证明文学研究在如此后果下的不可能，"正是这些变异将会造就全新的网络人类，他们远离甚至拒绝文学、精神分析、哲学的情书"，"这些新的媒体——电影、电视、因特网不只是原封不动地传播意识形态或者真实内容的被动的母体。不管你乐意不乐意，它们都会以自己的方式打造被'发送'的对象，把其内容改变成该媒体特有的表达方式。这就是德里达所谓的'从这个意义上说，政治的影响倒在其次'。你不能在国际互联网上创作

---

① Benedict Anderson，*Imagined Communities：reflections on the Origin and Spread of nationalism*，Rev. ed. London；New York：Verso 1991. p. 4.

② Ibid.，p. 6.

③ J. 希利斯·米勒：《论全球化对文学研究的影响》，郭英剑编译，《当代外国文学》1998 年第 1 期；《全球化对文学研究的影响》，王逢振编译，《文学评论》1997 年第 4 期。

或者发送情书和文学作品。当你试图这样做的时候，它们会变成另外的东西"①。当更多的人都在讨论由于"全球化"的影响，"世界文学"是可能的并且即将形成的时候，在米勒看来，由于新的电信时代的到来，文学及文学研究已经走向了它的终结。"文学研究的时代已经过去了。再也不会出现这样一个时代——为了文学自身的目的，撇开理论的或者政治方面的思考而单纯去研究文学。那样做不合时宜。我非常怀疑文学研究是否还会逢时，或者还会不会有繁荣的时期。"② 媒介改变了这一切。莫非当文学不再是文学，而成为"另外的东西"的时候，或者说当文学走向终结的时候，"世界文学"也就随之降临了？这是全球化大师们自己的逻辑悖论？还是他们的信口雌黄？

或许正是有了安德森的"民族想象"理论和 J. 希利斯·米勒的文学"终结"论，许多探讨"全球化"的中国学者产生了灵感。如前所论，王一川通过对处于全球文化经济互动中的文学的全球民族性所呈现出的五种景观的分析得出结论："全球化语境中的文学民族性确实是一种新型的民族性问题，属于全球民族性，因而不能继续沿用过去的思路。"③ 王宁相信，全球化进程的加快不仅会突破传统的欧洲中心主义思维模式，同时也突破了狭隘的民族主义思维模式，"弘扬一种新的类似'世界主义'视野的超民族主义，应该是我们的比较文学和文化研究者努力的目标"④。我们并不反对在"全球化"语境中对民族问题的重新思考与建构，但我们反对理论的建构与实际的脱离，反对面对全球化时所带来的理论上的浮躁。出生于非殖民地日本的英语移民作家石黑一雄就表现出了这种浮躁，他曾这样说过："我是一位希望写出国际化小说的作家。什么是国际化小说？简而言之，我相信国际化小说是这样一种作品：它包含了

---

①　J. 希利斯·米勒：《全球化时代文学研究还会继续存在吗?》，国荣译，《文学评论》2001 年第 1 期。

②　同上。

③　王一川：《当前文学的全球民族性问题》，《求索》2002 年第 4 期。

④　王宁：《全球化、民族主义及超民族主义》，《西南民族大学学报》（人文社会科学版）2007 年第 7 期。

对于世界上各种不同文化背景的人们都具有重要意义的生活景象。它可以涉及乘坐喷气飞机穿梭往来于世界各大洲之间的人物，然而他们又可以同样从容地稳固立足于一个小小的地方……这个世界已经变得日益国际化，这是毫无疑问的事实。在过去，对于任何政治、商业、社会变革模式和文艺方面的问题，完全可以进行高水准的讨论而毋庸参照任何国际相关因素。然而，我们现在早已超越了这个历史阶段。如果说小说能够作为一种重要的文学形式进入下一个世纪，那是因为作家们已经成功地把它塑造成为一种令人信服的国际化文学载体。我的雄心壮志就是要为它作出贡献。"① 这里显然是以题材的"国际化"来说明什么样的写作才是一种"世界性"的写作。石黑一雄的理解是偏颇的，且不说当我们谈及文学的"世界性"的时候，我们心中一定有一个"民族性"与之相对应，就是单单塑造这样一个"穿梭往来于世界各大洲之间的人物"而言，又有多少作家可以做到？这并不涉及一个人的写作能力，实际上这是对写作题材的一种狭隘的理解。

我们既没有一个叫做"世界"或"国际"的世外桃源，也没有一个可以在其中安然生活的"世界公民"。任何人无论作家或是作品中的人物，它首先都应该是富有民族符号的。"民族的符号已经成为在世界语境中的符号，既从属于民族，也从属于世界。他以多种方式与传统联系。现代社会并不取消这种联系，相反，正是由于现代性的压迫，使他们更加感到寻找自我的身份的必要。"② 这让我想起了奥地利作家茨威格，他是一个人道主义者与和平主义者，但他更想成为一个"世界主义者"，他终生都梦想成为一名"世界公民"。在第一次世界大战时，他就具有世界视野，他总能从"世界的"而不是"民族的"立场来看待战争。而当第二次世界大战爆发的时候，他在思想深处也已做好了准备，告诫自己不去受民族主义和战争狂热的蛊惑。在自传中，他写道："从

---

① 瞿世镜：《当代英国小说》，外语教学与研究出版社 1998 年版，第 569—570 页。
② 高建平：《论文学艺术评价的文化性与国际性》，《文学评论》2002 年第 2 期。

战争一开始，在我内心就坚定要成为一名世界公民，因为作为一名国家的公民是很难保持自己坚定的信念的。"① 这个由于躲避战争而到过很多国家的作家之所以想成为"世界公民"，也只是针对基于国家主义与民族主义而"把他人置于痛苦与死亡的错误的英雄主义"而言的，这里所谓的"世界公民"就是指要离开自己的、民族主义狂热的国家而到其他国家去，为维护和保卫"一切人性"而不是某一民族、某一国家的"人性"而斗争。他认为这是作为作家的真正使命。然而，这只是他精神情感的一面，其实在他内心深处有着更为强烈的另一面。无论走到哪里，茨威格的心中都在时刻惦念着一个地方，那就是维也纳，那就是萨尔茨堡，那就是他的祖国。1938 年 3 月，当德国军队占领奥地利——而茨威格不得不向英国当局申领一张表明无国籍者身份的"白卡"时，他的心是颤抖的。"我几乎用了半个世纪来驯化我的心，让它作为一颗'世界公民'的心而跳动。失去护照的那一天，我已经 58 岁了，那时我发现一个人随着祖国的灭亡所失去的，要比那一片有限的国土多。"② 我们无须再多说什么，"世界公民"是虚幻的，每一个人都是他的祖国与民族情愫的携带者，这是无论如何都逃不掉的。所谓"全球民族性"、"超民族主义"、"国际化小说"同样是虚幻的，是浪漫的想象的结果。"80 年代和 90 年代，本土化已成为整个非西方国家的发展日程。"③ 在这里，我们很难相信会有一种"超民族"东西的存在。

世界上"一体化"的内容可以是经济的、科技的、物质的，但永远不可能是文学的或文化的。尽管有很多人都谈论文化的全球化，但笔者坚信，文化是不可能全球化的。"不同文化之间可以交流互补，但交流互补并不是、也不可能让原本不同的文化'化'为一体。"④ 文学是"一体化"的敌人。作为以语

---

① 斯蒂芬·茨威格：《昨日的世界》，汀兰译，团结出版社 2005 年版，第 221 页。
② 同上。
③ 塞缪尔·亨廷顿：《文明冲突论与世界秩序德重建》，新华出版社 1999 年版，第 91 页。
④ 盛宁：《世纪末·"全球化"·文化操守》，《外国文学评论》2000 年第 1 期。

言为载体的文学，它在不同的民族那里，在不同的语种之间是难以翻译的，难以被不同语种的人阅读的。而真正到达世界上只有一种语言，如高建平先生所说的，一个"世界语"的时代，至少在今天看来，那是不可能的。

虽然我们不承认在经济全球化语境中，"世界文学"形成的可能性，但我们并不否定在全球化语境中，世界各国文学之间的交往的日益增多，从而使各民族之间文学的影响，比以往任何时候都更加频繁，从而也使各民族的文学比以往任何时候都具有更多地"世界因素"。各国文学的交往"对话"从来都是可能的，而且是必须的，这也是歌德"世界文学"概念中的应有之意。

由此，我们认为对于各民族文学与世界文学的发展而言，全球化的到来并不能改变什么。而"世界文学"并不是一个实体的东西，在"全球化"时代，那种认为世界文学可以建立在"超民族主义"、"全球民族性"等基础上的说法，是值得商榷的。而所谓世界各民族共同的情感，精神上的相通性也仅仅是世界各国文学可以彼此沟通的因素，同样不能以此推论出"世界文学"的应有意义。当然，"世界文学"倘若仅仅落于各国作品的彼此占有和流通，或作家们可以多学几门语言，可以相互往来结识的境地，也还是对"世界文学"仅有肤浅的理解。真正的"世界文学"当以构建一个各国民族文学都很繁荣，都创造经典，彼此不断学习，平等、相互依赖而又共同进步的世界文学盛世为目标。那时，所有民族的文学都是世界文学的中心，而每一民族文学的进步就是世界文学的进步。"世界文学"并不是一个空间实体概念，它无法在现实中全然实现，但可以从民族文学的经典中透见它存在的气息。因此，本文勉强地给"世界文学"找到这样一个蹩脚的界定："世界文学"是民族文学的"本原"化，或"世界文学"是民族文学的"本原"追求。当然，这只是一个临时的定义，未必科学，期待着专家学人进一步的争论与探讨。

目前我们看到许多关于全球化、民族化与世界文学的理论探讨文章，实质上，也是中国学人对于这一关乎民族文学生存与命运的一次艰难的理论跋涉，是一种冷静的反思。相信这种反思或探寻可以让我们更真切地看到今天民族文学发展所面对的处境与机遇。今天的中国同样面对着当年歌德所面对的问题，当我们酸酸地看着别人摘取世界文学的最高奖——诺贝尔文学奖的时候，我们难道不该好好反思一下吗？作为一个大国，中国的经济得到了很好的发展，中国的文化与文学难道可以止步不前吗？如何构建一个大国的文学，创造我们的文学经典，通过文学叙事来提升中国的形象，让世界了解中国，让西方尊重中国，同时，也在中国文学的精神塑造中，让中国人学会自信，学会自我尊重，这或许可以算作是"世界文学"给予中国人的一个重要的课题。我们越来越感到我们与世界的近距离接触，当我们与西方交换东西的时候，我们能拿出代表我们自己的东西吗？高建平先生曾认为，当代中国艺术要想在世界上有自己的声音，只给人家看一些作品，是第一层次的做法；说一点自己的思考，而且是带着理论味的思考，是第二层次的做法；而第三层次是要针对国际美学界的既有理论，说出一点新的、人家没有说过的东西，并且在理论上立得住。[1] 在"全球化"的语境中，我们的文学又能对西方说出来些什么呢？

我们必须努力发展我们的民族文学，当然这种发展是在"世界文学"视野之内的。我们并不排斥任何民族，以及任何来自他方的有价值的人类精神的文化成果，但我们不能只是跟在西方的后面，那样的话，我们将永远是西方的影子，将永远丧失我们和西方对话的资本和权力。学习西方，了解西方，但不能唯西方为尊，尤其不能因为有了西方，而忘记自己的传统、自己的文化。"尊重自己文化创造的专利权，乃是全球化趋势中现代学者不可或缺的思想态度。"[2] 当然，我们提倡民族的东西，绝不是提倡民族文化中那些糟粕落后的东西，同样，也绝不是要永远抛弃那些过去被我们打倒的东西。由于时代的变迁，许多封建的东西早已丧失了封建的内容，而获得了民族文化的形式与内涵，那些已经作为我们民族智慧与审美象征的东西，我们就应该给它平反。今

①　高建平：《没有理论，现代艺术就没有生命力》，《中国文化报》2007 年 9 月 9 日。
②　杨义：《感悟通论》，人民出版社 2008 年版，"引言"，第 7 页。

天当我们重新意识到"非物质文化遗产"的重要而加以保护的时候,我们可以发现,我们破坏、摧毁与丢弃的东西已经太多了。这种历史教训与痛苦记忆不能仅仅作为历史,而应该成为我们今天对待历史与传统的一面镜子。阿Q的"健忘"千万不要魂兮归来,依附于我们的躯体,使我们再次成为民族历史的罪人,被他人耻笑,被后人诟骂。在此笔者只想呼吁:让我们沿着歌德"世界文学"所祈指的方向努力前行!

三 "民族的"作为文艺批评的重要标准

文学批评在整个文学活动过程中,是推动文学接受与文学自身发展的重要环节。要进行文学批评,就要有批评的标准。但所有从事文艺批评的人都会认为,这个标准是难以确定的,作品不同,标准自然不同。批评家在进行批评时,或从艺术入手或从内容切题,虽然千变万化、随意为之,但又能得心应手,将作品的某一方面或几个方面的创作得失分析得淋漓尽致、入木三分。

其实,正如我们对美的感受与把握能够使我们在不断的美的体验与愉悦中提升到美的理性层面一样,对文艺作品的批评与评价也可以在丰富多彩的批评手段与批评内容背后,找到从事批评的一些共同准则。恩格斯在《卡尔·格律恩〈从人的观点论歌德〉》(1847年)和《致斐迪南·拉萨尔》(1859年)两文中,都提到对作家或作品的评价要用"美学的历史的"观点,而且认为这种观点与"用道德的、政治的、或'人的'尺度来衡量"[①] 不同,这是"非常高的、即最高的标准"[②]。恩格斯提出的"美学的历史的"评价标准非常概括而且在一定高度上为人们从事文艺批评找到了准绳,有广泛的适用性与理论价值,在今天也仍然是我们从事文艺批评的重要法则。

---

① 《马克思恩格斯全集》第4卷,人民出版社1958年版,第257页。
② 同上书,第561页。

然而，"美学的历史的"这一批评原则，由于其高度的概括性与逻辑性，加上随着社会生活的不断丰富与艺术的不断发展，尤其是在后工业化时代，在"全球化"思潮的语境中，也越来越显示出其对当下文艺问题批评的局限与不足，不能很好地显现批评的当代性与针对性。"全球化"的到来也并不能真正改变什么，民族文艺仍然是我们今天必须重视与建构的内容。如前所论，"世界文学"在它的提出者歌德那里不过是促使民族文学发展的一种思想策略，是为民族文学发展指出的未来方向，而马克思的世界文学实现的前提也仍然需要归结于建设好"民族文学"。既然"世界文学"只能作为一种理想而存在，那么就此，笔者庄重地提出对于今天文学艺术评价的一个新的标准，这个标准就是"民族的"标准，并希望用这一标准补充与充实恩格斯曾提出的"美学的历史的"标准。世界经济市场的日益融合，交通工具的飞速发展，电信媒介与网络高速路的快速建设，已经将世界各民族强制性地卷入到这个"全球"体系当中。现在几乎没有哪一个事件是专属于某一民族的，发生在世界各地的哪怕是最偏远的地方的任何一个事件也从未像今天这样受到全世界的关注。这样，"民族的"既要慢慢消亡而成为"世界的"，同时，"民族的"又好像要焕发青春去赢得更多的风头，无论是民族文化或是民族事件都是如此。今天"民族"问题与理论已经成为人文科学与社会科学研究的重点之一。

应该说，经济全球化的确造成世界各民族的劳动产品在相互交往中成为全世界共同的产品，而后现代思潮下的"民族想象"理论，[①]也使"民族"存在几乎"被消亡"，那些过去属于"民族"群体的个别特点似乎随之自行消解。然而，事实似乎并不是这样——我们看到，斯大林所认为的形成民族的几个条件——"有共同语言、共同地域、共同经济生活以及表现在共同文化上的共同心理素质的稳定的共同体"[②]——并没有改变，民族并没有消亡。不仅没有消

---

① 本尼迪克特·安德森：《想象的共同体》，吴叡人译，上海人民出版社2003年版。
② 斯大林：《马克思主义和民族问题》，《斯大林全集》第2卷，人民出版社1953年版，第294页。

亡，而且在席卷世界的"全球化"过程中，人们越来越多地看到民族间的文化冲突日益尖锐，对地域性的破坏与摧毁，也正引起各国知识界、政府机构、民族问题研究者们的加倍重视。今天，地域性的政治文化结盟组织的日益增多与文化人类学研究的持续升温很好地说明了这一点。

同时，经济的"全球化"虽然有利于市场经济的深化与生产的良性发展，推动社会进步，然而，文化与文学艺术的"全球化"，如果不是仅仅指其产品或作品被广泛传播，那么这种"全球化"的实现就必然是对文化或文学艺术本身的一种宰割，是不利于文学艺术的进步与健康发展的。当然，从文化艺术全球化需要的必然条件看，这种全球化在实际上是不可能的。其原因不仅仅在于各民族地域间的语言差异与不同，更在于各民族在各自不同的历史演进中形成的各具差异性的民族习惯、民族情感、民族心理、民族文化、政治意识以及不同的民族思维方式等，这些都将成为文化全球化不可攀越的高墙。因此，今天如果不能在"全球化"潮流中，保持一种冷静而理性的态度，一厢情愿地将各种问题，尤其是文化、艺术、民族等一起装到"全球化"这个框子里，违背事实臆造出一些所谓的"理论"替"全球化"呐喊助威，将注定是行不通的。

另外，中国在经济上属于发展中国家，同时中国又有着悠久的文明历史和丰富的传统文化，因此，中国在现代化进程中尊重与守护自己的民族立场与尊严就尤为重要。一国之文学乃一国之政治、经济、文化、社会等诸因素的综合反映，如此，中国之文学的民族属性就应该成为我国文学创作与评价的重要标尺。中华民族是伟大的，又是多灾多难的。既有秦皇汉武唐宗宋祖时代的辉煌，又有鸦片战争以来所遭受的屈辱，以及今天我们正奋力实现民族复兴的远大理想。文学作为所有这些历史事实的记录者和重要载体，它是展示民族文化与民族精神的重要形式，因此，在新的历史条件下，在恩格斯的"美学的历史的"批评原则基础上加上"民族的"标准，就既是时代的必然要求，也是现实的客观需要。或许我们可以这样说，"民族的"标准成为今天马克思主义文艺批评在中国的"当代性"、"现实性"标准。

这里还需指出的是，"民族的"标准的提出并不是为了对抗经济"全球化"潮流可能给文学艺术等精神文化领域带来的冲击，而是在全球化语境中，对文学艺术自身发展规律的必要守护，是对全球各民族历史文化传统的切实尊重。另外，"历史的"、"美学的"、"民族的"的标准是统一而相互补充的。"历史的美学的"标准是文学批评的普遍性标准，而"民族的"标准则是文学批评的当代标准，是特殊性标准。或许会有一天"民族"真的已经被完全消解，"民族的"标准也已经无所指向，到那时"美学的、历史的"标准才会是真正合理合适的文艺批评的标准。然而，在现实条件下，"美学观点和历史观点"这一"最高的标准"的提出，并不能替代具体历史条件下的具体标准，"民族的"标准在今天正是客观条件下的这一具体标准。或者我们干脆可以这样说，"民族的"标准成为今天文艺批评的"最高标准"。因此，这种普遍性与特殊性标准在当下文学批评中的共同使用，不仅有利于呼唤艺术成就高而又拥靠历史的优秀作品的出现，同时，也有利于使那些正在遭受经济"全球化"疯狂整合与吞没的民族性、区域性的文学艺术得到保护，为它们的正常发展赢得尊重与空间，从而也为文学艺术本身和人类未来，留下更多纯净多样而又富有生命质感的精神资源。

第四章　马克思的"自由观"与文艺对解放的期望

马克思主义唯物史观始终如一地将个体的现实自由与解放作为主线，"每个人"、"一切人"、"自由发展"、"自由个性"始终是马克思用以阐释他所祈望的人生理想状态的关键词。马克思相信，人的全部自由必然可以追寻于人的"此岸"世界，而现实生存境遇中的"有生命的个人"却处于"异化"之中。这样，革命的意义就在于个体的自由与解放。对"现实的、有生命的个人"的关注虽然主要见于马克思早年的著作，然而正是这早期的思考使马克思的理论沿着一条清晰的思路发展下去，形成博大精深的马克思主义理论。作为这博大精深理论构架中的重要内容，马克思的文艺思想也必然闪现出"自由"与"解放"的熠熠光辉。

一　作为一种理想的"世界文学"

在歌德提出"世界文学"这一概念 20 年后，1948 年 8 月卡尔·马克思和弗里德里希·恩格斯在为共产主义者同盟起草的纲领《共产党宣言》（1948 年 8 月在伦敦第一次出版）中也提到了"世界文学"这一概念。

"资产阶级，由于开拓了世界市场，使一切国家的生产和消费都成为世界性的了。使反动派大为惋惜的是，资产阶级挖掉了工业脚下的民族基础。古老的民族工业被消灭了，并且每天都还在被消灭。它们被新的工业排挤掉了，新的工业的建立已经成为一切文明民族的生命攸关的问题；这些工业所加工的，已经不是本地的原料，而是来自极其遥远的地区的原料；它们的产品不仅供本国消费，而且同时供世界各地消费。旧的、靠本国产品来满足的需要，被新的、要靠极其遥远的国家和地带的产品来满足的需要所代替了。过去那种地方的和民族的自给自足和闭关自守状态，被各民族的各方面的互相往来和各方面的互相依赖所代替了。物质的生产是如此，精神的生产也是如此。各民族的精神产品成了公共的财产。民族的片面性和局限性日益成为不可能，于是由许多种民族的和地方的文学形成了一种世界的文学。"①

或许由于马克思恩格斯的"世界文学"概念较之歌德的"世界文学"，在范围上要宽泛一些，② 对于文学研究者而言显得并不是十分纯粹，因此，马克思恩格斯提出"世界文学"这一概念后，并没有引起文学研究者们太多的注意，这方面的研究成果也并不多见。然而，在极为有限的研究中，我们还是发现了一位值得称道的马克思恩格斯"世界文学"的研究学者柏拉威尔，他不仅出版了《马克思和世界文学》的研究专著，全面探讨了马克思一生与文学的种种缘分，而且还辟专节论述了马克思恩格斯的"世界文学"问题。在柏拉威尔看来，马克思恩格斯在《共产党宣言》一书中是在不同意义上使用 Literatur，Literature 和 Literarisch 这三个词语的，而这三个词语的不同使用反映了马克

---

① 《马克思恩格斯选集》第 1 卷，人民出版社 1995 年版，第 276 页。
② 《共产党宣言》中文版"页下注"特别注明："世界文学"中的"文学"一词德文是"Literatur"，这里泛指科学、艺术、哲学、政治等方面的著作。见《马克思恩格斯选集》第 1 卷，第 276 页。

思对于文学或文学家的真正看法。① 在马克思的观念中，文学并不是一个单独的、闭关自守的部门。诗歌、小说、剧本显然是和另一些具有更浓厚的功利主义色彩的体裁的作品有关，并且可以有益地同这些作品联系起来加以讨论；马克思让我们看到了作家在现代社会中所起的作用，浪漫的幻想不再能掩盖市场的现实，"资产阶级抹去了一切向来受人尊崇和令人尊敬的职业的灵光。它把医生、律师、教士、诗人和学者变成了它出钱招雇的雇佣劳动者"②。在资本的世界里，文学面临着堕落。当然，柏拉威尔认为，当马克思恩格斯说"由许多种民族的和地方的文学形成了一种世界的文学"的时候，我们无法忽略他们"对十九世纪的资产阶级所作的赞扬"，"马克思从来不曾忘记他想推翻的那一制度实际上对人类进步事业曾起过多么大的作用"③。同时，"在这一节里，《共产党宣言》并没有充分估计到对它所发觉的这种倾向的反抗：民族的对立和分歧并没有像生产和商业的逻辑似乎暗示的那样迅速而普遍地消灭"④。或许马克思提出"世界文学"的概念时，并没有考虑到更多的民族问题的复杂性，但柏拉威尔也还是相信，《共产党宣言》的预言"并没有完全落空"，在20世纪，通过翻译、纸面书籍普及本、巡回演出、广播、电影和电视，以那些不会使马克思感到吃惊的方式改变了我们的文化视野。"我们已看到'民族的与地方的'文学的混合和世界范围的传播。作为一个庞大想象丰富的博物馆，一个伟大的巴贝尔图书馆，'世界文学'猛然到来了。"⑤

柏拉威尔对于马克思"世界文学"的分析是比较客观的，既分析了对这一概念的理解的复杂性，同时也表达了对"世界文学"猛然到来的信心。然而，在歌德之后20年对"世界文学"的重提，马克思就不仅只是借用一下歌德

① 柏拉威尔：《马克思和世界文学》，梅绍武等译，生活·读书·新知三联书店1980年版，第187—189页。

② 《马克思恩格斯选集》，第1卷，人民出版社1995年版，第275页。

③ 柏拉威尔：《马克思和世界文学》，梅绍武等译，生活·读书·新知三联书店1980年版，第193页。

④ 同上书，第194页。

⑤ 同上书，第194—195页。

"世界文学"这一概念，而是在实际内涵上有了很大的发展与改变。这里需要注意，马克思这里所说的"民族基础"也只是指工业方面，而在谈及"精神产品"时，他也只是说，各民族的精神产品成了"公共的财产"，它的"片面性"、"局限性"日益成为不可能。笔者认为，这些都是在尊重民族产品本身的基础上提出来的，他并没有提到可以出现一个属于全球人类共同创造的"精神产品"；而"由许多种民族的和地方的文学形成了一种世界的文学"也不过是说，各民族的文学在克服了片面性和局限性之后，形成了属于"世界的"文学，其根基或出发点其实仍然首先是"民族的"，或者说是离不开民族的。这正如物质生产，只是那种"地方的和民族的自给自足和闭关自守状态，被各民族的各方面的互相往来和各方面的互相依赖所代替了"罢了。

　　列宁有一段话，与马克思在这里的论述有些共通之处，我们可以看成是对马克思"世界文学"这一概念的阐释与理解。"马克思主义提出用国际主义即用各民族高度统一的融合来代替一切民族主义，这种融合使我们亲眼看到正在随着每俄里铁路的修筑，随着每一国际托拉斯的建立，随着每一工作协会（首先是经济活动方面的，然后是思想方面、意向方面的国际性协会）的建立而增长。"① 从这段话中，我们可以看出，马克思的"世界文学"的实现要依赖于某种类似于"铁路"、"托拉斯"这样的交通，以及经济组织形式等具体条件的存在与发展。同时，我们还能看到，"民族"与"世界"之间其实是那样的紧密相连，自然而然。这一点，我们还可以引用列宁在《唯物主义和经验批判主义》一文中所举的农民出售谷物的例子来说明。他说："一个农民在出售谷物时，他就和世界市场上的世界谷物生产者发生'交往'，可是他没有意识到这一点，也没有意识到从交换中形成着什么样的社会关系。"② 其实，精神产品同物质产品的生产一样，只要有市场在，它们就会被纳入到整个世界市场之

---

① 《关于民族问题的批评意见》，载《列宁全集》第 24 卷，人民出版社 1990 年版，第 136—137 页。
② 《唯物主义和经验批判主义》，载《列宁全集》第 18 卷，人民出版社 1988 年版，第 338 页。

中。一国之文学，恰如农民之谷物、世界之文学、国际之市场。对于"谷物"而言，它实际上并没有什么改变，它仍然只是农民手中的粮食。但由于它已被纳入到世界粮食市场之中，参与了谷物市场的交换活动，因此，它又有所改变，现在它有"世界"属性了。这样看来，作为一国之文学与世界之文学的关系，就应该也是如此。列宁的这个例子很好地为我们解决了"各民族的精神产品成了公共的财产"这句话的现实意义——民族文学只要进入到世界范围内的市场交换与消费之中，那么这一文学就不仅是民族的，而且成了世界的。这里，列宁同样强调了世界市场的存在对于民族文学的重要意义。当然，"民族的片面性和局限性"的克服，"世界文学"的真正形成，还需要随着市场的不断扩大、民族交往的不断增多，艺术家不断地吸取其他民族文学艺术创作从思想内容到创作方法上的营养与精华之后，才可以产生。也就是说，"世界文学"的形成不仅有市场的作用，还要有艺术家的作用。

关于"艺术家"作用这一点，我们来看一个例子。恩格斯在论小说的民族特点时分析了德国婚姻与法国婚姻在小说中表现的不同。他说："小说就是缔结婚姻的方法的最好的镜子：法国的小说是天主教婚姻的镜子；德国的小说是新教婚姻的镜子。在两种场合，'他都有所得'。在德国小说中是青年得到了少女；在法国小说中是丈夫得到了绿帽子。两者之中究竟谁的处境更坏，不是常常都可以弄清楚的。因此，德国小说的枯燥之于法国资产者，正如法国小说的'不道德'之于德国的庸人一样是令人不寒而栗的。可是，最近，自从'柏林成为世界都市'以来，德国小说也开始不那么胆怯地描写当地早就为人所知的淫游和通奸了。"① 这就是随着市场交往的发展，资产阶级对于婚姻问题的变化已经开始被艺术家所捕捉并且开始在小说中的表现出来。尤其是"柏林成为世界都市"以来，这种明晰的民族差异，在慢慢地消失和被人接受，当然，虽

---

① 恩格斯：《家庭、私有制和国家的起源》，载《马克思恩格斯选集》第 4 卷，人民出版社 1995 年版，第 69 页。

然这仅仅是一个写作素材上的突破，但这种互通理解却表现出"世界文学"形成的一个初期模式和早期步骤。也就是说，这种世界文学也首先是以民族文学为基础的，强调民族文学的相互学习。

歌德谈"世界文学"是着眼于民族文学的进步与发展，目的在于重视对外的学习，而马克思的"世界文学"则是基于世界市场的开拓和资本流通的逻辑。也就是说，歌德是从建构"民族文学"的起点上来谈"世界文学"，并将"世界文学"作为一个可以诉求的未来目标，而马克思则是从民族不足与局限的克服而谈"世界文学"的降临的。然而，有意思的是，从歌德到马克思，我们似乎可以看到，他们在各自的"世界文学"思想中无意为之地为民族文学的命运勾画了这样一条路径：从"民族文学"的发展到"民族文学"局限的克服，再到"世界文学"的形成。这里的起点是"民族文学"，终点是"世界文学"。

那么，马克思对"世界文学"所做出的判断，是不是就可以真的在现实中实现了呢？不是，至少在今天如此。因为，正如我们不能乐观地认为，共产主义可以立即实现一样，"世界文学"的来临实际也只是给今天的民族文学或艺术的发展指明了方向，而其全然的实现仍然还是未来的事情。因为"民族"这一概念并不会马上消失，"民族的精神产品"也还不是"公共的财产"，市场与资本的扩张，还远没有达到这一要求。因此，对于今天的现实而言，我们能做的就是脚踏实地，遥望星空，这个"大地"就是各民族的文学艺术，而"星空"就是"世界文学"这个民族文学发展的未来归宿。

二 从"现实的、有生命的个人"出发

既然马克思"世界文学"的真正实现依赖于许多现实的条件，那么探寻马克思文艺思想的基本理念就需要撇开其对于具体文艺问题的论述，而在他的哲学观中去寻找答案，从而确立马克思文艺理论思想的逻辑起点。这里我们需要

首先从马克思对于"自由"的论述说起。

马克思对于"自由"的阐释是从对黑格尔"自由"的改造开始的,他将黑格尔哲学中既是实体又是主体的绝对精神的"自由"还原为以自然为存在对象的人与人化的自然的实践的一致,从而使被黑格尔抽象化了的东西重新回到具体对象上。他指出:"在黑格尔的体系中有三个因素:斯宾诺莎的实体,费希特的自我意识以及前两个因素在黑格尔那里的必然的矛盾的统一,即绝对精神。第一个因素是形而上学地改了装的、脱离人的自然。第二个因素是形而上学地改了装的、脱离自然的精神。第三个因素是形而上学地改了装的以上两个因素的统一,即现实的人和现实的人类。"① 这样,马克思就将先前被黑格尔确定为"精神"的本质的"自由"确定为人的本质。对黑格尔思辨哲学的扬弃,使马克思自己的哲学建立于稳固的现实的根基之上,从而也道破了"人类"现实生存的全部秘密。

当然,马克思如此的哲学灵思得益于他从费尔巴哈人本主义思想那里受到的启示。在费尔巴哈那里被看做"感性直观"的"自然"和"人"受到了马克思的器重,从这里马克思把握到了比黑格尔的抽象"精神"真切得多的东西。但由于费尔巴哈从未真正进入过社会历史领域,"在他那里,唯物主义和历史是彼此完全脱离的"②,因此马克思最终又扬弃了费哈巴哈把"人"归结于感性直观之"自然"的人本主义主张。虽然在《1844年经济学哲学手稿》中,马克思仍然使用诸如"类"、"类生活"等大量的费尔巴哈术语,但,"他所关注的自然从来就不是那种被费尔巴哈当作直观对象因而自始就定格化了的自然,他所关注的人也从来就不是由上帝或黑格尔的绝对精神逻辑地推论出来因而还罩着'抽象的神学光轮'的人"③。在马克思的论述中,"自然"成为一种

① 《马克思恩格斯全集》第 2 卷,人民出版社 1957 年版,第 177 页。
② 《马克思恩格斯选集》第 1 卷,人民出版社 1995 年版,第 78 页。
③ 黄克剑:《走近早期马克思》,《哲学研究》2003 年第 7 期。

"属人"的存在，成为人们"无机的身体"①，而"个体"也在这种与自然的"对象化"关系中确证着自身，并在长期的实践中成为"社会存在物"②。马克思与黑格尔、费尔巴哈的相遇，最终使他通过对他们思想的扬弃完成了哲学史上一次"哥白尼式"的革命。

马克思哲学以阐说人类社会生成与发展的唯物史观为特色，而这种唯物史观又始终如一地将个体的现实自由作为它的主线。"从现实的、有生命的个人本身出发"③，马克思把历史归结为人以其"自由的自觉的活动"④ 创造自己的对象性世界因而创造自身的过程。也正是这样，马克思将"一切历史冲突都根源于生产力和交往形式之间的矛盾"⑤ （即生产力与生产关系的矛盾）这一一直被人们奉为经典的命题同他的另一命题相联系，这一命题就是："生产力与交往形式的关系就是交往形式与个人的行动或活动的关系。"⑥ 马克思就此断言："人们的社会历史始终只是他们的个体发展的历史。"⑦ 对"个体"作为价值主体的认定使马克思所释义的历史不再像被黑格尔思辨化的历史那样把人置于抽象的层次上，人的"自由"也因而更多地落实在了人与自然、人与人的实践关系中的"个人的自主活动"⑧ 上。

三 执著于此岸的"自由"与"幸福"

有了以上对"现实的、有生命的个人"的关照，马克思对他所向往的人类未来社会进行了以下的描述。在《共产党宣言》中，他认为："代替那存在着

① 马克思：《1844年经济学哲学手稿》，人民出版社2000年版，第56页。
② 同上书，第84页。
③ 《马克思恩格斯选集》第1卷，人民出版社1995年版，第73页。
④ 《马克思恩格斯全集》第42卷，人民出版社1979年版，第96页。
⑤ 《马克思恩格斯选集》第1卷，人民出版社1995年版，第115页。
⑥ 同上书，第123页。
⑦ 《马克思恩格斯选集》第4卷，人民出版社1995年版，第532页。
⑧ 《马克思恩格斯选集》第1卷，人民出版社1995年版，第123页。

阶级和阶级对立的资产阶级旧社会的，将是这样一个联合体，在那里，每个人的自由发展是一切人的自由发展的条件"①；大约 10 年后，他在《1857—1858年经济学手稿》中把《共产党宣言》所提出的那种"联合体"又阐释为"建立在个人全面发展和他们共同的社会生产能力成为他们的社会财富这一基础上的自由个性"②；后来写作《资本论》时，他再次以"自由人的公社"说到他企慕的未来社会，并认为，这个社会将"以每个人的全面而自由的发展为基本原则"③。显而易见，马克思用以阐释他所祈望的人生理想状态时始终以"每个人"、"一切人"、"自由发展"、"自由个性"为关键词。当然，此时费尔巴哈的"人"早已不复存在，黑格尔"绝对精神"的"自由"也已嬗演为"每个人"、"一切人"的"自由发展"与"自由个性"。

马克思对人类理想社会所作的最好的阐说应该是他关于"自由王国"的论述，"自由王国"这个被马克思反复申说的、人所期望的理想的社会状态，也一直吸引着人们对其真正内涵不断探求。人们不会怀疑"自由王国"作为理想社会的魅力，但对其存在的现实可能性却怀疑不断。人们对马克思曾说过的一句话，总是在意义上做出这样或那样的读解，这句话就是："在这个必然王国的彼岸，作为目的本身的人类能力的发展，真正的自由王国，就开始了。"④"必然王国"关联于物质生产，而"自由王国"却处于"必然王国"的"彼岸"，人们似乎可以由此猜测，马克思是将"自由王国"言说成一种永远无法企及的希望、一个人类虽心向往之却永远无法实现的梦想。但以马克思的求实精神，他绝不会只给人类悬设一个童话般的美丽王国，然后就将人类现世的幸福交付出去。因此，这里的"彼岸"必当作出另一种解释才可真正领略马克思那富有灵动的睿思所在。在笔者看来，如此使用"彼岸"一词，马克思其实是

---

① 《马克思恩格斯选集》第 1 卷，人民出版社 1995 年版，第 294 页。
② 《马克思恩格斯全集》第 46 卷，人民出版社 1979 年版，第 104 页。
③ 《马克思恩格斯全集》第 23 卷，人民出版社 1972 年版，第 649 页。
④ 《马克思恩格斯全集》第 25 卷，人民出版社 1974 年版，第 927 页。

想借此说明两层意思：一，即使到了自由王国的理想社会，物质生产仍是人的生命活动的一个必要的部分，人的存在的对象性决定了人的必不可少的物质交换关系，人类从来不能对此稍有逸出；二，就自由王国中人们已经脱去了一切对待性的牵绊而言，即就这时的"自由"已真正可以是"不依赖他物，不受外力压迫，不牵连在他物里面"①而言，自由王国对应于必然王国而被称之为"彼岸"。因此，这里的"彼岸"绝不作难以企及无法实现理解。马克思实际是想告知人们，进入自由王国之后，人们仍然要劳动，但劳动此时已不是手段而成为目的，人们"有可能随自己的兴趣今天干这事，明天干那事，上午打猎，下午捕鱼，傍晚从事畜牧，晚饭后从事批判"，而不再老是去作单调的"一个猎人、渔夫、牧人或批判者"②。马克思对于"自由王国"的置设，绝不是至上价值向度上的某种认领，而实际上已经是可以在当下现实中得以实现的、可以成全人类"此岸"世界的个体的"自由"与"幸福"。马克思以"自由王国"为这"现实的、有生命的个人"找到了安顿幸福与希望的家园。

既然人的全部的自由必然可以追寻于人的"此岸"世界，那么马克思哲学就必将带有一种实践的、现实批判的使命，既然他是如此关照现实生存境遇中的"有生命的个人"，那么他就不能不清晰地看到既有社会所造成的人的"异化"。在《共产党宣言》中，马克思评判他所面对的社会现实时说："在资产阶级社会里，资本具有独立性和个性，而活动着的个人却没有独立性和个性。"③而在先前所写的《德意志意识形态》中，他也曾说过与此命意基本相同的话："在现代，物的关系对个人的统治、偶然性对个性的压抑，已具有最尖锐、最普遍的形式"，因而他认为，这样就给"现有的个人"提出了一个十分明确的任务，即"确立个人对偶然性和关系的统治，以之代替关系和偶然性对个人的

---

① 黑格尔：《哲学史讲演录》第1卷，商务印书馆1959年版，第28页。
② 《马克思恩格斯选集》第1卷，人民出版社1995年版，第85页。
③ 同上书，第287页。

统治"①。"确立个人对偶然性和关系的统治"其实就是确立"个人"的"自由",亦即确立每个"个人"、一切"个人"在人成其为人的意义上的"自由"。

在《关于费尔巴哈的提纲》中马克思曾说,"人的本质并不是单个人所固有的抽象物。在其现实性上,它是一切社会关系的总和"②。因此,自由作为人所独有的生命活动("劳动")的性质,就不仅存在于人与自然的关系中,也必然体现在人与自身的关系中,因而也体现在人与他人的关系中,即体现在人的社会关系中。这样,由于人的一切社会关系在本质上应当是人的"自由"本质("类特性")的定在,那么当作为人的存在对象的社会关系有悖于人的"自由"本质的实现,或其在一定分际上不再是人的"自由"的定在时,人就不能不去改变这已经异在于人的社会关系,马克思正是在此基础又提出了"人的解放"的命题。从《论犹太人问题》提出"任何一种解放都是把人的世界和人的关系还给人自己"③ 的论断,到《黑格尔法哲学批判导言》以"人的高度的革命"的名义倡言"武器的批判"④;从《1844 年经济学哲学手稿》由"一切异化的积极的扬弃"祈想"人从宗教、家庭、国家等等向自己的人的即社会的存在的复归"⑤,到《神圣家族》出自"有产阶级和无产阶级同是人的自我异化"⑥ 的睿见,确认无产阶级为唯一可能变革既有社会秩序的"使用实践力量的人"⑦,马克思对"革命"和"解放"的有力倡扬始终凭着人的本体的或"类特性"的"自由"以求取那"彼岸"而"此岸"的自由与幸福。他看到这种自由与幸福不仅定在于国家和法,而且定在于"市民社会"等物质的社会关系中。当然,"革命之所以必需,不仅是因为没有任何其他办法能推翻统治阶级,而且还因为推翻统治阶级的那个阶级只有在革命中才能抛掉自己身上的一

---

① 《马克思恩格斯全集》第 3 卷,人民出版社 1960 年版,第 515 页。
② 《马克思恩格斯选集》第 1 卷,人民出版社 1995 年版,第 60 页。
③ 同上书,第 443 页。
④ 同上书,第 9 页。
⑤ 马克思:《1844 年经济学哲学手稿》,人民出版社 2000 年版,第 58 页。
⑥ 《马克思恩格斯全集》第 2 卷,人民出版社 1957 年版,第 44 页。
⑦ 同上书,第 152 页。

切陈旧的肮脏的东西，才能建立社会的新基础"①。革命的意义在于人，马克思正是在个体自由的立场上，来阐释他的"革命"与"解放"理论的。实际上，当他最初去探讨"自由"的含义的时候，他就已经开始了关于"解放"的思考。

由以上分析可知，对"现实的、有生命的个人"的关注虽然主要见于马克思早年的著作，然而正是这早期的思考使马克思的理论沿着一条清晰的思路发展下去。恰如种子的萌发，这粒"自由"与"解放"的种子一旦播下，就开始生根发芽，最终长成了参天大树，形成了博大精深的马克思主义理论。作为这博大精深理论构架中的重要内容，马克思的文艺思想也必然闪现出"自由"与"解放"的熠熠光辉。

文艺与审美始终是马克思恩格斯十分关注的问题。早在《1844 年经济学哲学手稿》中，马克思就对"自由"、"审美"与"劳动"的关系做过较为详尽的论述，通过提出"人也按照美的规律来构造"②，马克思将人类审美的冲动追溯到人类产生的初年。由于美的创造是与人及人类社会的产生相伴而生，所以艺术的起源、人的美感的出现以及文艺创作的问题也就不能不去人类社会的历史与现实中去寻求答案，于是文艺与审美的问题自然也就成了人类社会基本问题的一个部分。在《德意志意识形态》这一标志着马克思恩格斯所创立的历史唯物主义趋于成熟的著作以及马克思后来的论文《〈政治经济学批判〉序言》中，马克思恩格斯反复申说了这样的意思："不是意识决定生活，而是生活决定意识"③，或"不是人们的意识决定人们的存在，相反，是人们的社会存在决定人们的意识"④。作为上层建筑的一部分的"意识形态的形式"⑤ 的艺术，最终被安置在了合适的位置，在马克思恩格斯创立的"经济基础"与"上层建

---

① 《马克思恩格斯选集》第 1 卷，人民出版社 1995 年版，第 91 页。

② 马克思：《1844 年经济学哲学手稿》，人民出版社 2000 年版，第 58 页。

③ 《马克思恩格斯选集》第 1 卷，人民出版社 1995 年版，第 73 页。

④ 《马克思恩格斯选集》第 2 卷，人民出版社 1995 年版，第 32 页。

⑤ 同上书，第 33 页。

筑"关系的框架中发挥着作用。不过，马克思恩格斯又说，"意识在任何时候都只能是被意识到了的存在，而人们的存在就是他们的现实生活过程"①，文艺的根基须永远深植于现实的土壤之中，与"现实的、有生命的个人"密切相连。从四五十年代《神圣家族》中对欧仁·苏《巴黎的秘密》的创作观念与创作倾向的分析，《德意志意识形态》中对文艺创作"出发点"的确立，《政治经济学批判》中"序言""导言"部分关于物质生产与艺术生产发展关系的论述以及在《致拉萨尔》的信中关于"艺术真实"、"悲剧"等问题的探讨，到八九十年代《致敏·考茨基》、《致玛·哈克奈斯》、《至保尔·恩斯特》的信中对于典型的塑造、倾向性与真实性的关系、现实主义、艺术使命等问题的分析，马克思恩格斯对于文艺创作、文艺思潮、文艺规律的思考与阐释从来没有停止过，虽然这些文艺思想产生的时代不同、研究的具体问题不同，然而就整个马克思主义文艺思想而言，我们仍能清晰地发现，其对人的"自由"与"解放"的诉求是一贯的、共同的。

我国马克思主义文艺学从一开始就与一个多灾多难的民族的抗敌斗争、解放斗争的历史联结在一起，可以说它的产生本身就是一个民族追求"自由"与"解放"的有力证明。文艺需要随着时代的变迁而变化，随着社会的进步而发展，随着现实的丰富而完善。虽然我国马克思主义文艺学在前进中走过弯路，经历过挫折，但毕竟我们一直在马克思恩格斯所确立的文艺方向上奋勇前进。我们不仅早已推翻了压在我们头上的"三座大山"，而且已经有了半个多世纪的社会主义国家的建设经验，马克思所祈望的"现实的、有生命的个人"的"自由"与"解放"的理想正在日益成为我们奋斗的直接目标。因此，今天的文艺更要为人的"自由"与"解放"摇旗呐喊，为这个目标的早日实现多作贡献。

① 《马克思恩格斯选集》第1卷，人民出版社1995年版，第72页。

第五章　裹着糖衣的影视艺术

以上各章分别就什克洛夫斯后期的形式主义诉求、马尔库塞的"艺术形式"理论、歌德的"世界文学"指向以及马克思的"自由"与"解放"思想进行了详细论证与解读。接下来本书将结合具体的艺术形式，即通过对电影电视背后的文化与意识形态的考察与分析，通过对当代艺术生存处境与反抗命运的解析与批判，通过对网络文学及其到来所引发的艺术"终结"话题的研究与探讨，进一步阐述笔者关于文学与艺术的基本观点与思想。

一　美国电影业及其意识形态批判

电影在美国现今已是一个巨大的产业，是与汽车业、钢铁业同等重要的经济部门。从电影产生之初，电影业在美国就是建立在赚钱的目的上的。难怪美国著名记者伯尔吉斯说："电影常常被人看做是一种幻觉艺术，而其本身的确存在着一些幻觉。它是一种工业，一个极受欢迎的行业。从许多方面来说，它又是一座工厂，有决策机构和装配线。尽管这条装配线生产出的影片很可能在形状和尺寸等方面都不规范，但同其他行业一样，电影工业也存在着财政问题。"[①] 这就

---

① 斯特普尔斯主编：《美国电影史话》，张兴援、郭忠译，中国人民大学出版社 1991 年版，第331 页。

是赚钱的问题。

（一）好莱坞电影的工业化与商业化

美国电影发展到 20 世纪 20 年代，一个陌生的地名迅速成为万众瞩目的梦幻之都——好莱坞。由于好莱坞对美国电影的贡献，"好莱坞"就成了美国电影的同义词。如我们所知，即使到今天，尽管在好莱坞这个地方大制片厂早已不复存在，那些拍摄影片的场地也已成为新住宅耸立的郊区或油井区。但当代电影仍在世界各地拍摄，"好莱坞"这个词仍引起人们对影星、游泳池以及一片仙境的联想。好莱坞仍然是一个有影响力的词，它有时甚至代表了美国电影生产的全部，并且常常代表了整个洛杉矶的电影界。

工业化生产往往产生大批量的标准化系列产品，好莱坞也不例外。好莱坞为各种类型的影片制订了不同的标准，从题材、故事情节、人物形象、社会背景、对话、动作效果、服饰、道具等不同方面加以规定。根据这些标准，好莱坞生产了大批公式化的类型影片，如西部片、恐怖片、喜剧片、爱情片、科幻片、警匪片、历史片等。当然，好莱坞的标准都是一些原则性的、比较抽象的。只要表现了某一种意念，满足了观众某一方面情感、感官上的需要，就足以构成某个"系列"中的一员。如同汽车业会生产豪华车、普通车等不同档次的汽车，以满足高、中、低档不同层次消费者的需要一样，好莱坞也生产不同档次的影片以满足不同需要。从二三十年代起，好莱坞就开始按照影片场面的豪华与铺张程度分出不同等级的影片，最豪华的称为巨片、甲级片，其次的相对低成本制作的影片则称为乙级片等。不同的片种是为了不同的需要而拍摄的，如巨片、甲级片往往是想维持、扩大制片公司的影响，专为豪华影院放映而拍摄的，其数量并不多；而乙级片则是好莱坞赚钱的主力军，数量众多。这种情形，就如同普通商品市场上高、中、低档商品并存，总有某一档次商品的市场份额最大一样。好莱坞电影作为大众艺术，自然以中、低档收入阶层为主。不过，现在有一种趋势越来越引人注目，即高成本制作已越来越受制片厂欢迎，上千万甚至上亿美元成本的豪华制作已不鲜见，这是否意味着高档商品开始流行呢？电影分级制度能让好莱坞更大限度地发挥各种题材的优势，满足各个不同年龄层次观众群的需求。这应了中国的一句俗语：薄利多销。钱是照样不会少赚的。好莱坞一向认为人们进电影院是为了寻求一种不同寻常的生活感受，寻求一种梦幻般的感觉，因而与此无关的反映社会问题的影片并不多，对于政治问题，更是绝少涉及。自 1947 年开始，麦卡锡主义在好莱坞横行了十年，好莱坞的艺术家或技术人员更是视这一类题材为禁区，丝毫不越雷池半步。

电影艺术在好莱坞发展的同时，电影工业的商业化也在不断发展。像米高梅、派拉蒙、20 世纪福克斯、哥伦比亚以及华纳兄弟这样一些大制片厂的兴起，构成了他们经济结构的重要部分。因为美国人通常一个星期不止一次地进入电影院寻求娱乐。即使是在大萧条时期，美国人仍然设法找些零钱去当地影院，企图把自己从烦恼中解脱出来，并从银幕上寻求安慰。作为大企业，电影业深深意识到好莱坞同纽约或波士顿银行以及发行部门之间的一种共同的联系。这就是说，导演对盈利和亏损负责，并且每个人都希望得到一件"可靠"的东西，一部很叫座的片子。

商业化运作模式是好莱坞的得意之作。在商业化运作的计划中，制片厂老板处于一个核心地位。作为出资人，他们有权决定即将开拍的影片将是一部什么样的影片——是迎合市场口味的商业片，还是为在艺术上有所成就而拍的艺术片。一般来说，在商业与艺术不可协调时，他们会选择前者。制片厂作为一个企业，目的就是赢利，否则也就不会有投资者去买它们的股票。作为企业经营者，老板们根本不敢随意下赌注（如果把投资某一部影片看做是一次赌博的话）。事实上，由于电影市场的不可预测性，投拍一部电影的确就是一次赌博。20 世纪 80 年代初，联美公司就是由于拍摄巨片《天堂之门》损失惨重而被迫与米高梅公司联合。面对这种情况，制片厂老板们要做的就是尽量增加卖点，以往日的市场反应为导向。每次数千万美元的赌注（1992 年每部影片的平均成本为 2700 万美元，近年来，则有大幅提升）更让老板们不敢存有丝毫侥幸心理，只能循规蹈矩地投资拍摄预计会有良好市场表现的商业片，拒绝任何随意的创新。即使是那些曾有过艺术追求的电影人当了制片公司老板后，面对巨大的资产保值、增值压力，也只能屈从于商业化要求。例如，当制片人伯尼·布里尔斯当了一家制片公司的老板后，拍了一部题为《杰克逊行动》的警匪片。对此，他坦言，作为艺术家，他鄙视这部影片，但作为老板，他喜欢它，因为它能赚钱。

好莱坞电影必须照顾到所有人的利益，并始终纠缠于利益的枷锁之中。自从大制片厂解体后，演员、导演等就不再是各制片公司长期雇用的人员，由此，代理人，即经纪人，就开始大举进入好莱坞，成为那里的权力支柱。因为演员和导演的成名往往取决于其代理人的包装、推荐和其他努力，又由于他们控制了大部分明星而让制片厂老板退让三分。作为代理人，他们必须尽力维护、保证其委托人的知名度和收入，而这些都取决于未来影片的票房表现，即大多数观众的喜好。这样，代理人往往为好莱坞的商业本位主义推波助澜。况且，制片厂老板也倾向于再次惠顾那些为他们配备成功商业片班底的经纪行和代理人。而且，委托人在商业上取得成功，代理人也有好处，因为委托人总收入的大约 10% 将进入他们的腰包。

制片人负责监督和组织制作的各个环节，包括开发剧本，雇用导演、演员及其他人员，为影片筹资和安排发行等。这就决定了他们往往处于两难境地，尤其是当商业与艺术相互发生冲突时，他们必须设法同时满足制片厂老板、代理人在利润上的要求和演员、编剧、导演在艺术上的要求。在这场较量中，制片人往往会屈从于商业上的需求。一部影片往往会花去制片人一到两年的时间，这对他们的事业来说是一种冒险，票房上的失败也意味着他们时间的浪费和声誉的受损。而且，资金方面的风险更为巨大，因为在筹资过程中制片人常常需要投入自己的钱，如果影片失败，制片人极有可能倾家荡产。在这种情况下，制片人往往更关注影片的商业前景，更倾向于听取制片厂老板的意见，他们往往会采用明星战略——希冀明星的堆砌能吸引更多的观众进入电影院。

于是，明星制就成了好莱坞商业化运作的核心与基础。明星对电影的商业化又持何种态度呢？许多人之所以来好莱坞当演员，很大程度上就是受了明星们的夺人光彩和惊人收入的诱惑。但演员的收入并不稳定，一切视他们的名气和影片的票房表现、市场前景而定。面对收入的不稳定性和明星"有效期"的短暂性，名演员往往会抓住机会，利用稍纵即逝的名望，多拍一些商业上会成功的影片，多赚一些钱。当然，明星也有在艺术上有所突破的欲望，但这往往要到他们功成名就、腰包鼓鼓的时候。

由于将商业收入放在了第一位，所以本该在影片中大显身手的导演，在电影中所起的作用却是很有限的。商业片《洛奇》和《洛奇》第五集的导演约翰·阿维尔森曾厌倦了重复制造这种纯商业性的影片，于是和演员史泰龙以及编剧一道想给《洛奇》系列画上一个句号，但好莱坞对他们的呼声置之不理。就连商业奇才史蒂芬·斯皮尔伯格对好莱坞限制导演艺术创造力的做法也颇多微词。导演通常都被分成各个类型，只能分别指导不同类型的影片。甚至，许多导演连对影片"最后的剪辑权"都被剥夺了。

好莱坞商业化运作的外在表现是其高超的包装、宣传术。经常性包装、宣传的对象是明星。好莱坞发行了大量影迷杂志，分发大量明星照，也制造、散布一些有关明星的逸事、趣闻，总之，目的就是让明星永远停留在影迷的视野内，并诱发影迷对他们的痴迷。而每一部影片推出时，好莱坞更是不遗余力地宣传。这种宣传通常在影片发行之前就已经启动，目的是引起观众对影片的兴趣、好奇与企盼，同时，也用来影响评论界的评论（评论实际上早已成为好莱坞商业宣传的一部分，而失去了它本来的意义）。影片宣传往往使用广告（包括好莱坞多姿多彩的海报）来作为手段，这是一个最易于控制的宣传方式。同时宣传的内容往往是影片中的超级明星。

好莱坞商业化运作还表现在以电影为先导，推出大量相关商品，最显著的例子就是迪斯尼公司。迪斯尼公司的米老鼠与唐老鸭动画片在获得成功后，立即跟随出现了许多带有标志的小玩具、饰物之类的相关产品，主题游乐园（如各处迪斯尼乐园）更是其商业化运作的大手笔，收入颇丰。随着制片公司经营的多元化，这一现象更为明显。往往在一部影片获得商业的成功之后，相关商品就铺天盖地而来：录像带、影碟、原声大碟、畅销书、海报、T恤，等等，非把影片辛苦营造出来的商业价值榨尽为止不可，这也算是物尽其用吧！

（二）电影对大众的媚俗与迎合

由于这样的工业化生产和商业化的运作方式，所以好莱坞电影基本定位在文化产业这样一个品位之上，它是作为大众化艺术而被人们所接受的。这就使他们只把眼盯在大众的口袋里，只要能掏出公众的钱票，那么影片就算是好影片。这样所有的制作人就在电影的内容上大下工夫，他们把迎合观众的心理作为他们拍摄电影作品的唯一追求。大体而言，在题材的选择上，他们主要把精力投注到下列为人所关注的领域内。

让观众沉浸在快乐、幻想、婚姻爱情之中。快乐是每个人都在追寻的感觉，谁不愿笑着面对这个世界，即便是暂时的快乐也是好的。自从电影诞生之时起，好莱坞就在接连不断地制造各种各样的笑声，而且手法众多。只要能发笑的故事，只要是能发笑的人物，只要是能把观众吸引到电影院中，那么无论是怎样的内容和方式，都可以用来拿到电影的制作当中。米老鼠、唐老鸭系列的卖点之一就是制造出了大师级的笑话。这种笑话并非只是一场闹剧，而主要是来自这样一个反常现象：传统观念中的强大者在弱小者面前屡战屡败，丢盔卸甲，狼狈不堪。《猫和老鼠》（1965 年）中抓老鼠的猫总让小老鼠戏耍得团团乱转，撞得晕头转向，呜呜乱叫。继承这一卖点后，几部现代儿童神话故事片，同样让观众狂笑不止。《小鬼当家》（1990 年）中的小鬼数次被迫独自留在了家里，又恰恰碰上了凶狠的歹徒（这么笨拙，真会是惯犯？）找上门来。歹徒们精心策划的多方位的进攻都在小鬼设下的恶作剧般的陷阱中消失，自己一次又一次地在这些恶作剧中吃尽了亏，受够了皮肉之苦。而小鬼虽说有点紧张，倒也优哉游哉，欣赏着自己的诡计得逞。这种异常对比与反差，让观众从头笑到了尾，也为电影的老板带来了不小的经济收入。生活中需要笑声来点缀，美国电影正是看准了这一点，刚刚红极一时的《功夫熊猫》（2008 年）怕是也没有在这一点上脱俗多少。

古往今来，有多少人为未能探明无尽的未知、未能解开无数的不解之谜而抱恨终生。幸好，我们还有幻想，一向注重创造性思维的美国人，显然更精于此道，好莱坞的银幕上自然也就不会少了这些东西。人们对遥远的星空总有着无尽的遐想，遥远的星球上是什么样的？上面有和人类一样的高智能生物吗？人类能够跟他（它）们联系上吗？1968 年美国导演斯坦利·库布里克拍摄的《2001 太空漫游》开启了银幕上的宇航时代，人们开始用影片探索未知的外太空。斯蒂文·斯皮尔伯格的《第三类接触》（1977 年）表明了外星人的存在，以及地球人与外星人通过几个音阶而开始的非同寻常的接触。之后好莱坞就有外星生命体的入侵和人类的反抗一类的影片问世。而对太空幻想了太多之后，人们又要担忧我们生活的地球以及人类文明自身。即便排除外星人的干扰，我们又将走向何方？对这一问题，人们似乎远比对太空入侵要悲观得多，反映到银幕上的幻想也就大都无法让人开心起来。尽管如此，人们却还是想去了解它，于是好莱坞就"颇怀好意"地拍摄了大量的这类作品。

自从人类掌握了核能之后，核战争这把达摩克利斯之剑就一直高悬于全人类的头顶。好莱坞是不会放过这一重大题材，于是在《奇爱博士》（1964 年）中的奇谈怪论中，这把剑终于落了下来，蘑菇云升起，一切皆成为空白。就这样，人们弄不清楚是时代的发展带动了电影的发展，还是电影的指挥棒引导着观众的欣赏。好莱坞总会把人们带到一个又一个新的视野之中。有人幻想去了一趟地心并拍摄下了《地心游记》（2008 年），一位已故科学家的记载让人们找到了地心的洞穴入口地，这一段入地的神奇之旅，真是吸引人们的眼球，考验人们的想象力。对人造智能的发展，好莱坞也给予了足够的关注。

人工智能会和人类一样具有感情吗？科学家们说很难，但观众希望能有，于是也就有了《霹雳五号》（1986 年），也就有了《逃出克隆岛》（2005 年）。这世界上已经消失了太多的物种，好奇的人们总是希望能够见到这些已不存在的东西，如恐龙。古生物学家利用史前蚊子血液中恐龙的遗传因子培育出早已灭绝的恐龙，建立了《侏罗纪公园》（1993 年），使现代人终于可以一饱眼福，见到了这一灭绝了 6500 万年的生物。但恐龙开始肆虐，究竟是福是祸？现实生活中的人们，不管得意也好，失意也罢，都有各自的幻想。幻想能让人消极避世，也可让人奋起向前。只要观众还有幻想，好莱坞也就不会停止制造新的幻想。因为这样，观众得到享受的同时，好莱坞当然也取得了巨大的收益。

爱情与生死相关，同为人类的永恒主题，亘古以来就一直为人们所津津乐道、无限向往。作为梦幻工厂，好莱坞自然为人们预备了形形色色的浪漫故事，套用一句商家的广告语，就叫"必有一款适合你"。影片《活生生的毕加索》（1997 年）就让世人看到了这位大师的爱情生活。他是多情的，他能同时爱上几个不同的女人；他是浪漫的，他不计后果地与每一个他所爱的女人一起描绘爱的画卷。经典爱情流传了数百年，《罗密欧与朱丽叶》（1996 年）也被搬到了 20 世纪，影片中罗密欧与朱丽叶相携而去，续写他们之间的浪漫。他们是幸运的，因为不知还有多少生者在长叹生死两茫茫的伤痛。但好莱坞认为爱的执著可以超越生死两界的阻隔，只要爱到了极致，《人鬼情未了》（1990 年）也是可能的。人与鬼的相聚，让好莱坞的老板们取得了丰厚的回报。人人都向往浪漫，但在这个物质文明高度发达的社会，还有太多的其他诱惑。爱情诚可贵，物质价更高，否则又怎么会有《桃色交易》（1993 年）的发生呢？自认为爱情至上的戴维和黛安娜夫妇幸福美满地生活了七年，但大萧条使他们经济困窘，而赌城一博让他们又变得一无所有，这时巨富约翰·米奇提出愿以百万美元换取与黛安娜的一夜良宵。100 万美元对身无分文的夫妇来说，其诱惑力实在太大了。两人相互说服自己与对方，与约翰达成了这一交易。然而之后的结果是，爱情没有经受住考验，戴维离家出走，黛安娜也终敌不住美元的诱惑，成了约翰的情人。虽然剧末夫妇俩终又牵手，但贫贱之时的挚热情感还会在吗？当然，这个恐怕就不是好莱坞的制片商要考虑的了。还有《廊桥遗梦》（1994 年），弗朗西斯卡在罗斯曼桥留下的是从摄影记者罗伯特那里获得的爱情，还是痛苦，也只有这个寂寞的女人自己才能品尝出味道吧！还有世纪末，那葬身于大西洋底的巨轮以及 20 世纪初让无数女士热泪满襟的爱情——穷画家杰克和富家小姐罗丝的《泰坦尼克号》（1997 年）之恋，杰克临终说的那句"答应我，活下去"又何止是铭记在罗丝的心里？"泰坦尼克号"沉没了，但那份悲伤和浪漫却亘古未衰。浪漫归浪漫，生活还是生活，电影院内外毕竟是两个世界。否则，为何要好莱坞？动人的故事让好莱坞的老板取得的可是丰厚的金钱的回报。

让观众沉迷于色情、暴力、恐怖的刺激之中。尽管好莱坞在制造梦想的工作中大获其利，但这些电影故事毕竟还算是正面的。为了赚取最大的经济利益，美国电影还要在其他领域大做文章，于是暴力和色情就成为他们首先看好的题材。在 20 世纪 30 年代的前三年里，以离婚、通奸、卖淫和狂乱性行为为题材的影片空前泛滥。按照美国制片厂的陈旧概念，性欲要么是吞噬一切的火焰，要么根本就不存在。以前我们曾认为欧洲电影远比美国电影涉及更多的性内容，但现在情况恰恰相反。在美国，我们所看到的非永久性的事实之一，是这个国家和世界上出现的所谓"新随意电影"。这里大部分制片人认为只要电影生产不停止，性的东西就不可能没有。性是电影业的精神支柱。对于一个艺术家来说，必须将这永恒的价值——性，作为自己作品的基础，这是一种"远见卓识"的本能。

在这个时期的影片中，女人不是当妓女，就是去和男友同居或当富人的情妇。尽管当时的经济状况确实会迫使人们做出违背道德标准的决定，但是好莱坞显然在有意识地利用愈来愈耸人听闻的不道德题材来吸引观众。许多人都对这个局面感到不安。有制片人就对海斯说："看来这种经济不景气的情况下，要挽回票房的颓势，利用色情题材来给制片厂赚回每天都不可缺少的现金是势所必然的。"① 当时号称是"性感女神"的梅·威斯特本是百老汇舞台上的一位声名狼藉的性感演员。她出生于1892年，在孩提时期就参加了巡回剧团并扮演儿童角色。长大后从事歌舞表演，并以"性感、挑逗和黄色玩笑"三结合来吸引观众。她在性问题上的"大胆"不在于裸露登场或私生活糜烂，而在于用含淫秽的黄色玩笑挑战传统的性观念。她还写剧本，她的第一个舞台剧本《性》于1926年在百老汇上演，她自己主演。尽管报界拒绝刊登此剧的演出广告，却仍在百老汇演出了375场之多，但最终被纽约市政府取缔，并以"败坏青年人的道德观"的罪名逮捕她入狱（10天）和罚款500美元。威斯特并未因此退缩，她打着反对"不健康的性观念"的旗号，又写出以同性恋为内容的舞台剧本《牵引》，在新泽西上演了好一阵子，不过在百老汇是被禁演的。1928年，威斯特再一次轰动了纽约。她在名导演洛威尔·谢尔曼的指导下主演了《戴蒙·里尔》一剧，赢得了观众和评论界的赞赏。威斯特进军好莱坞时已整整40岁，但这并不妨碍她的"性事业"。当威斯特从纽约来到洛杉矶时，刚下火车就向记者们宣布，"你们不要以为我是小镇上来到大城市找活干的小女子。我是从大城市来到小镇上挣大钱的大姑奶奶"。

除了性，那就是暴力了，这些影片大都取材于二三十年代报纸上报道的真实犯罪活动。1930年，爱德华·鲁宾逊在早期警匪片《小恺撒》中因出色地扮演里科·班德罗而一举成名。该片讲述了弗雷德里卡·里科·班德罗由一个穷乡僻壤不出名的持枪拦路抢劫惯犯变成大城市中一个团伙的首领（依然是靠他的枪），最后死在城市警察的冲锋枪下的故事。而他成功的经验就是："那个家伙能干的我都能干，而且会比他干得更漂亮！一旦我陷入险境，我可以一路开枪杀出去。就像今晚一样，对，先开枪，后开口。如果你不这样干，别人就先下手为强……干这一行绝不能心慈手软。"应该说明，像《小恺撒》、《公敌》

---

① 邵牧君：《好莱坞禁片史实录》，上海文艺出版社2000年版，第93页。

和《化石林》等这样的作品，都塑造了歹徒的形象，而这些人的所作所为在观众中却产生了不同寻常的影响。

20 世纪 30 年代初出现的强盗片是好莱坞电影史上的一件大事，被认为是美国犯罪题材影片的核心类型。它出现之初就遭到了许多人的反对，他们觉得这类影片使犯罪率（尤其是青少年犯罪）增加。然而也许是由于犯罪题材影片的票房价值实在太高，好莱坞对抗议声不仅充耳不闻，反而大大增加犯罪片的数量。犯罪片也拍得愈来愈好看了。银幕上的强盗们说一口丰富多彩的黑话，玩枪玩到出神入化的程度，漂亮的汽车在街道上高速行驶，急转弯时又麻利又刺激。在经济萧条时期，强盗们却收入丰厚，衣着华丽，广交朋友，女友愈来愈美丽动人。这个强盗王国藐视勤劳致富的传统，嘲笑自我牺牲的美德，蔑视政府机构的权威。批评者说尽管他们最终的命运是死亡或入狱，是人财两空，但前面的荣华富贵给观众留下的印象并不会因此失色，于是生活中难免有人要效仿。美国虽被不少人认为是高犯罪率的国家，但由于其严密的法律制度和强大的警察部队，以及已渗入公民潜意识之中的法治观念，一般美国人在现实生活中不敢存有丝毫不轨企图。但他们还是有些向往某种犯罪与暴力所带来的刺激，这些犯罪片、暴力片能取得如此之高的票房收入就是明证。《七宗罪》（1995 年）中的杀人者就有这样一种犯罪的执著、高明与疯狂。有犯罪，有暴力，就会有警察、特工，他们的使命就是同罪犯、恐怖分子周旋、拼杀，美国人自认为纳税养活了他们，要考察他们称不称职也不为过。经历了《生死时速》（1994 年）的乘客应该会觉得满意了吧。要说到血腥和暴力，警匪交战、江湖争斗，还是比不上战争的波澜壮阔，而且，战争中杀人似乎也有了更为充足与堂皇的理由，于是又出现许多血腥的战争片。现在，越来越多的人在使用电脑网络，这也给了精通技术的犯罪分子可乘之机。《网络惊魂》（1995 年）中的安吉拉就碰到了这种倒霉事，当然网络上的胜利一定还要有一番真刀真枪的拼杀才可，因为这样才好看。既然有网络犯罪，也就会有《机器警察》（1987）。假如将来全世界人民大团结、大和平了，还会有暴力吗？有，因为帝国统治了宇宙，残酷镇压了各个星球的反抗，我们还需要来一个《星球大战》（1977 年）！自古至今，世界从未太平过，暴力与犯罪也从未消失过，只因人性之中都有着某种与其"文明"目标背道而驰的欲望。作为高明的文化经营者，好莱坞自然不会忘记这一点。这一道奇特的景观在银幕上纵横了近百年，而且将继续横行下去。

由于电影对观众的诸多负面影响，宗教界认为电影是一种"亵渎上帝"的"实在的罪恶"，于是看电影便成为"渎神的行为"。如果天主教徒明知某部影片已上黑名单却仍去观看，那就等于犯了"不可饶恕的大罪"。天主教把罪分为两类：大罪和小罪。小罪可以用祈祷或忏悔来求得宽恕，大罪则意味着违犯教规，如果不能通过忏悔和苦行来赎罪的话，就将罚入万劫不复的地狱。天主教徒们突然发现自己面对看错影片便要面临永世入地狱的危险。有鉴于此，在布法罗，一位教士给电影下了个别出心裁的定义：电影（MOVIES）是"道德威胁"（MORAL MENACE）＋淫秽（OBSCENI－TY）＋粗俗（VULGAR）＋不道德（IMMORALITY）＋暴露（EXPO－SURE）＋性（SEX）。[1] 电影在天主教媒体上成了人人喊打的过街老鼠，几乎所有的贬义词都被用在了它身上。当然也许有人会觉得教会的立场过于苛刻，但美国电影的严重不足却是事实。

生活总是平平淡淡，无惊无险，许多人都希望能体验某种极端的感受——恐怖。于是好莱坞电影又给人们提供了这种安全而又让人惊心动魄的场面。被魔鬼附身的感觉一定不好受。《驱魔人》（1973 年）中的牧师试图从女孩身上将魔鬼驱走，但魔鬼的力量似乎更大，于是就产生了让人毛骨悚然的情景。死人复活又是一幅什么样的画面呢？人造卫星坠落的射线让墓地中的死尸都复活了，黑夜中，这些活死人四处游荡、肆虐……在《活死人之夜》（1990 年），小镇上的活人惊恐万分。而《木乃伊》（1999 年）中不死的木乃伊也被贪婪的

---

① 邵牧君：《好莱坞禁片史实录》，上海文艺出版社 2000 年版，第 225 页。

探宝者释放出来，他也开始疯狂报复一切人类……面对心理变态者，能不恐惧吗?《沉默的羔羊》（1991 年）中的 FBI 女学员克拉丽斯一定感到了。每个人都会得罪一些人，也许会因此而受到复仇者处心积虑、无时不在的跟踪打击。这种胆战心惊的感觉，又有几个人能受得了! 在另一部电影中，又讲述了这样一个故事，山姆 14 年前为被告凯迪辩护时，隐瞒了一份对凯迪有利的证据。凯迪出狱后开始报复。他经常出其不意地出现在山姆周围，毒死他家的狗，跟踪他的女仆，并潜入其家中。他强奸了山姆的女友，又开始引诱他的女儿。山姆虽为此事解雇了私人侦探，但结果是侦探、女仆被杀。百般无奈之下，《恐怖角》（1991 年）中山姆一家到水上住宅避难。风雨交加之夜，凯迪又尾随而至，进行最后的疯狂大决斗，双方生死相搏，而复仇者的生命力又是如此之强……人们常说科学家是疯狂的，因为有时一个科学事故就会制造出令人毛骨悚然的怪物。《苍蝇》（1986 年）向观众展示的就是这样一个因实验事故而产生的怪物。还有《人兽杂交》（2009 年），那个美丽的怪物考量的不仅是科学，还有伦理与道德。在好莱坞的历史中，你是可以找到许多这样的影片的，每当这样的电影问世的时候，你同样会看到金钱像是水一样地"哗哗"地流入好莱坞巨头们的腰包之中。

　　新动荡、新思潮和西部片。美国社会的新动荡、新思潮也总会引起好莱坞的关注。水门事件在美国社会中引起了轩然大波，美国人开始对政府、对领导层产生了普遍的怀疑。70 年代初，美国遭遇了战后第五次经济危机，随后又爆发了第六次经济危机，通货膨胀和经济衰退的双重打击让习惯了繁荣的新一代茫然无措。60 年代，美国派兵在越南直接参战，从而使美国社会陷入了战争的泥淖，战争的残酷性和无指望的结果，让困顿中的美国人无法忍受，反战浪潮不断高涨。与此同时，马丁·路德·金所领导的黑人运动并未因他被刺而偃旗息鼓，反面更加蓬勃高涨。人们的社会道德水准也在下降，犯罪率空前上升。70 年代的美国社会处于一种前所未有的危机之中，这是一种政治危机、经济危机、社会危机、道德危机相交织的状态。许多人苦闷、彷徨，茫然而不知所措。即使好莱坞本身对这些问题不感兴趣，但由于是民众的兴趣却不能不附和一下。多年来一直被禁映的政治电影先驱《社会中坚》（1954年）在各地上映时，广受欢迎，这让好莱坞下定了决心，他们开始关注政治、关注社会，通过其特有的视角与表现手法反映这一社会的重大问题。虽然这类影片数量有限，然而，只要进入市场合时，也往往可以带来不错的票房收入。

西部片在美国电影史上占据着极为特殊也极为重要的地位，历久不衰，表面上来看是由于表现了美国历史上那短暂的一幕，实际上是由于其魂之所系拴着所谓的美国精神：冒险、自由、个人英雄主义。还有一点可能就是为强者武力征服弱者提供了某种道义上的支持。而且，从其表现形式来说，西部片也可谓是集美国电影一切迷人要素之大全：西部山河草原的自然背景、激烈的枪战、动人的爱情故事……这些都是好莱坞电影中屡试不爽的手法。这类影片的收入是永远靠得住的。

西部片与美国故事影片同时兴起，鲍特的《火车大劫案》（1903年）是西部片的开山之作。影片是根据一则社会新闻拍摄的，其西部山河的背景同完整的故事情节一同为沉闷的美国电影注入了一股清新的气息。之后，西部题材的影片就开始大为流行，而1911年前后法国剑侠片的流行，又给了西部片许多启发，其内容情节和风格样式得到了进一步的丰富。荒凉大漠的西部美和其中所展现出来的美国精神也渐渐深入到每一个观众的心中。《铁骑》（1924年）是一部典型的史诗式西部片，描写了19世纪下半叶美国铁路资本家在西部兴建铁路过程中同印第安人发生冲突和战斗的史实。影片场面壮阔而恢弘，共有1280个场景，275条字幕，在拍摄期间，雇用的5000多人都完全按照当时西部居民的生活方式生活在福克斯公司特地在内华达沙漠上兴建的两座赛事的市镇上。此外，在艺术方面，福特为了加强战斗场面的效果，他们把摄影机装在行进中的机车上，使奔驰中的骑手始终处于画面的前景，从而有效地保持了动作的连贯性。1956年，福特又以《搜索者》将西部片向前推动了一步。20世纪60年代，萨姆·佩金珀将西部片改造得更为娱乐化，以此更好地顺应观众的喜好。他在西部片中加入了更多的暴力镜头。影片中表现的通常是新旧交替时代的英雄沧桑、血泪情仇。但其中的人性常常是扭曲的，而且也常常以大屠杀为结尾：几十人在慢镜头下纷纷倒下，弹痕累累，鲜血弥漫。《牛郎血泪美人恩》、《大丈夫》、《挑战》、《比利小子》、《铁十字勋章》、《日落黄沙》都是其代表作。其中《日落黄沙》（1969 年，又译为《野性的一群》）似乎已在暗示西部神话的没落。

20 世纪 90 年代，西部片在沉沦了 20 年后，再度成为好莱坞的新宠。但与传统西部片相比，又有了许多不同的地方。过去，格里菲斯曾为电影艺术制定了种种语法规则，但由于其根深蒂固的种族主义，也为西部片中的印第安人确定了标准像：愚昧、野蛮、未开化。这一处理为西进过程抹上了合理化的色彩，因而成为传统西部片中的一个定式。到了 90 年代，种族平等的思想已经深入人心，再加上保留文化遗迹的需要（土著印第安人已成为濒危人种），加上好莱坞出奇制胜的市场战略需要，新西部片中的印第安人基本上是非暴力倾向的，他们成了一个弱势团体，成了被人同情的对象。《与狼共舞》（1990 年）说的就是白人重新认识印第安人的经历。影片明确无误地全面诠释了印第安人的生活、文化、宗教等，为他们正名。这可说是对印第安人的赞歌也是对西进运动从文化、道德上的反思。不过这种认识有着一种挽歌的意味，似乎是在哀叹印第安人文化的消亡。不过这已经是美国电影的一个进步了，也是电影商们在新的历史条件下吸引大众的又一个策略。

（三）无能为力的检查制度

电影在美国问世后不久，各州、市议会鉴于其巨大的影响力，便纷纷立法，对电影的内容进行检查。如果州、市议会认为某部电影的内容不宜在本州、市范围内上映，该片即遭禁映，制片人除了自认倒霉外，别无他法。由于并不存在由国会制定的统一标准的联邦电检法，一部电影在不同州、市有完全不同的遭际成为十分常见的事情。然而，美国国会和联邦政府人士都明确地认识到，要想用同一条标准来协调制作方（银行、片厂、影院）和消费方（具有不同价值观、道德观和社会偏见的各个阶层）的利益，是完全不可想象的事情。于是球被踢回到制作方的脚下，即希望电影业对自己的产品实行"自律"。其具体做法就是由电影业自行建立一个产品检查机构，自行订立检查规则，用以代替各州、市的检查法。这样，1922 年，美国制片人和发行人协会宣告成立（它于 1945 年改为美国制片人协会），由协会出面聘请联邦政府内阁部长威廉·海斯出任协会主席。

其实，海斯虽然表面上是"沙皇"，实际上只是电影巨头们的一个雇员而已。他上任后便大吵大嚷地在好莱坞标准格式的合同里增加了一个"道德条款"，规定电影公司必须制止明星们豪奢放纵的生活方式；组建了一个角色分配中心来监督好莱坞对临时演员的使用，因为许多淫乱场面都是由临时演员完成的。但使人感到莫名其妙的是海斯办公室并没有设在好莱坞，而是设在纽约，海斯本人也和洛杉矶的制片厂极少接触，对拍制中的影片内容基本也是一无所知。这就使他作为电影业的公关代表难以发挥作用，而作为影片内容的管理者更是无从谈起。这一事实充分表明，好莱坞的电影巨头们需要的只是一位对外发言人和政界的说客，他们并不希望他去干预好莱坞的制片人。在海斯这方面，他所努力寻求的则是对影片内容的控制，以便在最大限度地争取观众的同时止住人们反对电影的呼声。

然而由于电影内容不够健康，当时的天主教会并没有因为电影业迅速接受了制片法典就善罢甘休。因为他们很快就发现海斯实际上并不能控制好莱坞的制片活动。于是电影业为了安抚以天主教为主力的宗教界的怒气，于 1934 年由海斯出面建立了电影业的自律机构——对好莱坞各制片厂有强制权力的法典执行局，并赋予它全面管制影片内容的权力，由天主教徒约瑟夫·布里恩出任局长。为了具体执行自律，海斯很快又任命耶孙·乔伊来主管其事。乔伊的职责是以法典的条款为准绳，对好莱坞各片厂的出品和进口的外国影片进行检查并提出处理意见。但是他无权对影片进行删剪，更不用说下令禁映了。由于法典条款的解释权和对影片的处置权仍操纵在制片厂的首脑们手里，法典很快就被证明是掩人耳目的一纸空文，是电影业遏制反电影势力的迷魂药。法典不可能发挥多大作用的另一个原因是，乔伊作为法典的执行人，在名义上要承担每年对五百多部影片进行自律检查的重任，而他的工作班子却小得可怜。他也无权强迫制片人接受他的意见，因为海斯、纽约总部的巨头们、好莱坞的制片人们、导演和编剧们一直没有就法典存在的必要性和限制电影的表现自由达成共识。法典表面上是被接受了，对有效执行起保证作用的观点却被拒之门外。

从电影业接受法典后的情况来看，尽管制片厂对法典的某些条款可能认可，但在解释和执行上可以说是我行我素。因为事实很明显，好莱坞如果想要拍摄任何一部有创意的影片，就必然会触犯法典的这一或那一条款。好莱坞必须顶住按条款字面执行法典的压力，然而法典执行局要求的恰恰是"照章办事"。好莱坞的制片厂首脑和制片人如路易斯·梅耶、欧文·塔尔堡、B. P. 舒尔贝格和达里尔·柴纳克等毫不含糊地告诉法典制定者，犯罪和电影并无联系，传统道德观的动摇也和电影无关。这正如一个从事网络管理工作的官员在谈到广告对人的影响时所说："任何形式的对于我们管理的权力都是荒谬的，像在选举前的一种典型的、有预测性的、如军刀一样嚓嚓作响的表演一样，我觉得它对人实际是无害的。"[①] 好莱坞公开声称，来一点性和暴力能使更多的人进入电影院，这又有什么罪过。成立于 1934 年的执行局在好莱坞存在了 32年，在美国禁片史上是重要一章，然而它的解散，也为美国禁片史画上了一个句号。美国电影终于有了一个自由的身体。当然这无疑是给那些性、暴力、色情、犯罪等题材大开了绿灯。

1992 年 2 月，洛杉矶罗马天主教红衣主教罗杰·马霍内向"好莱坞反对色情表现联合会"发表谈话说，电影业正在"破坏美国社会中大多数人的价值观"。他指责电影业"歪曲表现自由的本义"，并且要求重新启用好莱坞制片法

---

① Steve McClellan, *The Scarlet R. Broadcasting & Cable*, New York；Sep 18, 2000.

典，也就是众所周知的"海斯法典"，以便遏止目前影片中对性和暴力的过度渲染。然而电影业虽说对马霍内主教的呼吁感到震惊，但并不十分在意，因为和半个多世纪前相比，天主教对社会潮流的控制力已大大减弱，宗教人士已不可能扮演指挥人们的消费取向的卫道士角色了。[①] 而电影业也绝不会为了什么价值而丧失掉大量的金钱。

由于追求的是商业上的价值，而美国政府对电影中存在的堕落现象又束手无策，所以美国电影就存在一些很严重的问题。这首先表现在影片缺乏艺术精神上的追求。美国并不注重美学见解和富有哲理的推论，至少在电影圈子里如此。美国对电影采取极其经验主义的态度，他们需要的实际就是故事，只注重戏剧情节。在这种流水线的影片生产运作中，个人的作用被消融在集体的合作之中。这也是许多艺术家对好莱坞所做的批评意见之一，它扼杀了许多艺术家个人的艺术创造力。新美国电影更是注重单纯的形式，几乎完全是图像、韵律和色彩，并且追求创造出醉心的效果，而不是自我反省。自从电影业从 20 世纪 50 年代开始与新兴的电视业展开恶性竞争并最终以分级制代替自律性检查以来，美国银幕上的色情和暴力内容便日见膨胀。尽管电影终于在法律上获得了"艺术"的身价，有资格享受宪法规定的"表现自由"，但随着电影业对"自由"的滥用，人们还是听到了不少反对的声音。至于好莱坞，它对涉及基本价值观的题材发生兴趣本是出于利益的驱动，而不是对社会或政治进步的关注。这样，在美国，影片的意义就只取决于某种无意识的活动，因而它们变得软弱无力。这正如帕迪·惠内尔和斯图尔特·霍尔所说：艺术（在此指电影）只不过成了"药片上的糖衣"[②]。

电影在美国存在着艺术和商业之间一种极为明显的紧张关系，艺术蔑视成批生产和流水作业。许多评论家认为，好莱坞的制片厂拍摄的影片根本不能被

---

① 邵牧君：《好莱坞禁片史实录》，上海文艺出版社 2000 年版，"序言部分"，第 7 页。
② 伦纳德·夸特、艾伯特·奥斯特：《当代美国电影》，杜淑英、温飚译，中国广播电视出版社 1992 年版，第 7 页。

看做是艺术品，也不能作为人类精神的独特表现而可以与莎士比亚、狄更斯和叶芝的作品相提并论。制片厂的产品应被看做是大众娱乐、神话故事以及使坐在银幕前悲喜交加的观众的感情需要得以满足的东西。影片表面的完美无缺和魅力利用了观众的梦想和愿望，把他们弄到一个远比影剧院外沉闷的现实更令人满意的王国。今天，许多评论家在回顾往事时，都把制片厂时代看做是生产幼稚、空虚、低劣影片的时代。特别是与同时期法国的雷诺阿、维果、克莱尔及其他人拍摄的思想成熟、艺术性强的作品相比，美国影片更是没有值得认真看待的东西。电影艺术正如小说、戏剧和诗歌一样，其实质就是作品作者的才智、思想、感觉和个人想象力的集中表现，而制片厂时代的大部分影片既不是个人的作品，也不具有个性，相反，它是情节、道德与个人动机这条装配线公式化的产物。所以人们从美国电影中所能领悟到的事实是：自有电影以来，欺骗就是电影业的一部分。

其次，表现在美国电影对社会的危害上。强盗片被认为是美国犯罪题材影片的核心类型，由于这类影片使犯罪率（尤其是青少年犯罪）不断增加，于是人们就反对这类影片，加入反对犯罪片行列的有警察、法官、律师、市长、报纸和社区组织。海斯办公室承认"对强盗片的抗议已形成日益扩大的公共舆论"，新新监狱备受尊敬的监狱长刘易斯·拉威斯说，"许多犯人告诉我，是犯罪片把他们引上了犯罪的道路。"此语一出，全国为之震惊。费城的公安事务专员说，该市当前的一股犯罪浪潮是起因于"电影制作者对我国儿童进行的细致入微的犯罪方法指导"。纽瓦克的公安事务专员表示同意："青少年犯罪是电影直接引发的。"[①] 至于好莱坞，它对涉及基本价值观的题材发生兴趣本是出于利益的驱动，而不是对社会或政治进步的关注。托马斯·A. 爱迪生作为发展电影的先驱却对电影在未来教育业中的作用表示悲观。爱迪生说："我做过一些令人兴奋的梦，想到摄影机能够并且应该在教授世界上的人们所需的知识

---

① 邵牧君：《好莱坞禁片史实录》，上海文艺出版社 2000 年版，第 155 页。

方面做很多事情，使这种教育更加生动，更加直接……但我失望了，它被变成一种娱乐玩具。"① 其实何止是娱乐玩具，电影中的色情和性、吸毒、暴力和犯罪不是正在将美国的下一代引向歧途吗？

在美国军医局局长看来，暴力或是暴力场面即便没有其他害处，至少也不利于观众的精神健康。目前，尤其像在《肮脏的哈里》、《搜查网》和《独行铁金刚》等片中的暴力场面，不仅数量多，而且十分清晰。他对这一问题表示十分担忧。但对于此，影片的制作者却是另一种的态度。来看看西格尔是怎么说的："开句玩笑，我只能说，最终是因为观众喜欢。它令人非常愉快！我的确不十分清楚是什么原因，但我猜想也许因为我总是反对派。所以，我认为当今的年轻人认为我的影片是为他们而拍，这并非有意。除了我自己，我不为任何人拍片。我拍的影片当然不会是为了那些决策人，也不是为了今天的少年儿童。"② 是的，他就是在拍片，别的他是不会去管的，然而他的这种想法实在是太有代表性了。我们又怎么能不为美国电影的未来担忧呢？

（四）电影作为一种意识形态机器

无论是美国的电影或是美国的电视，抑或是美国的其他被大众所消费的文化，整体来讲，已经构成了美国社会中一个很重要的问题，它们在美国公民的生活中扮演着举足轻重的角色。德国大哲学家海德格尔曾把这种受大众文化的影响而成的众人生活方式、生活情趣称作"日常生活的平均状态"。而这种"日常生活的平均状态"的背后其实是包含了美国的主流社会意识形态的，也就是说这其中表现了美国"大众文化"对大众文化消费的控制。

马尔库塞把后工业时代的现代人看做是"单向度的人"，即不完整的人，是只知物质享受而丧失精神追求的人，是只被动接受而没有主动创造的人，他们只能屈从现实而不能批判现实和改变现实。在马尔库塞看来，现代人的这种

---

① 斯特普尔斯主编：《美国电影史话》，张兴援、郭忠译，中国人民大学出版社 1991 年版，第 279 页。

② 同上书，第 313—314 页。

境遇只是发达工业社会的单面性的产物。发达工业社会的根本特征，就是通过技术理性和控制消费达到一种绝对的合理性。使人在不知不觉中去接受资本主义意识形态的教育内容。

文艺作品的根本任务不应是去赞美和维护现存社会，而是要"打破已有的语言和思想对人的精神和肉体的压制性统治，这种语言世界和思想世界早已成了控制、灌输和欺骗的工具"①。真正的艺术是有助于人的感觉解放和意识解放的。它不断地创造一个理想的社会和希望的所在，使人们不再沉醉于异化的现实，而是去超越日常经验并与现存秩序相对抗。也就是说，真正的艺术是跳出了异化秩序的陷阱，它激烈地抨击现实的不合理性和非人性，同时强调人的主体性和创造性并指出未来的种种可能性。然而现今的美国电影等大众文化却根本没有做到这一点，而只是迎合观众的心理，麻痹观众的神经。在美国大众文化传播中，艺术已失去它颠覆现状和批判现状的传统功能。因为现实是让人们觉得似乎是满意的，他们可以从电影、电视和其他文化娱乐中得到他们在实际生活中得不到的东西，他们就在这种虚幻的消费中得到了心灵上的慰藉。生活对他们来说也许并不那么坏。

马尔库塞还指出，"大众文化"用一种幸福意识取代了"不幸意识"，也就是用麻木和屈从取代了觉醒和反抗。因为性的不满往往造成"不幸意识"，并成为社会秩序中的不稳定因素，所以"大众文化"就通过性的解放和商品化来减少性的不满足，从而使人们得到满足和接受现存社会。这正是"大众文化"的实质所在。它的最终目的是掩盖物化的真相，不让人们对现实产生怀疑，使人们"不再幻想另一种生活方式，而是想象同一生活方式的不同类型或畸形，他们是对已确立制度的肯定而不是否定"②。无论电影还是电视都在通过性、犯罪、暴力等形式来弥补人们在生活中得不到满足的缺憾，充当了维护资本主

---

① H. 马尔库塞等：《工业社会和新左派》，任立编译，商务印书馆 1982 年版，第 145 页。
② H. 马尔库塞：《单向度的人》，刘继译，上海译文出版社 1989 年版，第 55 页。

义社会制度的一剂温柔的毒药。

西方马克思主义的另一代表人物阿尔多诺也认为，在现代资本主义社会中所谓的艺术不过只是一种文化工业而已，它集中表现了垄断资本主义对大众的意识形态的操纵，以及对群众的一种欺骗方式。在人们的生活中，文化工业产品随处可见，充斥着人们的生活，它只给人提供纯粹的娱乐和消遣，而并不提供思想和对现实的真实性的认识。既是文化工业又有着巨大的商业利润。工人在它所提供的娱乐中，不仅失去了并不富余的金钱，而且在精神心理上失去了作为人应当具有的个性和独立思考的能力。它确实在消解着人们的阶级斗争性。这于马尔库塞的看法是不谋而合的。

也就是说，在当代资本主义社会中技术的进步和"高档"商品的大量涌入，除了产生和再生产出异化了的劳动世界外，还产生和再产生了一个不费力的、快乐的、满足和舒适的世界图像，这一世界表面上看来已不再是权贵们独享的特权，而是大多数人都能达到的。正是这样，大多数现代人都成了"永无止境的消费者；他'吸取'饮料、食物、烟卷、演讲、名胜、书籍、电影；把一切都消费了、吞没了。世界是他的胃口的一大对象：一个大瓶子，一个大苹果，一个大乳房"①。这种消费方式渗透在了人们生活中的方方面面。

现代美国社会对个人的控制程度远远超过以往的任何时代，而且这种控制的有效性并不依赖恐怖和暴力，而是依赖于意识形态的控制，即把"技术理性"和消费至上原则结合起来的"大众文化"或"文化工业"。电影和电视作为这种大众文化和文化工业的中流砥柱，自然在这里就扮演了一个极其重要却不光彩的角色。所以尽管在电影、电视中存在着很不健康的内容，尽管美国政府也采取了种种措施来扭转这种现象，但却总是力不从心，这其中的道理现在看来就是十分清楚了。这正如美国文化评论家麦克·麦德所指出的，美国电影根本不是要维护美国深层的价值观而是要把它连根拔掉。这也难怪音乐批评家

---

① 引自欧阳谦《人的主体性和人的解放》，山东文艺出版社 1986 年版，第 118 页。

特里·锹查特说："如果一场地震把好莱坞的摄影棚震个粉碎，有教养的美国人一定会欢呼。"所以我们也不能指望美国的这种文化形式会担负起什么伟大的责任来，如果非要这样去要求它，那倒是我们自己的幼稚了。

二　电视文化及其文化批判

电视的出现是人类生活中的一件大事，20 世纪 40 年代末美国国内电视的出现以及 50 年代初电视的普及，曾经给旧时的好莱坞电影带来了最沉重的打击。虽然面对电视的冲击，好莱坞用宽银幕、立体电影等来吸引观众，但这种所谓的新技术并不能改变电视在人们生活中已经确立的重要位置。今天，人们逐渐不愿再去电影院而开始待在家里，通过自己的电视观看免费的影视剧作、综合节目以及新闻报道。然而，自电视出现的那一天起，人们对电视的褒贬也就一直没有停止过，今天当电视几乎成为所有家庭中最重要的文化大餐时，重新审视作为文化形式的电视也就不是什么毫无意义的事情。

（一）电视给大众带来了什么

在电视屏幕斑斓变幻之中，人们会感到从未有过的愉快、轻松和充实。电视机无论放在客厅、餐厅或者卧室，只要打开电视，它就可以旁若无人、自说自话，任由主人去做任何事情。

在现代人的生活中，电视的影响是无孔不入的。新闻的概念已发生了改变，由原来的"刚刚发生过的事情"变为现在"正在发生的事情"。各种门类的艺术在电视的冲击下也开始自觉或不自觉地向电视靠拢，MTV、相声 TV、电视小说、电视戏剧……形形色色的"新型"艺术样式如同生命基因工程制造出来的怪胎，生机盎然，同时又让传统的艺术家们惊骇不已。而第一位演员出身的总统里根的诞生更是表明，在政治生活中电视表演已经成为政治家们的一项基本技能和生死攸关的大事；而对于那些实力雄厚的跨国集团企业来说，没有电视广告宣传简直就是不可思议的事情。

美国信息调查公司曾发表一份"电视广告功效研究",其中指出,在电视上推出精致有内涵的广告,比附送赠品、减价或展示等促销活动更能达到吸引顾客购买的目的。这项宾夕法尼亚州立大学罗迪斯教授的研究,是由包括百事可乐等数十家知名厂商及三大电视网共同赞助的。在美国八大城市的八大超市设置监看记录器,统计顾客购买产品品牌;同时在 3000 户家庭装设电视监视器,以了解他们收看电视广告的情形。6 年的观察研究发现:与其花大量经费用在附送赠品、减价促销,不如在电视黄金时段中做广告,因为民众购物的动机常来自电视诱人的广告,似乎大部分人都被电视广告的魔力所吸引。因为电视广告结合许多"唯美"与"非理性"的影像,迫使观众不用大脑思考,而简化成一种经影像刺激后的"感官反应"与"购物冲动",使人们对商品产生"假性需求",其对观众烙印的虚夸效果,远胜于其他促销活动。[①]

在电视的参与下,一切情况都发生了变化,那些领导流行、制造流行的人们对这种变化的体会更为深切。虽然在巴黎随时随地都能找到各种各样的时装杂志或普及性期刊,像《时尚》、《巴黎时装总汇》、《妇女》、《时装与制作》等等,然而,真正将时装之都的浪漫风情传递到全球各地,并在巴黎制造出时装文化氛围的,在今天,仍然要归功于电视。每年两季的时装发布会,电视都会在新闻中给予即时报道。电波将这些争奇斗艳的名模的身影带往世界各地,无论是中国,还是美洲,每个人都能从电视里看到世界一流设计师的一流作品,领略一流模特的动人风采。

在巴黎,时装广告还善于运用电视明星来进行产品的广告宣传。如,潘虹赴法国参加电影《末代皇后》的首映活动时,巴黎时装名牌"路易·费洛"就捷足先登,为潘虹接受电视采访提供服装和化妆品。在节目结束时,主持人很自然地提到,中国影星潘虹今天穿的是"路易·费洛"的最新设计。用明星提高身价,名牌被再次镀金,二者结合得可谓浑然一体,巧夺天工。正是这些不

---

① 苗棣、范钟离:《电视文化学》,北京广播学院出版社 1997 年版,第 80 页。

遗余力的电视宣传,使名牌不仅属于巴黎,更成为全世界人们追求的时尚目标。成群结队出入于夏奈尔、圣洛朗专卖店的游人们大都没有能力购置那些高档时装,但与时装共有一个商标的香水、提包、饰物却给人带来心理满足,本来只能在电视屏幕上看到的品牌标志,此刻赫然在握,心中自然也就找到了一种平衡。

电视不仅扩大了流行的范围,加大了流行的力度,而且更为重要的是它本身也毫不客气地制造流行,这一点尤其使人们始料不及。在服装界,流行色在兴起的初期阶段是完全处于自然发展状态的,当大潮过去之后人们才发现它的流行期、流行范围和流行特点,这对生产和销售毫无积极意义。于是,服装界人士终于一改跟着流行跑而转为预测流行、领导流行,这样,电视无疑又成为他们最好的宣传助手。被推出的流行色是靠以电视为主体的传播媒介和制造商共同描绘的,而不再像当年那样完全出于消费者的自然选择。在流行色预测发布之前,各种各样大规模的宣传和表演已在人们心目中树立起了"什么是时髦"的概念,被服装界通过传播媒介推向社会的潮流在无形中驱使人们向流行靠拢。每年两次的流行色预测,甚至直接影响世界纺织面料和时装的生产与销售,以至于国际纺织品经销商无不感慨:"现在是靠流行色赚钱的时候了!"①

然而,被电视推销过的任何一种形式的文化似乎都不可避免地带有侵略性和某种霸道行为,时装文化也是如此。西欧或是巴黎的流行色明显地反映了以欧洲人爱好为主体的审美心理,带有强烈地域性、民族性特点。然而亚洲各地,无论是日本、中国香港还是中国内地,不仅热衷于追求时尚的人们对之一丝不苟地照单全收,甚至服装界人士也不敢对此有什么"越轨行为",因为通过电视屏幕传送过来的画面不仅说明"这就是流行",还说明"不这样就是错误",而错误是会直接导致本地区的纺织品和服装出口业在下一年度面临困境的。

电视对于公众行为方式的影响甚至会表现在非常隐私的方面。例如穿睡

---

① 苗棣、范钟离:《电视文化学》,北京广播学院出版社1997年版,第266页。

衣、睡袍的习惯，在中国传统文化中是没有根基的，然而近年来却颇有流行之势。那么是什么造成了这种相当隐蔽的"流行"呢？事实上，在一般媒介中很难见到推荐或是介绍"睡衣文化"的，睡衣制造者甚至也很少为自己作广告，唯一可能造成这种影响的就是近年来在电视中，特别是在电视剧中穿睡衣、睡袍的镜头数量特别多。当电视剧中那些通常有教养的、有身价的男女们总是身着睡衣、睡袍躺在床上或是活动在起居室里的时候，它就为观众提供了一个"人们都是这样的"规范性样本，这样，也就无形中将观众也引向按照这一行为方式进行生活的愿望之中。而观众们也就真的依照这样的规范来生活了，以避免与他人不协调而带来的孤寂感，当然这样做似乎也提高了自己的教养程度。

电视对于受众的这种强制性规范作用，很像幼儿园中经常做的一种"请你跟我这样做"的游戏。阿姨一面说"请你跟我这样做！"一面做出某个动作，小朋友们就跟她做出那个动作。如果哪个孩子没有效仿或是效仿得不对，就是犯规。当然它们之间也有不同，那就是幼儿园的游戏规则是人为制定的，而电视的规范却植根于社会公众的心理。

以电视为规范样本，造成人们生活行为上的同一化，表现在日常生活的方方面面。当年奥黛丽·赫本在《罗马假日》中的一头短发，曾掀起席卷全球的短发热潮，而如今从雀巢咖啡到果珍橙汁，从可口可乐到轩尼诗 XO，从麦当劳到肯德基，传统的生活方式几乎全被打破，来自另一种文化的习俗不经消化即被灌入。早晨的稀粥油条换成了牛奶面包，太极拳被迪斯科代替，绿茶改为红茶……男女授受不亲的古训在"浪漫"的招牌下变成十字路口的拥吻，年轻女士手持香烟的形象成为性感和时尚。凡此种种，真是不胜枚举了。

（二）人们对电视的态度

如果说电视对人们日常生活行为的引导，还不能成为人们否定电视的理由，那么电视对于暴力与犯罪行为的大肆渲染，却使它可能成为众矢之的。在许多犯罪行为中，电视每每被认为是罪魁祸首。1995 年 4 月 19 日，美国俄克拉荷马城发生政府大楼被炸毁，2001 年 9 月 11 日，美国纽约世贸大厦被炸，都让人们看到电视的负面作用。有人就将世贸大楼被炸的场面与美国的一些影视剧作中的画面进行对照，结果发现极为相像。而当最初世贸大厦被炸的画面在电视台播放的时候，甚至有许多人认为，那可能只是某一部电视剧中的一个爆炸场面而已，人们并不认为那是真的。美国的电视节目过于偏爱爆炸题材，在爆炸中人们仓皇出逃的场面，在影片中添加炸弹佐料的迹象，都直接对一些犯罪行为起了榜样与示范的作用。

1973 年 9 月 30 日晚，ABC "星期日晚间影院"栏目中播出了一部电视影片《警察》，剧中有一个情节，描述一群少年把汽油浇在街头流浪汉身上，然后点火将他们烧着。两天以后，在波士顿，6 名男青年如法炮制，将一位女汽车司机拖到空无一人的停车场，逼她用汽油往自己身上浇，然后把她点着，使她变成了一把火炬，而后扬长而去。这位女司机后因伤势过重，不治身亡。当时的波士顿市长凯温·怀特说，他认为这一暴行与 ABC 的电影有关。《纽约时报》则指出："这一可怖的巧合不容忽视。"[①] 此后，美国就掀起了一个相当激烈相当广泛的全民反电视的暴力运动。

美国的公众已经普遍认为，暴力与色情内容是美国电视的头号问题。1995 年 8 月，《纽约时报》进行了一次民意调查，在 1209 名被调查中，半数以上的人说不出电视这种通俗文化有什么可取之处，他们最为不满的是节目中"充斥色情、暴力和低级下流的语言"。据一位学者在 1959 年进行的实测统计，美国的商业电视节目中，平均 10 集电视剧中有 8 集包含暴力内容；每小时有 7 个暴力场面；每周电视中会出现 600 个不同的暴力场面；半数以上的剧中主要人物有暴力行为，其中 1/10 是杀人凶手。[②] 瑞典社会学家英加·蒌内松曾在一项研究报告中指出暴力行为和过多收看电视之间的相互关系。这位女学者在马尔默市对 200 名学生收看电视的习惯进行了为期 10 年的调查。她所得出的结

①　苗棣、范钟离：《电视文化学》，北京广播学院出版社 1997 年版，第 98 页。
②　巴里·考尔编《电视》，自由出版社 1970 年版，第 364 页。

论是，每天看电视超过 2 小时的 6 岁儿童在 6 年以后可能出现攻击性行为和注意力不集中的状态。她说，研究没有证实"电视必然自发导致暴力行为"，不过，"就像吸烟会增加患癌症的危险一样，看电视当然会提高孩子们发生问题的可能性"①。

一直以来加拿大的公众也在强烈反对美国电视中的暴力内容，因为在加拿大境内，有 80％的居民能直接或间接收看到美国的商业电视，所以该国居民对于邻邦这方面的文化入侵十分敏感。一个 13 岁的女孩发起了"禁绝电视暴力"运动，获得了 500 多万人的签名。对于总人口只有 2 千多万的加拿大来说，这个签名人数让我们看到了人们对电视暴力的痛恨程度。1996 年 3 月，加拿大广电委员会（CRTC）进行了一项调查旨在弄清处理电视暴力的方法。该项调查认为：与电视工业自愿登记来限制电视暴力同时进行的，还应有由父母授权来对电视节目进行分类和区别出等级，同时提高公众的反暴意识和加强媒介的人文素质，这些都是必要的。该调查声称，对孩子的保护成为加拿大传播领域一项永远关注的问题。

尽管电视受到人们的批判，然而，问题的严重性则在于，电视太容易为人填充空虚，制造欢乐，甚至用美妙的幻想来掩饰严酷的现实。就同酒精、毒品能通过暂时的麻醉让人忘掉痛苦，从而使得人们上瘾一样，电视现在对于许多人也成了不可缺少的东西。有人统计，在美国有大约 2—12％的人认为自己已经染上了电视瘾——看电视的时候他们觉得很轻松，但看过之后往往会觉得更空虚、更沮丧、更不快乐，然而他们却无法管住自己事后不再去打开电视。他们看电视的时间比一般人要多出两倍，一星期看 56 个小时以上。其中一些典型尤为严重，有一位警察除值班外哪里都不去，全部业余时间都躲在家里看电视，每周多达 71 小时；另一位 50 岁的家庭主妇看得更多，每周达到 90 小时。

一个对药物或酒精产生了依赖性，有了瘾的个体是一个不健全的个体；一

① 苗棣、范钟离：《电视文化学》，北京广播学院出版社 1997 年版，第 219 页。

个对电视这种人造媒体产生依赖性，有了电视瘾的人构成的社会同样不会是一个健全的社会。电视每天都在吞噬着人们大量的宝贵时间，制造消极，传播暴力，散布庸俗。为了把人类从电视手中"解放"出来，世界各地已经有不少反电视组织，一直在为把电视驱逐出人们的生活而孜孜不倦地努力。他们所反对的已经不再只是电视中的暴力或无聊，而是电视本身。

在美国加利福尼亚州的华森维丽，一些公立学校的学生每年都有一次"戒电视日"活动，在每年的 5 月 7 日，数百名学生在公共墓地参加一次电视葬礼，同时宣誓要戒绝收看电视的"恶习"。电视泛滥的确使学生们难以自拔，不断有报告指出，电视影响了学生的视力，影响着正在生长发育的青少年的体重、性格、对人生的态度，并造成学习成绩下降等等。因此，在电视葬礼上，一台彩色电视机被安放在灵柩中准备埋葬，而前一年被埋葬的电视机的坟墓上还洒满了鲜花。一位小学生代表宣读祭文："我非常不愿意承认这个事实，不过，我不看你，我会过得比较好一点，我的成绩分数提高了，我也有更多的时间陪伴我的家人和朋友。"①　当然这些戏剧性举动肯定是出于成年人的指使，但富于讽刺意味的是，这个活动照例要受到电视记者的采访，而当"埋葬电视机"的电视新闻在地方电视台播放的时候，那群参加过"葬礼"的学生则满怀热情地围坐在家中的电视机前，寻找着自己的光辉形象。电视就是如此神奇地左右着人们的生活，对于电视的批判本身也许并不是一个简单的问题。

（三）HBO 打造新的娱乐文化

在有线电视的世界中，提到全天候的新闻报道，观众就想到 CNN；提到运动就想到 ESPN；提到音乐影带则非 MTV 频道莫属；而一提到电影，人们的脑海中自然就会浮现出 HBO。HBO 于 1974 年成立，全称是家庭影院有线电视公司（Home Box Office 简称 HBO），是美国最大的以有线电视用户为对象的收费电视节目，隶属于美国时代华纳公司。

---

① 　中央电视台电视学会编：《电视研究资料》（一），1990 年版，第 14 页。

　　HBO 本身不制作节目，也不拥有频道资源，其主要是从节目市场购得片源之后，集合成主题频道，通过有线电视网发送给用户。由于 HBO 是以播放电影起家的，随着 HBO 近年来的发展壮大，也开始制作一些原创节目，而且又利用自己作为有线台在美国限制不多的优势，频频推出禁区题材，强攻市场。如写黑手党的《女高音》、写城市男女的《欲望都市》、写"第二次世界大战"的《兄弟连》等，几部连续剧下来，就使其占尽风光，大获其利。

　　据好莱坞报道，美国电视艺术科学协会 2002 年 11 月宣布，从 2003 年开始，今后 5 年的艾美奖颁奖礼的现场直播将由 HBO 广播电视公司负责。这个决定可以说也是众望所归，因为 2002 年 HBO 拍摄的影集《欲望都市》、《人在江湖》、《仪葬社风云》以及《兄弟连》都入围了艾美奖，并为 HBO 抱回 24 个小金人，彻底打赢了 NBC。

　　以《欲望都市》为例，2002 年当这部美国 HBO 的大热剧，漂洋过海热到北京、上海、广州时，不到一周，几乎所有的人都在讨论《欲望都市》。虽说该剧沿承了畅销剧一贯的生产线路，借 4 个单身时髦女子对爱与性的迷茫和思考，为我们展现了一幅大都市人间百态的浮世绘。然而当 HBO 刚刚播到第 5 集时，路边 VCD 小店中该片的每集专辑却已售至告罄。VCD 老板们虽说是赚得盆满钵满，但却并不明白这光名字就有噱头的影片中的 4 个女人是谁。

　　HBO 的制作和播出都是很有讲究的，《欲望都市》（Sex and the City）定位是"小众"，即相对于 NBC "大众"而言。它只在每周日晚 9 点播出，这又有其意味，那就是说时髦男女是不应该在星期四五六的晚上待在家里看电视的，而应该像剧中人物那样在外边活动。

　　HBO 的成功在于它能瞄准市场，针对观众的实际情况，进行许多新的尝试。如 HBO 于 2002 年开始进行视频点播服务的试播工作，在南卡罗莱纳州哥伦布市试行的点播测试活动中，HBO 的用户就可以点播到像《女高音》（The Sopranos）、《欲望都市》（Sex and the City）等热门电视剧集，同时还

可以点播到某些公映的影片及其他节目，总计有 150 个小时的节目可供试播期
间点播。据 HBO 的母公司 AOL 时代华纳公司的首席执行官杰拉德·李文
（Gerald Levin）透露，HBO 还将继续在其他城市进行视频点播服务。

不仅如此，HBO 还想尽办法来加强自己在电视圈中的地位和力量，如积
极参与各种世界大型的体育赛事的转播活动，同时 HBO 还针对大量的网络用
户推出了该公司别有趣味的互联网互动游戏来吸引观众。正如游戏的设计者埃
伯格说："我们的目的不仅是为用户提供一个有趣的故事，而且还希望用户能
够将自己融入这一故事当中，亲身体验其中的乐趣。"这里的用心可谓是十分
别致的。

2002 年 5 月，美国 HBO 电视台还决定为克林顿的绯闻女主角莱温斯基拍
摄纪录片，并且纪录片由莫妮卡·莱温斯基本人演出，HBO 以另类观点记录
这位女性重新融入社会的过程，纪录片取名《完全莫妮卡》（*Called Monica in
Black and White*）。莱温斯基向 HBO 保证，这是她首次"详细"剖析她与克
林顿之间的性关系，经过时间的洗礼，她对这段性丑闻有了新见解。该记录片
的制作人内万斯称："为何这样一件小事竟闹得满城风雨？这或许只是她的经
历，但对我们来说，这将是个调查报告。"HBO 人的眼光和魅力在此也许又可
窥其一斑。

为了在亚洲占有一席之地，美国的时代华纳公司、维亚康姆公司与美国好
莱坞的派拉蒙影业公司（Para - mount）、环球影片公司（UniversalStudios）、
哥伦比亚三星影片公司（ColumbiaTristar）和梦幻工厂（DreamWorks）等在
1992 年合资经办了一个 HBO 亚洲频道（HBOAsia），使 HBO 又成为亚洲最
出色的电影频道。它是专门提供给宾馆、饭店等部门收视的电影频道，每天
24 小时滚动播出最精彩的好莱坞电影及其他原创节目，每月为亚洲的观众提
供超过七十部的电影名片，这其中又至少有二十五部为首轮强片。除此之外，
HBO 还提供了 10％的独家播映的娱乐特别节目，包括音乐会、儿童节目、喜
剧及纪录片等。所以在亚洲，HBO 家庭影院频道成为外国客人最喜爱的电视

频道,如果饭店的有线电视系统中有此频道,一定会吸引不少客人。在中国大陆,在主要酒店和外籍人士居住区也都能够收看到 HBO 的节目。现在 HBO 在亚洲地区已经颇负盛名,被公认为业界的佼佼者,推动着亚洲大部分有线及卫星电视系统的发展。当然,最值得骄傲的当然是那些因此而赢利丰厚的 HBO 的老板们。

(四)对电视文化的反思与批判

如果说暴力镜头给受众带来的是某种优越感或心理冲动的宣泄,那么屏幕上的挥金如土则替观众了却了日常生活中做不到的奢华、挥霍的夙愿。难怪前菲律宾第一夫人伊梅尔达在其生活方式被美国记者贬为浪费、糜烂的时候反唇相讥道:"哪有你们的《豪门恩怨》奢侈啊!"一位心理学家认为:"目前社会收入与支出不成比例的奢靡现象,相当一部分是受电视中的广告、歌舞、戏剧的影响。大家都以电视剧里的食、衣、住、行,作为价值取向和追求的目标。不这样,仿佛就短了半截。"①

当电视媒介为了商业的或是其他的利益,运用自己的超级影响力对一个事件、一个话题、一种思潮、一种潮流进行炒作的时候,这个对象就会迅速膨胀起来,而且会无孔不入到社会的每一个角落,让每一个人都不得不注意它。同时,每个人也感到了周围的人们都在注意着同一个对象,为了与大家看齐,他在注意到热点的同时还不得不保持很高的注意力,以便不会在公众中显得过于"无知"。事实上,这些热点往往同社会、同个人并没有什么真正的关系,甚至也并非真正的个人兴趣。如在世界杯足球赛期间,许多原本对足球毫无兴趣的青年人也只好"热心"地关注比赛,甚至硬着头皮熬夜看现场转播,就是怕跟不上潮流,被别人当作傻瓜。整个世界仿佛一下子变得如此之小,又似乎是每一件事都发生在你的身边,你能不去关注它吗?这个社会又是一个交流的社会,当你一无所知的时候,你又怎么在这个世上立足呢?

---

① 引自李金铨《传播帝国主义》,台湾久大文化股份有限公司 1986 年版,第 215—216 页。

还在电视事业方兴未艾的时候，一些敏锐的思想家就已经预感到，这种新的信息传播方式将给人类生活带来难以估量的影响。对于这种影响，有人充满乐观主义的愉悦，有人则满怀着悲观的沉痛。今天，在许多地方，电视工作者和文化精英们都十分怀念电视创办初期的美好时光。而现在的电视，虽然在技术上超越以前不知有多少，然而在一切以收视率为指针的情况下，电视实际上已经走进了它的黑暗时期。

大众文化学认为，当代的大众流行行为实际上是一种现代"图腾崇拜"。学者高小康这样写道："当代大众行为的一个显著特点就是'流行'，即大规模地相互认同和仿效，从对一本小说、一支歌曲的欣赏一直到对一种商标、一种牛仔裤臀部补丁式样的喜爱，几乎渗透在社会生活的各个层次上。无论对所流行事物具体化内容可做出多少理性的解释，都无法否定这种现象的非理性心理基础。大规模的追随、认同和仿效，使种种现象成为具有象征意义的符号，说到底是在以象征的方式寻求心理归属与依附，是一种显示出当代特点的大众图腾崇拜。"①

宗教崇拜的一个最基本的特点，就是对于崇拜对象有着盲目的、非理性的尊崇与依赖。文化人类学者埃米尔·杜尔干认为，宗教起源于社会本身和社会需要，把神圣的事物与世俗的事物区分开来的是社会而不是人，"神圣物"必定是一种象征，但象征什么呢？被视为神圣的物体象征着整个社会都认为这种东西是神圣的这一社会事实。② 而对电视盲目信从、盲目尊崇，正是当代电视文化的一个重要特色。有些电视学者认为，电视与宗教的相似之处，就在于两者都具有一种吸引大众主动去接受其信息的力量，也就是能使信徒或受众心甘情愿地前来听其指挥的功用。为了追求廉价的、轻松的娱乐，为了满足窥视他人隐私的欲望，为了在对世事世人的评说中取得一种高高在上的优越感，为了

---

① 高小康：《大众的梦》，东方出版社 1993 年版，第 7 页。
② 苗棣、范钟离：《电视文化学》，北京广播学院出版社 1997 年版，第 253 页。

在躲进家庭壁垒逃避开周围的喧嚣烦乱之后不至于过分孤寂，也为了在"动态归隐"的孤独状态下能够找到一点与社会相互认同的安全感，亿万大众全然自愿地拥到电视机前面，成为人类历史上数量最庞大的一批"信徒"。从某种意义上讲，社会"热点"的制造也正是电视利用普通人的这种心理的结果。

作为一种大众文化，电视本质上所具有的媚俗倾向也必然导致向主流意识形态的靠拢。换句话说，电视为了追求高收视率，不得不在意识形态方面追求一种让大多数人都满意、都能够接受的效果，而这种大多数人都满意、都接受的意识形态在绝大多数情况下恰恰就是社会的主流意识形态。因此，电视文化的深层意义怕是要从社会的价值取向上来挖掘。另外，高投入的电视组织使它只能是主流文化的传声筒，由于又需要得到大众的认同（不论是纯商业的电视组织还是非商业性的电视组织），于是电视总是在表现着大众的趣味，代表着大众的追求，反过来又强烈影响着大众，让他们效法，让他们模仿。在电视的规范和引导下，全社会按照统一的模式穿衣、吃饭、娱乐、交往，保持着一致的关注热点和标准的价值判断，出现了一种前所未有的"大同"局面。这种"大同"局面显然同现代意识中的个性化与文化多元化是格格不入的。

在发达工业社会中，"大众文化"作为一种社会控制的手段具有重要的社会功能，并且是消费社会的结构和活动中的基本内容，概言之，"大众文化"是意识形态与社会物质基础的融合，是资本主义商品制度的一个组成部分。这是已被许多思想家们所承认的。马尔库塞就曾入木三分地把"大众"文化看做西方发达国家解放斗争的主要障碍。在他看来，资产阶级的传统文化在工业社会诞生以前，仍然是双向度的。尽管它是一种本能升华的产物，一种"肯定的"文化，但它仍有批判现实和超越现实的一面。它以禁欲主义和抽象的崇高美德为核心，它为巩固阶级社会及其等级特权制提供心理的基础，使人们自觉地用责任和纪律代替美满和幸福作为人生的宗旨。它建立一整套满足个人欲望的代替物，从宗教、文学艺术、体育到娱乐为利比多能量的释放提供渠道。这种文化在使人安于现状的同时，仍然对经济拜物教和商品世界进行了谴责。也就是说，它没有完全融合到现存程序中，仍然保留着批判的一面和幻想的一面。但是，由于工业技术时代的到来，由于无孔不入的技术理性和消费控制的盛行，资产阶级的这种传统文化衰落了，它抛弃了作为资本主义古典精神的禁欲主义；而凯恩斯主义成为资本积累的前提条件，统治阶级对消费社会的再生产的依赖性，随着行为方式的同一化而导致了理想主义的破灭，实证主义教育的兴起，严格科学方法渗入社会科学和精神科学领域，以及资产阶级家庭中父亲形象和超自我的崩溃。马尔库塞把"大众文化"斥之为与现存秩序同流合污的"操纵意识"。发达工业社会不同于以往社会的地方，就在于它的操纵人的触须已伸延到日常生活领域，尤其是大众的消费领域，通过对个人需要及其满足的操纵，从而窒息了个人发展的所有可能性，以及人们在主观上超越现状的能力。

　　由以上分析，我们可以清楚地了解，电视之所以给人们的日常生活造成了巨大的负面影响，并不在于电视本身，而在于人们对它错误地利用，在于它本身已经成为文化意识形态中的一项重要内容。在我国，电视作为一种艺术形式虽然仍处于"肯定的文化"① 阶段，电视对个体的操纵和控制也并不明显，然而，作为一种"大众文化"传播媒介，电视的负面因素还是不可忽视的，这应该引起人们的警惕。

---

　　① 关于"肯定的文化"，霍克海默和马尔库塞都曾在他们的论著中讨论过。这里使用这一概念，主要是指它在根本上的理想主义，即它尚未失去否定和超越的性质，仍能反映"普遍的人性"，反映"灵魂的美"，反映"内在的自由"，反映"美德王国的义务"，而没有成为为资本主义服务的工具。详见马尔库塞《文化的肯定性质》，《审美之维》，李小兵译，广西师范大学出版社 2001 年版，第 9 页。

第六章　当代艺术的生成与命运

　　当代艺术在今天的大名气，最初是以其怪异、震惊、色情、恶心，甚至丑陋而获得的，当代艺术家在很长时间都是人人喊打的过街老鼠。过去，人们给予当代艺术的是嘲弄与讥讽，然而今天，虽然当代艺术的处境也没有完全好到可以与传统艺术相媲美的地步，但当代艺术已经渡过了它的结冰期，开始成为炙手可热的宠儿。当代艺术家也常常被人们认为是艺术未来走向的引路人，甚至一向偏于保守的政府也开始承认当代艺术及其艺术家的合法地位。在我国很多城市都建立了当代艺术家的画廊画室，或有专门供当代艺术家活动的固定场地。无论是处于一种文化宣传上的需要或者商业上的考虑，还是由于社会的宽容，当代艺术确实已经从昨天的丑小鸭开始慢慢变成白天鹅。然而，当代艺术究竟能走多远，它又能将艺术引向何方，这是值得思索和考虑的。

一　当代艺术的处境与反抗

　　从 20 世纪初的 1917 年，当杜桑从一家水管装置用品公司买了一个瓷制男性小便器，把它命名为《泉》，送到纽约独立艺术家协会举办的一个艺术展览会上，试图以雕塑作品进行展览开始，当代艺术就迈出了它神奇的步伐。时至今日，虽然杜桑的《泉》早已成为新的经典，并与安格尔的《泉》一样在审美价值上毫不逊色，但人们对于"当代艺术"的定义却越来越难以把握了。

命名的难度暗示了"当代艺术"复杂多变的面孔，不断创作新的惊世骇俗的作品在诠释着当代艺术不断更新的观念、模糊的边界、游移不定的审美趣味与难以捉摸的社会审美价值。传统或现代艺术那些旨在表达传统艺术的哲学和现代艺术的诗学观念的"三基"（基本理论、基本知识和基本技能），对于当代艺术来说已无足轻重。人们往往称当代艺术为"后现代艺术"，同时又将它理解为"前卫艺术"、"先锋艺术"、"行为艺术"等在与官方体制对立的情况下，试图寻求一种"合法化"身份的策略命名。当代艺术影响的领域极为广泛，不仅仅是美术，而且包括音乐、戏剧、影视，甚至文学等。

1972年，乔治·迪基在美国美学协会会议上宣读了一篇名为《什么是反艺术》[①]的文章。在这篇文章中，他接受阿瑟·丹托（Arther Danto）的"艺术世界"这一概念，首先从承认和确定某些艺术品为艺术品的艺术惯例概念的社会结构出发，对"什么是艺术"进行了说明。在迪基这里，"艺术世界"的核心成员是创作者、展示者和欣赏者，他们的外围是艺术批评家、理论家和艺术哲学家。创作者包括画家、作家、演员等，展示者包括博物馆馆长、画廊经理、音乐家、演员等，欣赏者包括参观博物馆的人、听音乐会的人、看戏的人等。除了这些人外，还有展示艺术品的场所设备：博物馆、音乐厅、艺术画廊、房间的墙壁等。由所有这些人和场所设备的相互作用所建立并维持的惯例构成了"艺术世界"。据此，他认为："一件物品之所以是艺术品，并非由于它具有一种或几种可见的特性，而是因为它在艺术世界里占有一席地位。"[②]

基于对"艺术世界"的理解，关于"反艺术"，实际就是我们今天所说的"当代艺术"，迪基认为，它具有橡胶般的弹性，有时它和它的反面被说

① 乔治·迪基：《什么是反艺术》，周金环译，《世界美术》1988年第3期。
② 同上。

成是同一事物。他认为，存在有四种不同意义上的"反艺术"：（1）由于机遇（chance）才构成的艺术，即机遇在一件艺术品形成过程中的重要性，包括技术、题材等。（2）内容惊人的不一般的艺术，即题材稀奇古怪的艺术品。（3）"现成品"，即把日常用品移到博物馆去。（4）不能生产出任何东西的"艺术家"的动作，如艺术家在画室里 N 趟地爬楼梯。迪基认为，前两种反艺术，最终仍然是艺术。而后两种作品，他则认为是完全无意义的，是不值得一看的；然而，它们也可以成为艺术品，之所以这样，是因为艺术家宣称了它们"艺术品"的名分。

当代艺术或者按迪基所说的反艺术，我们可以这样粗线条地勾勒出它的历史。除了杜桑的创作之外，当代艺术影响最大就是发生于"第二次世界大战"之后的"波普艺术"（Pop Art）与紧随其后的"概念艺术"（Concept Art）。波普艺术于 20 世纪 50 年代初萌发于英国，50 年代中期鼎盛于美国。在波普艺术中，最有影响和最具代表性的画家是安迪·沃霍尔，1962 年他因展出汤罐和布利洛肥皂盒"雕塑"而出名。他偏爱重复和复制，画中特有的那种单调、无聊和重复，传达出了某种冷漠、空虚、疏离的感觉，表现了当代高度发达的商业文明社会中人们内在的感情。概念艺术在 20 世纪 60 年代中后期出现，在 20 世纪 70 年代流行于欧美各国，又称"观念艺术"。概念艺术家颠覆了 19 世纪及其以前艺术家们所重视的"艺术技巧中心论"，而重视一定的艺术理论观念对具体的艺术创造实践活动所具有的最直接、最关键的影响和指导作用。他们认为，现代艺术的各种形态的差异，是观念与观念之间的差异使然，观念因而构成艺术创作的重要元素。

在大多数情况下，走进当代艺术展览厅，虽然你无法辨识作品的真正意义，但那种扑面而来的震惊、焦虑、急于表达的紧张感、强烈的视觉冲击力，却能让人感受到当代艺术家们强烈的生命体验、对艺术的狂热的追求、大胆的想象以及急于表现的激情。这些作品诉说着艺术家自己的故事、个人的情感以及对世界与现实生活的理解。

然而，当代艺术毕竟已经走得太远，如果说杜桑以"万物皆为艺术品"这一命题，打破了艺术品与非艺术品的界限，那么当代艺术到今天则发展成"人人都是艺术家"，摧毁了艺术家与非艺术家之间的藩篱。当代艺术的发展证明了"当代艺术"是不可"教育"的，如果说当代艺术家的学院身份还让人羡慕，那也只是因为这种身份对于证明作品的艺术名分具有意义罢了。在丹托"艺术世界"理论中，对艺术的界定已经有一个相当宽泛的内容，而概念艺术在将当代艺术推向高潮的同时，也将艺术原本的神圣与意义彻底颠覆了。对于当代艺术而言，作品是什么并不重要，重要的是这件作品是否存在于"艺术世界"的整个系统中，是否得到了被作为"艺术品"宣布的名分。

对于当代艺术的理解，必须放在它的生存系统之中才是可能的。黄丹麾认为："今天，艺术是否生效或艺术是否成为艺术无法由单一模式或结构加以决定，它只有在一个互联共生的文化网络系统中才能一展魅力与雄姿。"[1] 这个文化网络系统包括：（1）官方系统：艺术家极力干预政治制度，希望被官方认可或接纳。（2）媒介系统：艺术家认识到媒体对于艺术家的重要性。（3）大众系统：当代艺术已由画家、艺术家为中心走向以观者为核心，艺术家寻求与大众最大限度的"视野融合"已成为创作的重要意识。（4）画廊、赞助人及策划人系统：艺术家的创作越来越受到市场机制与经济规律的制约，市场与艺术的关系是一把双刃剑，二者的完美结合是后现代文化背景下的必然选择。（5）批评系统：艺术家作品的优劣在很大程度上依赖于批评话语，美术批评在一定程度上既是学术定位又是商业广告，所以艺术家与批评家成为同盟军。

这样的生存生态，使当代艺术常常陷入身份危机的尴尬之中。因此，当代艺术家为了保证自己的创作是艺术的，就必须一方面努力追求艺术创造的独特价值，另一方面又要期待官方的认可、大众的接受、走进博物馆并受到批评家们的重视，从而可以在艺术认同与经济利益上获得丰厚的回报。当代艺术的买

---

[1]　黄丹麾：《当代艺术的生态系统》，《美苑》2003 年第 4 期。

卖市场的日益火爆证明了这一点。1980 年代，中国的当代艺术几乎没有任何市场，1989 年在中国美术馆举办展览上，艺术家王广义的一幅作品卖出 1 万元人民币时，他拿钱的手几乎在颤抖，而在二十年后的今天，像他这样卷入当代艺术市场的重要艺术家的作品价格都在百万人民币以上，有些作品的价格甚至可以达到千万。2007 年 10 月在伦敦，王广义 1988 年创作的《毛泽东 AO》就是以 407 万美元的价格成交的。① 二十年间沧桑变幻，改变的何止是价格，今天已经没有人再像以前那样单纯从"纯艺术"的角度来看待艺术，艺术也已经成为一个融合了各种人复杂的欲望、利益和个人目的的大游戏。当代艺术仿佛是由各种因素催生的混血儿，在它身上，我们可以找到现实社会各种力量博弈的印迹。

当代艺术是从对旧的价值体系的反叛中诞生的，它不仅是反艺术传统的，而且更为重要的是，它通过这种艺术实践与艺术行为，表达了对工业社会"技术理性"统治之下的人类文化危机的一种反思与对抗。然而，现实是，当代艺术受制于艺术生存的尴尬处境，却使它对工业文明的这种对抗与不满落入到一种暧昧的态度之中。当代艺术越来越丧失了艺术的独立身份、审美价值，而不得不与商业结合，甚至于变成了金钱的奴隶。为了争取有更多鉴赏的公众，艺术家还必须依赖现代技术的传播工具，从而形成了对于高科技的层层依赖。当代艺术越来越多地依靠艺术之外的因素，它所表达的对于现实社会的反抗或不满已经大打折扣。

二　对"反艺术"的分析与批判

如上所论，"反艺术"出现在"第一次世界大战"之后。为了解决现实和艺术的矛盾，西方出现了声势浩大的艺术反抗活动，人们在艺术上做着不同的

---

① 周文翰：《当"新潮"成为"经典"——当代艺术二十年变迁》，《东方艺术》2008 年第 3 期。

努力和探索，以期表达对现状的不满，出现了所谓的当代艺术。这些当代艺术家们认为，传统艺术无法表达激进的对于现实的对抗，是一种虚幻的艺术，于是他们便将自己的新的艺术宣告为"反艺术"①。这种反传统形式的现代艺术（包括一些"先锋艺术"）持续到"第二次世界大战"之后，以"活动剧"（指60年代在街头、没有戏台的一种新的戏剧表演方式）和"活艺术"（指作为运动的艺术，或指行为艺术）的形式继续表达对社会的反抗，并成为一种重要的艺术思潮。不过，这些"活动艺术"，尤其是"舞台剧"，在法兰克福学派的理论家马尔库塞看来，由于放弃了艺术自律与艺术形式，在取消演员、观众以及"外在"的距离时，它构织出一种同演员及其信息的"习常性"和"认同感"，很快就把否定和反抗拉回到日常世界——即把它们作为这个世界中可引起快乐和谅解的因素。"舞台剧"正因为消融了艺术异化的特征，所以也就丧失了对于社会的批判功能。激进的艺术却不能表达激进，马尔库塞对于"反艺术"曾经有过深刻的分析与批判。以下本文将对此做一比较详细的阐述与论证。

马尔库塞在总结"新左派"运动失败的原因时，曾将批判的矛头直指这种作为"反艺术"的当代艺术。他认为，"反艺术"遵循的依然是既有社会的现实原则，它的反抗是体系内的反抗，因而是无甚作为的。马尔库塞认为，新艺术"试图超越经典的形式和浪漫的艺术，从而将艺术和现实结合起来，这种结合是通过提供一个替代的从'活动艺术'到'反艺术'来实现的，这种艺术源于被压抑的民间的行为、口号和自发的感受"的做法注定是要失败的。"虽然在早期的著作中我强调了黑人语言反叛的政治潜能，如在他们的乡村音乐、舞蹈，尤其是语言（这种语言是淫秽的，我把它解释为一个合法的对于他们的悲惨的和压抑的文化传统的对抗），现在我相信，这种

---

①　"反艺术"作为西方现代艺术中的一个重要概念，是20世纪60年代以来最重要的美术思潮，它最先兴起于"达达主义"，后来，在美国的波普艺术和概念艺术中，"反艺术"发展到极端，逐渐成为后现代艺术的主流。美国芝加哥伊利诺伊大学教授乔治·迪基曾在《什么是反艺术》一文中对"反艺术"的意义进行过较为详细的梳理。见《世界美术》1988年第3期。

对抗潜能最终是无效的，因为它已经成为标准化的而不能再成为破坏性的激进的表达，它很容易成为进攻性的无用的满足，从而易于同性欲本身反目为仇。（例如，在激进的语言中，生殖器形式的强制性词汇，并不会像它对性的贬低一样对于既有社会构成政治威胁，例如，如果一些激进者声明要'干尼克松'，他就在最大的满足上将这个术语同既有的压抑的社会的最高成员联系了起来！）"① 如前所论，在马尔库塞那里，艺术的革命潜力在于艺术同现实生活的疏离和异化，直接地对现实做出批判的艺术必然因其同现实的紧密关联而丧失它的革命性。正如黑人语言强烈的反对规范化和对于"猥亵"语言的大量使用一样，马尔库塞认为，在这种完全无意识的对于性的贬低中，"这种激进分子似乎是由于自己缺乏力量而惩罚自己，他的语言已失去其政治的冲击力……"② 显然，语言的反抗和作为反抗的语言因其反抗的直接而无法同反抗的现实划清界线，在语言被这样使用的时候，它们也就是将自己的反抗置于既有社会之中，从而无法避免与既有社会的结合，或者可以说，它们的反抗也成了对既有社会统治秩序的一种认同。这样的反抗最终也只能是无效的。言语的激进，并不能代表反抗的激进，这种反抗有时甚至恰恰就是一种无能为力和无可奈何的表现。

在对黑人音乐的分析中，马尔库塞比较具体地论述了反艺术必然成为被既有社会整合的艺术这一命运归宿。他认为，在"颠倒了的、不和谐的、大哭大叫"的黑人音乐节奏中，在这种诞生于"黑暗大陆"以及奴役和掠夺的"边远的南部"的音乐里，被压迫者对《第九交响乐》是反感的，他们给艺术一种充溢了令人恐惧的"直接性"的形式、"非升华"的形式、"感性的"形式，这种形式使得肉体运动起来，紧张起来，使得灵魂物质化于肉体之中。黑人音乐在根本上，是被压抑着的音乐，它揭示出高级文化及其崇高的升华形式——美，

---

① "Dialogue with Herbert Marcuse", see Richard Kearney, *Dialogues with Contemporary Continental Thinkers: the Phenomenological Heritage*, Manchester University Press, 1984, p. 78.

② 赫伯特·马尔库塞：《审美之维》，李小兵译，广西师范大学出版社 2001 年版，第 141 页。

在很大程度是建立在阶级基础上的。这种反升华仍然是简单、初级的否定，也就是说，它仍然是"反题"，它仍处于直接否定的水平。这种反升华，使得传统文化以及虚幻的艺术仍未完全溃散：它们的真实和它们的承诺依旧是合法的，它们或者在反抗之后，或者与反抗并驾齐驱，都处于一个给定的现实中。因此，"反抗的音乐、文学、艺术，很容易就被市场吞没和变形，变得无甚棱角"①。直接的反抗是在既定现实中的反抗，它遵循的依然是既有的现实原则。反艺术因其直接的反抗实际同早已被既有社会整合的肯定艺术一样实际成为压抑人的东西。反艺术作为反抗的艺术尽管做出了太多形式上的创新和艺术上的探索，然而由于它本身反抗的局限和反抗的原则所限，它实际上什么也反抗不了，反艺术并不能为人的解放做些什么。

反艺术革命性的丧失还在于它的"表演"特性。马尔库塞认为，"活动剧"试图系统地将戏剧和革命、表演与战斗、身体的解放与精神的解放、个体的内在变化和社会的外在变化结合起来。这是将马克思主义与一种神秘主义的结合，这实际是起不到什么作用的。"它腐蚀着政治冲动。身体的解放，性革命，成为一个表演的仪式（普遍作用的庆典）而失去其在政治革命中的位置。"②"活动剧"在内容上与神秘主义的结合，使它的反抗最终只能走向它的反面，成为政治上实际的无能。虽然说"艺术幻想的特色没有废除，但它是二重性的：演员只表演着他们想展示的动作，而这种行为本身是非真实的，是表演的"③。"黑人音乐"作为奴隶和贫民的哭喊和歌唱，是生命的音乐，它有着实际真实的基础。然而，当白人接管之后，即当它被作为艺术被表演之后，一个重要的变化产生了：白人摇滚乐有了黑人音乐所没有的东西，即"操作性"。所有的哭叫和跳跃表演仿佛在一个人工的、组织的空间中发生，他们直指观众。"本来是永恒的生命的东西，现实成了一场音乐会，一种节日，一场迪斯

---

① 赫伯特·马尔库塞：《审美之维》，李小兵译，广西师范大学出版社 2001 年版，第 118 页。
② Herbert Marcuse, *Counter - Revolution and Revolt*, Boston: Beacon Press, 1972, p. 113.
③ Ibid., p. 114.

科舞。'群组'成为一个稳固的统一体，它吸收了个体；在'总体'的道路上击退了个体的意识，而流行一种没有社会根基的集体无意识。"① 在这种表演中，身体的动作（扭动的、摇摆的）是统一的，"仿佛是踩在一个点上，除了将你带进不久就散去的众人中外，它不能使你走到任何地方"②。马尔库塞对于先锋艺术的批判性分析是从《反革命与造反》开始的，他的这一观点在他之后的著作中或论文中得到了进一步的发挥和论述，直到他最后的美学著作《审美之维》的完成。

反艺术的特点就在于它的直接的反抗和激情，然而对于这种富有冲动的直接反抗，马尔库塞完全可以凭着一种直觉来反对它，而且这种反对是正确的。如在1976年的一次谈话中他所说的："正像我在《反革命与造反》中所解释的那样，我对于所有放纵情感的各种展览都是持谨慎态度的。我觉得'活动剧'运动（即试图将戏剧放在街市上去演，通过对工人阶级的语言和情感的展示，给人造成一种直接的感觉）和摇滚热潮都易于犯这样的错误。前者，尽管是高贵的斗争形式，最终是自我失败的。它尽力将戏剧和革命结合起来，但达到的却是将一个虚假的直接性与一个神秘的人道主义的聪明的类型的结合。后者，'摇滚组合'的热潮，表面看来对于商品主义的总体主义是一个威胁，它将个体吸引到轻松的大众之中，在这里集体的无意识被激发起来，但它没有留下任何激进的或者批判的意识。有时，它只能证实一个非理性主义的危险的爆发。"③ 以艺术的形式作政治的宣传，或以艺术的形式来表达自己的激进，只能是徒劳的，这种不成熟的探索只能导致新的统治的产生，这种反抗艺术在现存天地的框架中蹦来蹦去，最后的命运不过是为其灭亡发出"绝望的哀号"。马尔库塞认为："拿统治集团取乐这是无可指责的，但是也有这样的情况：玩

---

① Herbert Marcuse, *Counter-Revolution and Revolt*, Boston; Beacon Press, 1972, pp. 114—115.

② Ibid., p. 115.

③ "Dialogue with Herbert Marcuse", see Richard Kearney, *Dialogues with Contemporary Continental Thinkers; the Phenomenological Heritage*, pp. 75—76.

笑失败了，从哪一种意义上来看开玩笑都是幼稚的，因为它证明了政治上的无权。讽刺家们在希特勒法西斯统治时期都沉默了，甚至连那样富有想象力的 C. 卓别林和 K. 克劳斯也沉默了。"① 有鉴于此，马尔库塞才提倡一种彻底的"大拒绝"的方式，也正是在此意义上"大拒绝"获得了它的深刻性。

对艺术形式本身的反抗具有一个悠长的历史。在古典美学最盛期，它是浪漫派纲领的内在组成部分。这种抗议持续于一些崭新的努力，这就是试图通过摧毁知觉的、习见的、占统治地位的形式，以及对象和事物的习以为常的显现（因为它是虚假、支离经验的组成部分）来"拯救"艺术。接下来又出现了"活艺术"，即在运动中，作为运动的艺术。艺术加入到了与现存权力的斗争中，加入到反控制和反压抑的斗争中，也就是说，艺术要借助于其内在的功能，成为一股政治力量。然而，活动艺术、反艺术"那种对没有形式的东西的创造，那种用审美对象去替换真实东西"等的狂乱的做法，必然是一种沮丧的活动，必然会成为文化产业和博物馆文化的组成部分。这些反艺术都是以反形式为特征的。那种出现在反艺术中的发泄和反升华，由于缺乏审美形式的认知力和洞察力，因而同现实分离（或使现实虚假化），拼贴、蒙太奇、错位都不能改变这个事实。展览一碗汤并不能传达出任何生产它的工人的生活情况，也不能传达出任何消费者生活的情况。放弃审美形式，不可能取消艺术与生活的区别，但是，它的确取消了本质和现象的区别。反"形式"的艺术实质上是危险的，是自拆台脚的，它只能距革命越来越远。马尔库塞认为："真正的艺术从来都不仅仅作为阶级反映的镜子或者作为艺术挫折和愿望的自动的爆发。艺术所表达的'直接的感受'总是事先就暗含着（这是我们流行的文化已经忘记的）依据一定的普遍原则的对于复杂的、有序的和正式的经验的综合，只有这个普遍的原则能为工作提供较之私人的意味更多的东西。而正是艺术的这个'普遍原则'的存在，一些最伟大的政治激进分子（如那些有名的 1871 年巴黎

---

① H. 马尔库塞等：《工业社会和新左派》，任立编译，商务印书馆 1982 年版，第 119—120 页。

公社的同情者，或者甚至马克思本人）才揭露了在艺术中最令人厌恶的政治立场和政治趣味。"[①] 众所周知，马克思对于《冯·济金根》等作品的评价都表明，将艺术作为政治意识的图解的做法是违背艺术原则的，那样恰恰使艺术丧失了革命作用。而反艺术，由于其直接的反抗与政治上的激进，同样背弃了艺术的真理，同时也失去了反抗的初衷。

"从现实的、有生命的个人本身出发"[②] 从来都是马克思阐释自己思想的理论基点。因此，当代艺术的艺术创新意识、社会的反叛精神、对技术理性的批判冲动虽然是值得肯定的，但除了破坏消解传统的美、创造恐惧与战栗之外，当代艺术是否也该拥有人生终极价值的建构功能：艺术家以良知去体悟当下生存的困厄，将表现的视角深入到现实生活，关注人类整体的命运，通过艺术的审美的创造，将一种积极向上的、具有理想追求的东西展示给观众，塑铸灵魂，为人的解放与人类的进步作出贡献。这是值得当代艺术家们认真思考的。

在马尔库塞这里，对于当代艺术的分析和批判是主要的，但马尔库塞并没有完全否定反艺术的进步因素。在《论解放》一文中他也谈道："未来已闯入现在。反升华的和反艺术的当代艺术在它的否定性中，'预见'到一个阶段，在这个阶段，社会的生产的能力可能将与创造性的艺术能力结为伉俪。而且，艺术世界的建立，将同现实世界的重建携手并行，这也就是自由的艺术和自由的工艺学的统一。由这个预见看来，文化的、歪曲的、野蛮的、滑稽的反升华，反而构成了激进实践活动的根本成分。也就是说，构成了过渡中的倾覆力量的根本成分。"[③] 对反艺术的批评实际上体现了他对这种艺术的实际期望。

反艺术之所以具有非常积极的作用，还在于它本身无法真正成为反"艺术

---

① Richard Kearney, *Dialogues with Contemporary Continental Thinkers：the Phenomenological Heritage*, p. 79.

② 《马克思恩格斯选集》第 1 卷，人民出版社 1995 年版，第 73 页。

③ 赫伯特·马尔库塞：《审美之维》，李小兵译，广西师范大学出版社 2001 年版，第 119 页。

形式"的艺术。因为"这些完全反形式的东西仍然是形式，也就是说，反艺术仍然是艺术，它作为艺术被提供、被出卖、被冥想"①。马尔库塞极其详细而透彻地分析了艺术的"野性反抗"总是一种短命的冲击，它很快就被收罗在画廊的四壁中，或通过市场被卖进音乐厅，或装饰着繁华商业设施的大厅和门廊……然而，无论一部艺术作品是怎样具有肯定性或"现实主义"，艺术家都会给它一种形式。只要这部作品是艺术，它就是现实的东西，也就是说，小说不是报纸上的故事，艺术里安宁的生活并非是活生生的生活，甚至流行艺术中的真实罐头盒，也不再是超级市场里的东西了。艺术本身所具的形式，不仅与致力于去取消把艺术当成"第二现实"的努力对峙着，而且与把创造性想象力的真理改换为"第一现实"的努力对峙着。有鉴于此，马尔库塞相信，"今日的真诚的先锋派，绝非那些竭力创造非形式东西，而且同现实生活联盟的人，毋宁是那些在形式的紧迫性面前当仁不让的人，那些洞见着崭新的语词、形象和音色的人；这些崭新的语词、形象、音色能够以惟有艺术所能领悟的方式去'领悟'现实——进而否定现实"②。正是反艺术的这些新形式"使'艺术的终结'的论调黯然失色"。

对于这种激进艺术的"革命性"，马尔库塞是认可的。他认为黑人音乐，还有黑人的文学，尤其是诗，还是可以被称作革命的：它们在美学形式中找到了总体背叛的声音。它不是"阶级"的文学，它的特定的内容同时显示了一个普遍的世界：在压抑的少数民族中的最为关键的具体的东西是最一般的需要。这一看法应该说是公允的，因为他没有否认革命艺术的革命性，而是从其对"形式"的肯认中确认了它们的革命力量。当代艺术是从对旧的价值体系的反叛中诞生的，它不仅是反艺术传统的，而且更为重要的是，它通过这种艺术实践与艺术行为，表达了对工业社会"技术理性"统治之下的人类文化危机的一

---

① 赫伯特·马尔库塞：《审美之维》，李小兵译，广西师范大学出版社 2001 年版，第 113 页。
② 同上书，第 185 页。

种反思与对抗。

三　当代美学应该处理的几种关系

当代艺术的未来命运，我们只能交给艺术本身，而由此所表现出来的美学问题却值得我们去进一步思考。自从 18 世纪中期美学作为一门独立的学科以来，人类始终没有停止对美的追求和探索。关于美的本质、美的研究对象、美的产生等问题，前人虽已提出了诸多的看法，但时至今日，人们对这些问题并未达成一致的观点，美学的研究仿佛又处于一种尴尬境地而停滞不前。当下美学研究什么、怎么研究的问题依然摆在每个美学研究工作者的面前。笔者看来，新世纪美学的出路就在于它必须正确地处理好以下几个方面的问题。

（一）美学与人的关系

美学是对人而言的，植物和动物也有美，但动植物生命的美只有成为人的自由生命活动的条件和对象时才是美的。也就是说，客观事物的美之所以美，乃是因为它们是人的对象。探索研究美及美的创造规律，首先要强调一种以人为本的思想。正如马克思恩格斯在谈到审美意识的历史起源与发展问题的研究时曾指出的："它从现实的前提出发，它一刻也不离开这种前提。它的前提是人"，当然马恩所谈到的人"不是处在某种虚幻的离群索居和固定不变状态中的人，而是处在现实的、可以通过经验观察到的、在一定条件下进行的发展过程中的人"[①]。——也就是社会的人。

人是审美的主体，审美活动是指人所进行的具有全人类意义的一切活动。人是有意识的，人的意识是在长期的实践活动中产生的，这决定了人在征服自然、改造自然的劳动中必将同时以一种审美的态度，依据美的规律来进行活

[①] 马克思、恩格斯：《德意志意识形态》，《马克思恩格斯选集》第 1 卷，人民出版社 1995 年版，第 73 页。

动，因此提高人的审美能力无疑是促进人类文明进步的一条重要途径。

劳动创造了人，创造了人的审美意识，人的本质力量也必将在人类进一步地征服和改造自然界的实践活动中得到提高和加强。然而在有阶级剥削的社会里，劳动者不占有生产生活资料，他们的劳动普遍地被异化，人的本质力量难以得到体现。美的发展就显得极其艰难。即使在今天的中国，由于科技还不够发达，经济建设还处于社会主义的初级阶段，在某种意义上，人们劳动的目的依然只是获取有限的生活资料，对于劳动方式、劳动空间等等的选择，并没有足够的自由，这种不自由必然使人类创造哲学美的才华受到封杀。就世界范围而言，战争、瘟疫、疾病、洪涝干旱、霸权主义、专制统治等许多问题正严重地威胁着人类的生存，制约着人的自由。人类的聪明才智和自由天性如何才能最大限度地释放出来，推动人类的文明进程，应是当代美学界关注的问题。

人类历史是通过劳动而改造自然、改造自身的历史。美的历史、美的创造史也必然是人在改造客观世界、改造主观世界的过程中产生的。离开了人类劳动，美将不存在，美学也就无从谈起。我国世纪末所开展的关于"人文精神"的大讨论，其旨意也就是要求关注人的命运、人的生活、重视人性，给人以足够的尊严和理解，从而使人在最大的程度上尽可能地获得更多的自由。应该说这是一个极好的开端，这对于促进人文精神和我国美学的发展都是极其有意义的。

一切围绕人，一切为了人，只有这样我们才能真正找到美学研究的切入点和出发点。

（二）人与自然的关系

有了对人的理解和关注，当代美学接下来需要倍加重视的就是我们的生存空间——大自然。大自然养育着人类，一旦它出了什么问题，人类的生存将无所依靠，创造一个文明的、美的世界，实现人类的最高理想，就更成了无稽之谈。

自然界一方面是不以人的意志为转移的客观存在，它已经自然而然地形成了固有的平衡；但另一方面，自然界又在人类的影响下发生了极大的变化，并且将以日渐加快的速度继续发生更大的变化。人类在有意识的改变、美化着自然，如在堤坝上种植花草树木，使沙漠变成绿洲等等，但大自然同时也正遭受着人类肆意的破坏。"狼不像猎人那样爱护第二年就要替它生小鹿的牝鹿；希腊的山羊不等幼嫩的灌木长大就把它们吃光，它们把这个国家所有的山岭都啃得光秃秃的。"[①] 曾几何时，人类也变得像狼一样的贪婪，像山羊一样的愚昧无知——人们乱砍滥伐，滥捕滥杀，大自然的资源被随意地开发和浪费掉。于是，我们生存的地球气候变得异常难测，环境污染严重，资源日趋匮乏，一些物种灭绝或濒于灭绝，各种化学化工制品的广泛应用，使地球也成了一个大垃圾箱；而大量农药的使用给人类的身体带来了巨大的负面影响，许多绝迹的传染疾病死灰复燃，一些诸如艾滋病等新的人类还无法对付的疾病也不邀自来，人类的生存处于严重的威胁之中。在当代，如何处理好人们同自己生存环境的关系，更好地使大自然为人类造福，不能不引起人们的普遍重视。美学应该将这一问题纳入自己的研究领域。

（三）美与日常生活的关系

当代美学除了要处理好以上两种关系之外，还应该注意在人的实际生活中出现的一些新现象、新问题、新理论。

首先就是如何看待日常生活中美的问题。美学不应该脱离现实生活，而成为一种高高在上的东西。正如有些学者所指出的："传统美学存在着对日常生活的恐惧，以及认为日常生活必然是无意义的焦虑，以日常生活为'人欲横流'，正是站在生活之外看生活的最高表现。"[②] 其实人们对美和美的事物的感受本应体现在现实的日常生活之中。美学本身也不可故步自封，仅仅去恪守一些死板的教条和理论。马克思、恩格斯也曾指出："结论如果变成一种故

---

① 恩格斯：《劳动在从猿到人的转变中的作用》，载《马克思恩格斯选集》第 4 卷，人民出版社 1956 年版，第 379 页。

② 潘知常：《从镜到灯：关于审美活动形态的当代转型》，《天津社会科学》1997 年第 3 期。

步自封的东西，不再成为继续发展的前提，它就毫无用处。"① 因此我们必须提防美学的研究也陷入同样的尴尬境地。美学绝不是一种抽象的、逻辑的、干瘪的、公式化的东西，美学应该是一种活的、生动的、愉悦性的东西，"美在生活"。

在当代美学的研究中，存在着这样的一种现象："碎片或部分代替了整体。人们发现新的美学存在于残损的躯干、断离的手臂、原始人的微笑和被方框切割的形象之中，而不在界限明确的整体中。"另外，"有关艺术类型和界限的概念，以及不同类型应有不同表现原则的概念，均在风格的融合与竞争中被放弃了。可以说，这种美学的灾难本身实际上倒已成为了一种美学"②。毋庸讳言，美学正经历着这种阵痛，我们应当以一种宽容的眼光来看待可能出现的关于美的任何正常或不正常的现象。换句话说，我们应该理解所有这一切，只有首先去理解，才会有可能进一步去丰富和发展它。因为美学领域出现的这些同传统不一致的看法其实正意味着美学上可能存在的潜力和某种突破。

另外，随着各种考古的新发现，人们关于生命的起源、关于人类文明的看法也正发生着很大的变化。可以这样说，美学学科正面临着发展的良好机遇，美学家们不能只是沉浸在象牙塔中去冥思苦想，而应努力把握好这种难得的机遇。

（四）艺术与美学的关系

艺术是美学研究领域的重要一环，美学最初甚至被称为"艺术哲学"。不过在当代艺术已发生了很大的变化，出现了许多与传统艺术原则不符的现象。从事艺术的人也开始关注实际生活的需要，如传统知识分子以理性方式影响社会的情景，正被商业性的歌星、影星、体育明星和政治活动家所取代。人们对理性、真理、正义、价值、尊严这些近代以来知识分子赖以存在的条件和基础

---

① 《马克思恩格斯全集》第 1 卷，人民出版社 1956 年版，第 642 页。
② 丹尼尔·贝尔：《资本主义文化矛盾》，赵一凡等译，生活·读书·新知三联书店 1989 年版，第 95 页。

的兴趣在消逝，传统意义上的知识分子的地位日趋下降。大学也似乎不再是文化的基地，不再是思想生活的园地，而成为培训班，成为为社会生产专用人才商品的工场。随着科学技术的进步，某些商业色彩极浓的绘画、出版物、演出等，也挤进了艺术的殿堂，成为艺术生产力的一部分。艺术家神圣高贵的艺术创造，正被世俗化的大批量的生产方式所取代。所有这些变化，美学家们都应给以足够的重视。

"艺术属于人民。它必须深深地扎根于广大劳动群众中间。它必须为群众所了解和爱好。"① 其实透过所有在学术、艺术圈子里出现的这些有悖于传统观念的变化，我们可以清楚地理出头绪，那就是艺术正从神圣的殿堂走向民间，从少数精英的圈子走向人民大众。这种变化着实让人欣喜，而不可成为思想家、美学家们的沉重的负担。尧斯也说过："在作家、作品和读者的三角关系中，后者并不是被动的因素，不是单纯作出反应的环节。它本身便是一种创造历史的力量。"② 任何时候都不可忽视人民大众，忽视那些芸芸众生的爱好和乐趣以及他们对艺术的贡献。作为一个艺术家，只有使自己达到一个平凡的境地，去关注平凡的事情，平凡的人，才可能成为一个真正伟大的艺术家。美学今天的发展应该是正常的。

商品经济对艺术家个人及对艺术的冲击，是客观存在的，也是合理的。事实上，对于一个真正优秀的艺术家来说，商品经济本身的冲击应该是极其有限的。它不可能使真正的艺术家丧失其创作的动力和灵感，也不会使真正的艺术家由于陷入物欲之中而使其艺术成就一文不值。客观的现实条件是每个艺术工作者都要面临的，艺术成就的高低同物质利益对艺术家的冲击并无直接的联系。若要说商品经济冲击了艺术家，那也只能说商品经济的洪流冲走了艺术圈中的滥竽充数者，真正的艺术家却只会更加璀璨夺目。

---

① 《列宁论文学与艺术》，人民文学出版社 1983 年版，第 435 页。
② 汉斯·罗伯特·姚斯：《文学史作为文学科学的挑战》，章国锋译，见中国艺术研究院外国文艺研究所《世界艺术与美学》编委会编《世界艺术与美学》（九），文化艺术出版社 1988 年版，第 2 页。

　　总之，当代美学研究必须脚踏实地，立足于人，从人出发，为人服务。必须处理好人同自然的关系，尤其是如何使人依据规律，美化自然，保护生态环境，维持生态平衡，使自然真正为人所用，成为我们快乐的家园。

　　当代美学还必须紧跟时代的步伐，多去关注日常生活中出现的美的现象、美的动向，而不仅仅是钻进经典文献之中去拜谒古人。美学还要注意认真研究在新的条件下，艺术家、艺术的受众，以及艺术本身出现的新情况、新问题，既不附庸风雅，也不可甘于世俗。

　　恩格斯在关于人类历史发展规律的推动力量方面曾经提出过"合力说"①。那么在美学研究上，我觉得，我们似乎也应该从中受些启发，即当代美学的研究是否有价值和意义，要看它是否有利于推动人类的文明发展和社会进步。把握了这样一个原则，美学的研究就会永远走在一条健康的道路之上。

———————————

　　①　1890 年 9 月 21—22 日《恩格斯致约·布洛赫》的信中阐明了"合力说"。他指出："历史是这样创造的：最终的结果总是从许多单个的意志的相互冲突中产生出来的，而其中每一个意志，又是由于许多特殊的生活条件，才成为它所成为的那样。这样就有无数互相交错的力量，有无数个力的平行四边形，而由此就产生出一个合力，即历史结果，这个结果又可以看作一个作为整体的、不自觉地和不自主地起着作用的力量的产物。"见《马克思恩格斯选集》第 4 卷，人民出版社 1995 年版，第 697 页。

第七章 网络文学的兴起与文学"终结"论

对于网络文学的本质探讨，必须切实关注依赖技术发展而且在传播中崭露头角的网络这一新媒介。网络文学传播具有人际传播的一些特点，传统的大众传播媒介限制了受众表达意愿的能力，而网络的出现却使受众从被动的桎梏中解放了出来，文学的自由本性在网络中也得到了充分的彰显。然而，网络文学除去网络媒介的技术因素外，它仍需遵循文学自身的创作与发展规律。在信息时代，对于媒体的关注也就是对信息的关注。"手机媒体"作为将移动通信功能与网络结合起来的媒介新宠，它的面貌已经越来越清晰地呈现在人们的眼前。而借助新的电信时代的特点，米勒提出的"文学终结"思想也值得我们深入去分析。我们既要看到新的技术给文学艺术带来的变化，同时也要清楚米勒"终结"的只是某一阶段的文学，而不是完整意义上的文学。他的观点实际上恰恰证明，网络的存在不是终结了文学，而是发展了文学。

一 对网络文学的传播学思考

网络文学写作已呈现出不可阻挡之势，这既可以从众多论坛（BBS）中文学类论坛占有的高比例、文学类网站中原创文学发表数量的巨大数目中表现出来，同时也从发展势头迅猛的"博客"写作（包括"微博"写作）、文学创作的个人主页中体现出来，庞大的上网队伍以及网民的年轻化、知识化也进一步成全了网络文学写作。在当今文学的大观园中，网络文学已经成为一处亮丽的风景，吸引了越来越多关注的目光。

通常，人们把网络文学分为三种：一是上网文学，二是网上文学，三是"超文本"文学。所谓上网文学即指传统文学作家的作品通过网络传播供人阅读；所谓网上文学则指直接在网上创作、发表和传播的文学；而"超文本"文学则是利用超文本链接技术进行创作，并以超文本的形式存于网上供人阅读的文学，"这类作品具有网络的依赖性、延伸性和网民互动性等特征，不能下载出版做媒介转换，一旦离开了网络它就不能生存"。"这样的作品与传统印刷文学完全区分开来了，因而是真正意义上的网络文学。"[①] 本文不想对网络文学的各种定义做太多的辨析，只是粗浅地认为，要探讨网络文学的本质属性，必须切实关注依赖技术发展而在传播中崭露头角的网络这一新媒介，正是它的出现才使文学的存在形式发生了诸多的变化，也使关于网络文学的是是非非成为人们关注的焦点。因此，对于网络文学问题的探讨，还是应该回到对网络媒介的分析上。

（一）从传播方式的改变看网络文学

传播学大师麦克卢汉说，"媒介即是讯息"[②]，传播方式的改变实际要归功于媒介的改变。从早期的人际传播到后来的大众传播，从报纸到广播到电视到互联网再到多种媒介的融合传播，无不暗含了传播发展的基本规律，即随着媒介环境的迅速变化，人们在媒介的使用上必然"转向较不集中的，用户更大的，传播内容更加多样的和个人使用者更能动地介入传播内容的技术"[③]。以

---

① 欧阳友权：《新世纪以来网络文学研究综述》，《当代文坛》2007 年第 1 期。

② 马歇尔·麦克卢汉：《理解媒介——论人的延伸》，何道宽译，商务印书馆 2000 年版，第 33 页。

③ 沃林·塞佛林、小詹姆斯·坦卡德：《传播理论起源、方法与应用》，郭慎之译，华夏出版社 2000 年版，第 12 页。

此为衡量标准，今天网络传播方式的出现及发展既是传播技术进步的必然结果，也是人类自身活动的必然的选择。

原始的信息传播方式由于处于较低级的层次，只能是一对一的，是一种典型的人际传播。人际传播作为人类传播活动的初始形态和典型形式，它的突出特点在于：传播过程中的传者和受者均是个体，没有面向大众，也不涉及任何组织和团体。一对多的传播，是到了书籍传播时代才出现的，这时大众传播初露端倪。所谓大众传播，就是"专业化的媒介组织运用先进的传播技术和产业化手段，以社会上一般大众为对象而进行的大规模的信息生产和传播活动"[①]。大众传播的主要特点有：它需要借助特定的传播媒介传递信息，这些媒介的特性各不相同；它所传递的信息是公开的、面向社会的；它的受众是大量的、匿名的、各不相干的人；信息的流动基本上是单向的，受众只是被动的接受信息，来自受众的信息反馈也是有限的、滞后的；大众传播的内容多是由组织和职业传播者所发布的，而不是由个人发出的；大众传播还具有强烈的选择性；随着电子技术的发展，大众传播的信息传递更为快捷与广泛。

较报纸、广播、电视等传播媒体而言，网络是大众传播中速度最快的，它具备大众传播的所有特点。然而，互联网的出现，也使传统的大众传播出现了一些新的变化：以往印刷技术与广播技术之间的清晰界限正在逐渐消失；我们正从媒介缺乏的状况转为媒介过剩的状况；正在从将传播内容灌输给大众的传播转变为针对群体或个人的需求设计传播内容的窄播；正在从单向的媒介转变为互动的媒介。[②] 互联网改变了传播的一些基本方式，从某种程度上讲，它重新定义了大众传播的概念。尤其是网络的大众传播是建立在人际传播基础之上的，同时，网络还有了社区类型的小众传播，比如"讨论社区"就反映出更多的人类传播的原始状态。也就是说，虽然网络传播仍然属于典型的大众传播，

---

① 郭庆光：《传播学教程》，中国人民大学出版社 1999 年版，第 111 页。

② 沃林·塞佛林、小詹姆斯·坦卡德：《传播理论起源、方法与应用》，郭慎之译，华夏出版社 2000 年版，第 335 页。

但它已分明有了人际传播的特征。需要说明的是，这种人际传播特征的出现并不是大众传播的倒退而恰恰反映出人类传播的进步。文学，作为一种人类信息与思想的重要传播方式，它也受制于传播媒介的变化与影响，因此，网络的出现也改变着文学。

马克思指出，社会发展的过程也就是个性不断发展的过程，因为"人们的社会历史始终只是他们的个体的发展的历史"①。传播学者施拉姆也提出：人们选择不同的传播途径，是根据传播媒介及传播的讯息等因素进行的，人们总是选择最能充分满足需要的途径，而在其他条件完全相同的情况下，他们则选择其容易接触的途径。他还提出了人们选择媒介或信息的或然率的公式，即：报偿的保证/费力的程度＝选择的或然率。② 公式中"报偿的保证"指传播内容满足选择者的需要的程度，"费力的程度"则是指得到这则内容和使用传播途径的难易程度。今天，人们更看重网络文学读写的原因也正在于通过网络人们能最大限度地满足自己对于情感的传达、传播、交流的需要，而且不需要花费太大的精力与太多的金钱，因为网络文学是一种"无纸化"的写作与阅读。

媒介的发展最终应该对人的个性发展与自由有一个成全，网络文学的确做到了这一点。如"在网络作者那里，由于没有功利的驱使，他们可能更能沉浸于审美的表达；由于没有审查制度的存在，他们可能更为直抒胸臆；由于没有诸多文学清规的桎梏，他们的表达可能更为自由，他们的作品可能更原汁原味，质朴清新"③。传播方式的改变带来了文学本体观念的变化，有人从文学角度总结出网络文学书写的四个特点：民间立场，叛逆立场，众声喧哗，贴近当下。④ 这些都是网络文学的强势所在。

---

① 马克思、恩格斯：《马克思恩格斯选集》第 4 卷，人民出版社 1995 年版，第 532 页。

② 威尔伯·施拉姆：《传播学概论》，陈亮等译，新华出版社 1984 年版，第 114 页。

③ 邝炼军、李欧：《网络文学：自由的挑战》，《西南民族学院学报》（哲学社会科学版）2002 年第 11 期。

④ 蓝爱国：《媒介发展与文学的形态变迁——网络文学的文化起源与书写立场》，《艺术广角》2006 年第 6 期。

英国文艺理论家伊格尔顿在总结了西方很长一段时期的文学理论与实践后认为：文学根本就没有客观的（静态的）样态，文学是过程而非结果，"有些文本的文学性是天生的，有些是获得的，还有一些是被强加的"①。伊格尔顿的看法是公正的，文学的确没有永恒的存在样态或审美标准，实际上，在今天看来正统而高雅的戏剧文学，在它形成的初期，也同样遭受过备受鄙视的不公待遇，词曲艺术也曾经难登大雅而只能在民间流传。因此，我们已经形成的有关文学的观念也本应随着文学自身形式的发展而发展，网络文学作为当下文学的一种新的存在方式，也应该得到一种公正的对待。

（二）从受众的解放看网络文学

受众即读者，用在文学上即指传统意义上的文学作品的阅读者。到了网络文学时代，这个群体的身份与地位正发生着根本性的变化。网络文学具有强大的媒介传播优势，加上它所具有的人际传播的某些特征以及依据高科技的传播手段，使它天然具备了对以往文学传播功能的补救与优化作用，网络文学在文学的大家庭中正扮演着越来越重要的角色。

第一次世界大战以后，西方传播学家曾提出"魔弹论"（又称"媒介万能论"），这种理论认为大众传播具有子弹打靶子那样直接明显的效果，我传播什么，受众就会接受什么。受众总是被动地接受传播者想提供的信息，受众的意愿只能通过各种调查问卷等间接形式来揣度。这种理论过高地估计了媒体的影响力，而把受众置于从属的地位。事实上，受众从来都不是消极的、被动的客体，而是积极的、能动的群体。然而，传统的大众传播媒介限制了受众表达意愿的能力，只有网络的出现才使受众从被动的桎梏中真正解放出来。

今天，传播技术的发展为受众提供了多元化的媒介消费形式，也使受众的主动参与成为可能，传播者和受众的界限在一定程度上被打破了。今天，就理

---

① 伊格尔顿：《二十世纪西方文学理论》，伍晓明译，北京大学出版社 2007 年版，第 8 页。

论上来说，每个人几乎都有可能成为传播者，传播机构和个体受众的区别也被大大缩小了。在报纸、广播、电视等传统媒介中，"把关人"控制着信息传播，起支配作用，是一种线性传播模式。而互联网及个人电脑的出现与普及却摧毁了这种权力中心，解构了传媒。"把关人"的权力在这里被分解出无数的个人传播主体，这是一种多元而矛盾的主体、分散的主体，具有动态交互性；而且由于信息发送者与接收者之间很少第三者介入，信息的传送——接收——反馈的过程十分迅速，传播双方的地位也是平等的，从而打破了传统大众传播传播主体的机构性、权威性。

麦克卢汉提出任何媒介即"人的任何延伸"，是人的感官和中枢神经的延伸。这些实际上都表现了人们对媒体的另一种愿望和需求，希望它更多地向"人"这个角度靠拢，个性化、人性化是所有媒体的最终追求。显然，任何媒介即"人的任何延伸"在网络这里得到了真正的体现，而网络文学也在人的这种最大限度的自由中受到了从未有过的尊重。"在传统时代，个人试图向大量公众发言，是处处受阻的。在这种情况下，当传媒以虚假的'民意'来牵引舆论时，公众往往只能被迫成为沉默的大多数。"[①] 然而，在网络媒介出现以后，"沉默的大多数"有了更多的自由话语的空间。

同样，网络文学也使"沉默的大多数"（即读者）变得不再沉默，它打破了过去长期形成的写作权力过分集中的模式，满足了人们发表观点、抒发情感的需要，从根本上解放了受众。由人民文学出版社出版的仿 BBS 情感小说《风中玫瑰》就是一个很典型的受众参与写作的例子，人民文学出版社结集出版的这部小说，是将"风中玫瑰"的帖子和网友的帖子共同收录之后形成的，这是由作者和网友共同完成的小说，是最典型的读写互动小说。网络中出现的极为普遍的"接龙小说"也是这方面的典型例子，比如新浪网与《中华工商时

---

① 马克·斯劳卡：《大冲突：赛博空间和高科技对现实的威胁》，河北人民出版社 1995 年版，第 5 页。

报》合作的《网上跑过的斑点狗》也是一次著名的在公共空间中的读写互动尝试。在网络时代，"人人都可以短暂地充当艺术家"①已不是神话。

后现代主义理论家罗兰·巴特认为："文本分为两种类型，其一是'读者文本'，其二是'书写者文本'。'读者文本'是一种'只读型'文本，而'书写者文本'是'读写型'文本。'书写者'文本才是真正的'理想文本'。"②网络文学通过读者与创作者的双向互动，从而生成的文本正好与罗兰·巴特所说的这种"理想文本"不谋而合。美国的路易斯·罗塞托认为："互动性让身为内容的创作者能够和其他内容建立起关联，把你的东西摆在别人的作品中，加深你的分析和情景与其他人的关联，也让你对发表的分析有联想性（因此也较深入）的了解。网络真正的力量在于互动性，因为互动性创造了社区并且联合全社区内的使用者。互动性让人们对作品、主题、趋势和当中的想法产生兴趣，同时让作品有生命，不断进化，维持使用者的参与程度。"③文学的本质精神是自由，正是在这种互动性的创作之中，文学的这种自由本性得到了充分的彰显。

网络小说《悟空传》的作者今何在曾说，"传统文学像雕塑，一定要像个样子，'不像样子'也是个样子。而网络文学像大海里的变形虫，我爱是什么样子就是什么样子，你管不着"④。学者欧阳友权曾将网络文学所表现出的艺术自由精神从以下几个方面进行了归纳：一是网络文学的非功利性创作动机的自由；二是网络写作的匿名性特点提供了虚拟身份的自由，消解了文学的承担感；三是网络传播技术为网民提供了发布的自由，用"无纸传播"实现文学的无障碍传播，解决了作品"发表难"问题；四是网络的交互性特征还为文学网民创造了交往的自由。他认为："网络文学现身文坛的第一个意义在于用民主

---

① 黄鸣奋：《网络时代的许诺："人人都可以成为艺术家"》，《文艺评论》（哈尔滨）2000年第4期。
② 杨大春：《文本的世界——从结构主义到后结构主义》，中国社会科学出版社1998年版，第168—169页。
③ 约翰·布洛克曼：《未来英雄》，海南出版社1998年版，第243页。
④ 鲁捷、王粤钦：《论网络文学概念及特征》，《新疆师范大学学报》2005年第1期。

平权的技术支持解放了文学话语权，体现了高技术时代的文学向民间审美意识回流的趋势。"[1] 印刷文本虽然也为读者揭示了作品的多种可能性，但作家最终把一种可能性变成了现实性，使读者别无选择，被动接受。而网络写作的"超文本"、"非线性"使它可以将文本、图表、音频、视频、动画和图像等因素通过广泛的链接建立起相互联系，满足读者非顺序地访问信息的可能，极大地成全了读者的自主性、选择性。正如马克·波斯特所说："电脑书写颠覆了作家的个性，最后，它带来了集体作者的诸多新的可能。"[2]

总之，网络解放了人，网络文学解放了读者，这种解放从大的背景上讲，实际体现了大众文化对精英文化的消解，给精英与大众精神上带来了一种平等状况，这种解放是有意义的。这是自工业革命以来对个体的一次难得的解放，人们终于可以从商品的枷锁中挣脱出来，从技术理性的控制中找到一处心灵自由的空间。虽然这一空间的存在形式是非物质的、虚拟的，但在精神上，人们获得了自由。

（三）从"媒介形态变化"与"补偿"理论看网络文学本质特征之未变

菲德勒对"媒介形态变化"做过深入的研究，他认为："传播媒介的形态变化，通常是由于可感知的需要、竞争和政治压力，以及社会和技术革新的复杂相互作用引起的。"[3] 也就是说，新媒介是在旧媒介的形态变化中逐步产生的，像生物物种一样，媒介进化是为了在不断变化的环境中增加生存的几率。所有新的传播方式的产生过程都是对过去媒介的一种扬弃的过程，而并非是平地生起，全然不同。当然，过去的媒介并不会在新媒介出现之后走向死亡，而是去适应并且继续进化。

保罗·莱文森在他的多本著作中，则反复谈到了媒介演化的"人性化趋势"和"补偿性理论"。他认为，人类技术的开发总是越来越人性化，而人们

---

① 欧阳友权：《网络文学的本体追问与意义体认》，《文艺理论研究》2007年第1期。

② 马克·波斯特：《信息方式》，商务印书馆2000年版，第135页。

③ 费德勒：《媒介形态变化，认识新媒介》，明安香译，华夏出版社2000年版，第19页。

选择的任何一种后继的媒介，又都是一种补救性措施，都是对过去的某一媒介或媒介的某一种先天不足的功能的补救。他说："我们选择的工具是：媒介如何延伸我们交流的范围和能力，却又不扰乱我们从生物学角度的企盼。"① 网络的优势就在于它作为传播媒介的互动性与协同性，受众的积极参与得到了充分的肯定，人们交流的范围与能力得到前所未有的拓展。

以上观点说明，网络这种新媒介的产生既是一种传播技术的进步，也反映出作为新的传播工具，网络媒介的"人性化"特征。当文学与网络这种新的传播媒介相结合，从而以新的文本传播方式被创作与阅读的时候，就本质上来看，它并没有改变文学的基本特性。网络文学写作仍然遵循着老套的文学创作方法：从情节的构思酝酿到故事的素材来源，从基本的遣词造句到复杂的表现手法，从思维想象的能力到创作灵感的激发，从基本的形象塑造到社会生活的描绘，从个体情感的表达到审美理想与对社会人生的评价等，无不照旧。网络文学同以往文学的不同只在于它因为借助于网络，从而更多地表现网络技术与印刷技术的不同，它可以将文字、声音、视频、图像等以"超文本"形式链接起来，从而给读者提供更大的阅读空间与想象空间，带来更为丰富的娱乐兴趣与享受，将个体的欲望满足延伸到无限无穷的层次之上。当然这并不意味着具有社会意识形态性的文学丧失了它的意识形态属性，实际上网络文学的意识形态性只是表现为意识形态的分散化，每个人都以其个人的意识形态话语来组成整体的社会意识形态话语，而且这是一种更加真实的社会意识形态话语。

因此，我们认为，网络文学虽然在一定程度上把人们从创作到欣赏的诸多局限中解放了出来，改变了文学原有的制作与传播方式，但网络文学本身除了网络媒介的技术因素外却仍然遵循着文学自身的创作与发展规律。当然，"媒介即是讯息"，介质的变换，必然使文学这一概念原有的定义或外延发生一些

---

① 保罗·莱文森：《手机：挡不住的呼唤》，何道宽译，中国人民大学出版社 2004 年版，第 129 页。

变化；另外网络文学的存在的确也给维护整个文学生态问题提出了许多新的课题，由此所引发的冲击也同样是深层次的。如果说艾布拉姆斯在《镜与灯》中提出的文学批评四要素问题，是从作者、世界、读者、作品几个方面对文学内部生产的运行机制进行了一次较为完整的论述，从而大大扩大和激发了文学研究的理论视野，引发了文学研究的一次革命性进步，那么网络文学的出现则要求我们从更为广阔的空间区域去研究文学，尤其要更多地从文学之外的领域去研究文学所受到的影响、面对的问题。借用布尔迪厄的一个提法，这就是一个"场域"研究的问题。"从分析的角度来看，一个场域可以被定义为在各种位置之间存在的客观关系的一个网络或一个构型。"① 在网络时代，如何处理文学场与其他场之间的关系，如何应对文学场内各系统之间的占位关系及其变化，这应该引起文学理论界的足够重视，这是我们今天不该回避的理论问题。用场域的概念进行思考就是从各种关系中进行思考，网络与文学的联姻，只是为文学又提供了一个新的生存的场域空间，给文学研究带来了一个崭新的切入点。它只是改变了文学的一些表达形式，而没有改变文学本身。

（四）网络文学的问题及其救治

自古以来，文学一直作为一种高雅的、贵族化的艺术形式而受到尊崇与膜拜，中西方大体如此。如：孔子的"不学诗无以言"与"兴观群怨"将诗的价值与作用表述得淋漓尽致；曹丕的"文章经国之大业，不朽之盛事"进一步把文章的地位、价值与作用提到了一个前所未有的高度；在西方，虽然柏拉图为了"正义"与"德行"试图将诗人逐出"理想国"，但他仍然坦承"自幼就和诗发生了爱情"；而亚里士多德认为诗是按照"可然律或必然律"描述可能发生的事并由此将诗看做是比历史更真实的论述，开拓了西方抬扬诗歌与文学的历史先河。文学作品的"卡塔西斯"（净化）作用，陶冶性情，化育人心，培

---

① 布尔迪厄、华康德：《实践与反思——反思社会学导引》，李猛、李康译，中央编译出版社2004年版，第133—134页。

养道德，开阔视野，滋润了无数孤寂而痛苦的灵魂，为无数生命燃起了希望的光芒。一部人类文明进步的历史，有相当大的成分都得益于文学对于社会运动、政治变革、思想启蒙的直接作用；面对现实的罪恶与残忍，人们总会到文学与艺术中去寻求幸福与慰藉；文学的审美之维以其与现实社会的格格不入，也总是会被理论家们用来作为反叛麻木、病态社会的锐利武器。无论现实如何移转，文学艺术永远都执著于美与真理，引领着人类幸福与前进的方向，保存着人类最后的希望。

然而网络时代的到来，似乎一切都发生了改变。传统的文学，创作者较少将心思花在读者身上，而是更多地将关注的视野放在主体情感的灌注、主题的开掘、题材的选取、结构的安排、语言的修饰等这些作品本身的问题上去。因而才有了朗吉弩斯对于"崇高体"的论述，恩格斯关于戏剧"三融合"审美标准的看法等文艺理论原则的提出。作为一种良性循环的结果，在这种文学观念支配下，前网络时代的作品有思想深度，关注社会人生的深层问题，具有宏大叙事的特征。作家受到社会格外的重视，经济与政治地位普遍较高。然而今天，网络文学，在传统意义上的文学性几乎被消解殆尽，"重感性"、"求刺激"、"伤风化"的作品大行其道。网络时代，只有消费的逻辑，没有了真诚的信仰。

写作是需要有知识储备的，需要有起码的人生阅历与文字修养，然而，文学网络化时代，这些已不重要。网络文学、博客写作已经将文学推向了"泛文学化"时代，任何人都可以将自己的文字公布于众，通过互联网广泛地散播。文学历来所推崇的崇高、深沉、美德、正义、人情等价值已经被逼到最不起眼的地方，取而代之的是低劣的文字在诉说着低级趣味的故事。蔡智恒这个最早靠网络写作成名的人曾经坦言："我并没有很好的文学底子，所以写东西是靠热忱而不是凭实力。"[①] 仅靠热忱而缺乏实力成就了"痞子蔡"，却败坏了文学。毋庸讳言，网络文学正处于幼年时期，它较之博大精深的传统文学有其自

---

① 蔡智恒：《第一次亲密接触》，知识出版社 1999 年版，第 227 页。

身的缺陷与不足。它的泛滥的自由必然会导致文学的沦落，上网者以匿名身份与他人进行交流或表露情感，其中很多都是一种临时的表演，是一种无法信任的真实，而在个性价值实现方面，过度的偏激与无节制也常常使文学成为互相叫骂的工具，亵渎了文学的神圣性。基于此，有人从网络文学的多媒体技术给文学创作带来的隐患角度认为，网络写作减弱了文学的意义浓度，抑制了读者阅读时的想象力与创造力。[①] 而网络文学在创作审美上的缺陷则表现在：一是创作主体的缺失性动机，二是媚俗取宠的审美心态。[②] 欧阳友权从一个总体的高度认为，网络文学的缺陷与局限主要表现在以下几个方面：一是艺术质量不高，让人只见"网络"不见"文学"，或者有"文学"而没有"文学性"；二是网络写作的技术依赖问题，网络只是一门技术，文学则是源于人的精神，技术只是文学借助的工具，它应该受驭于文学的艺术目的，为创作者遵循艺术规律插上创造的翅膀，创作者不可以技术优势替代艺术规律；三是网络文学还有一个重要的缺陷就是作者承担感的缺失问题。[③]

网络文学的确存在着太多的问题，但网络文学的兴盛我们却无法否认。有人将传统文学与网络文学做过一个形象的比喻：如果说传统文学是经过几千年文火慢慢熬出的一锅老火汤，那网络文学便是一道时令小菜，新鲜，时尚，虽不如汤的实用，但符合现代人的口味，有其自身存在与发展的坚实土壤。事实如此，网络文学现存的不足与缺陷的确不用怎么大惊小怪，正如法国文学批评家蒂博代所说：文学不能归结为若干部杰作，"如果不是由很快就默默无闻的成千上万个作家来维持文学的生命的话，便根本不会有文学了，换句话说，便根本不会有大作家了"[④]。今天我们也可以这样说，如果没有网络文学写家的存在，没有庞大的网络文学阅读群，那么今天的文学就会是处境尴尬，举步

---

① 王璞：《网络文学创作的多媒体特性给文学带来的影响》，《佳木斯大学社会科学学报》2006 年第 2 期。

② 史许福：《试论网络文学审美的特殊性及其审美缺陷》，《今日科苑》2006 年第 10 期。

③ 欧阳友权：《新世纪以来网络文学研究综述》，《当代文坛》2007 年第 1 期。

④ 蒂博代：《六说文学批评》，赵坚译，生活·读书·新知三联书店 2002 年版，第 61 页。

维艰，一时被大炒特炒的"文学的终结"问题也许真的就会变为既成的事实。本文相信，网络文学作为现时代的文学，是对这个时代表达方式和情感情绪的真实记录，崇高与美将以其深沉的情感魅力和人生逻辑终究会重新得到读者的尊崇与爱戴，而作为消费者的读者也不可能仅仅满足于欣赏一些肤浅的感性的文字，"写出好的作品"也仍然会是大部分作家毕生不变的至上追求。网络文学必将会有一个美好的未来，而评论家的事业则是替文学的这一未来呐喊助威。

二 "手机媒体"带来的新挑战

手机媒体是一种继报纸、广播、电视、网络四大媒体之后出现的、以手机为载体的媒体。由于手机携带便捷，短信收发方便，加之其功能的不断增加，可以拍照、录像、收听广播、上网、收看电视、阅读等，手机已经开始从通讯终端真正走向了信息的接受和发布终端，切实参与到了新媒介的传播当中。那么，究竟应该如何看待手机这种新媒体，我们从传播学的立场又该如何认识手机这种新媒体呢？以下，笔者结合人们对于手机媒体的基本认识谈一些粗浅的看法。

第四媒体是继报刊、广播和电视出现后的互联网和正在兴建的信息高速公路，这一概念是 1998 年 5 月由联合国秘书长安南在一次会议上提出的。虽然第四媒体的提法并不是一个学术定义，但由于这一说法迅速被社会所认同，目前已经成为一个约定俗成的概念，不管是在社会生活层面还是在学术研究层面，争论之声基本已销声匿迹。今天，手机能否成为继网络之后的"第五媒体"，似乎又成为人们争论的焦点。然而，与网络作为第四媒体引发的争论不同，手机媒体是一种尚未完全定型的媒介，它的功能、技术都在不断地开发和提高之中，还有太多的变数，这些无疑给它能否成为"第五媒体"的争论增添了难度。

（一）肯定手机作为第五媒体

据欧盟委员会第 12 次欧盟通信市场年度报告显示，截至 2006 年 12 月 31 日，欧盟旗下 27 个国家拥有的手机用户数量第一次超过了总人口数，普及率突破 100％，达到 103.2％。到 2006 年 10 月，欧盟手机宽带平均普及率也达到了 15.7％。① 而在其他地区，手机的拥有率也毫不逊色。截至 2006 年年底，日本手机普及达到 65％，美国手机普及率达到 70％，韩国为 80％，新加坡接近 100％，中国台湾地区则早已超过 100％。根据我国信息产业部公布的最新数据显示，截至 2007 年 3 月底，我国大陆手机用户已超过 4.6 亿户，② 普及率达到 35.3％，这就意味着每三位中国人中就有一位拥有手机。而截至 2011 年 5 月底，据工业和信息化部数据显示，全国移动电话用户总数已达到 9.1 亿户；根据中国互联网络信息中心（CNNIC）发布《第 28 次中国互联网络发展状况统计报告》显示，截至 2011 年 6 月底，中国网民规模达到 4.85 亿，其中，手机网民规模达到 3.18 亿，手机网民在总体网民中的比例达 65.5％，成为中国网民的重要组成部分。据报道，工信部通信发展司司长张峰表示，电信业未来要发展移动互联网产业，打造基础设施—应用平台—智能终端的价值链生态体系，发展手机视频、手机阅读、手机音乐、手机动漫等业务，移动互联网将是电信业又一次"革命"③。所有这些都显示了手机强劲的发展势头。

2000 年 5 月 17 日，在世界上第一条短信发出 8 年后，中国移动通信有限责任公司正式开通了短信（SMS）服务，就这样，仅仅 5 年，中国手机短信发送量就由 2000 年的 10 亿余条发展到 2004 年 2177 亿条，前后增长了 217 倍，依靠中国移动的移动梦网 2000 多家服务提供商 SP（Service Provider）中，月收入超过千万的有 5 家，超过 300 万元的有 10 家左右，超过 100 万的有几十

---

① 见 http://www.donews.com/Content/200703/6c19aa09240d4134a69b406c5891355e.shtm。

② 林剑：《手机电视涉及复杂产业链》，《通信信息报》2007 年 4 月 26 日。

③ 《中国网民数量已达 4.85 亿 手机微博成为增长亮点》，《东方早报》2011 年 7 月 20 日。

家。① 据调查显示，2004 年全球手机多媒体用户数也由 2003 年的 8600 万上升到 1.1 亿，相关专业机构估计，全球手机多媒体应用和文字通讯可以为移动运营商带来 450 亿美元的收入。② 人们已形象地将手机媒体所引发的产业和市场称为"拇指经济"。

经过几年的发展，手机媒体的具体可利用的手段与形式，已包括短信、彩信、互动式语音应答（IVR，Interactive Voice Response）、WAP（Wireless Application Protocol）、③ 定位技术、摄像、拍照、视频等多媒体功能，所有这些都为手机媒体化在不同程度上的运用打下了很好的基础。而传统媒体与手机媒体的跨媒体融合，则进一步推动了手机作为新媒体的前进步伐。

手机报纸开始出现。"手机报"是最新电信增值业务与传统媒体结合的产物，它是将纸媒体的新闻内容，通过无线技术平台以彩信形式发送到用户的手机上，使用户在每天的第一时间通过手机阅读到当天报纸的全部内容。我国迄今为止推出的手机报都是建立在短信技术基础之上的。2004 年 7 月 18 日，《中国妇女报》推出了全国第一家手机报——《中国妇女报·彩信版》。2005 年 2 月 24 日，人民网推出国内首家以手机为终端的"两会"无线新闻网，首次实现手机报纸报道国家重大政治活动的历史性突破。2005 年 8 月 8 日，广东移动与新华社广东分社以及《南方日报》、《羊城晚报》、《广州日报》三大报业集团联合创办的手机报纸正式"出版发行"，手机报将先期开通彩信版和 WAP 版，目前主要提供《新华社快讯》、《参考消息》、《南方日报》、《羊城晚报》、《广州日报》等九份报纸的内容，并且每日更新，和传统报纸保持新闻同步。

手机与电视的跨媒体融合。这种融合包括：一是手机被引入电视节目的制作播放过程中，即手机参与电视，二是"手机电视"的出现。手机对电视的参

---

① 宋维山、成文胜：《中国短信全扫描》，《传媒》2005 年第 4 期。
② 冯志新：《短信本身就是财富 手机成为第五媒体引来热钱投资》，《青年时讯》2005 年 12 月 20 日。
③ 这是一个开放式的无线应用标准协议，利用它可以把网络上的信息传送到移动电话或其他无线通讯终端上。

与主要表现在电视借助手机媒体的短信功能来吸引观众参与电视。一般来讲，在电视节目中利用短信互动的方式大致有以下几种：一是向观众提供新闻、资讯等内容，这类内容一般是包月收费；二是投票评选，评最喜欢的演员，选最喜欢的歌曲和最喜爱的节目等；三是参与话题讨论，观众可通过短信对进行中的节目话题发表想法，然后主持人挑选部分短信内容进行讨论；四是点歌点剧，一些晚会、剧场根据观众点播票数安排节目；五是观众提供新闻线索、路况信息、建议等；六是在线聊天，观众间、观众与演员间可通过短信交流；七是参与节目设置的有奖竞猜，这类竞猜的问题答案一般都很简单，有的甚至是"看节目、发短信、赢大奖"，连猜都省了，这类短信在比例上呈迅速上升的趋势；八是报名短信，观众通过短信报名参加现场录制、现场答题等节目活动等。[①] 在我国，各通信公司和广电机构联手展开的各种尝试也把手机电视推到了受众面前。2004 年 4 月，中国联通在全国范围内推出"视讯新干线"移动流媒体业务，与国内 12 家电视频道达成协议，为"视讯新干线"提供内容，其中包括央视新闻台、央视 4 套、9 套、凤凰资讯台、BBC 等。随后，天津联通开通基于 CDMA 手机的掌上电视（GOGOTV），利用 CDMA 移动通信网络，在手机上成功实现流畅清晰的视音频传输效果，轻松收看中央电视台、天津卫视及其他省市电视台近 20 套节目。国内专门为手机播放而制作的电视短剧也已经出现。2005 年 2 月份，上海移动与上海文广新闻传媒集团联手推出了手机电视短剧《新年星事》，这是国内首部专门为手机消费者量身订制的短剧。[②] 短剧每集 3 分钟，共 10 集。2005 年 3 月 27 日，由北京乐视传媒投资300 万元、中国首部用胶片制作的专门在手机上播放的电视连续剧《约定》在北京开机。全剧共 5 集，每集约 5 分钟，共 25 分钟。除此之外，国内首部手机互动情景剧《白骨精外传》、中国首部手机动漫连续剧《大闹西游》

---

① 李东晓：《"电视节目中短信热"的冷思考》，《新闻爱好者》2005 年第 8 期。
② 曾丽清：《手机媒体的娱乐潮》，《青年记者》2006 年第 20 期。

都于 2005 年面市。^① 2006 年 11 月 19 日，我国自主研制的国家 863 计划重大项目——高性能宽带信息网的测试成功，这无疑将给手机电视带来更大的发展空间。

手机与广播的跨媒体合作。手机与广播的跨媒体合作也要从两方面来说，一个是手机参与广播节目，甚至在节目的短信互动中直接成为广播节目的重要内容，一个是广播内容通过手机的多媒体功能直接由听众通过手机收听接受。2004 年 1 月 1 日，中央人民广播电台第一套节目经过大规模的改版后，以"中国之声"的呼号正式开播。每天中午 12 点的午间报道作为频道主要新闻栏目，开设了发送手机短信点播新闻的新型新闻报道方式。2005 年 7 月 28 日，中国广播网开通网络电台银河台，现已推出五套网络电台节目，网民可以通过因特网和手机两种方式收听、点播，甚至参与制作银河台的新节目。2005 年，中国手机娱乐第一门户——空中网对第 76 届奥斯卡颁奖典礼进行了全程的"手机直播"。这也是国内第一次用手机进行大型转播活动的实时报道。^②

由于手机媒体的发展很快，除了手机与传统媒体的跨媒体合作外，手机小说、手机电影等也纷纷亮相，手机短信还给出版业带来了巨大的商业契机，所以这些共同营造出手机媒体传播的"康乾盛世"。由于手机媒体传播优势明显，所以手机作为"第五媒体"的呼声一直很高，甚至今天在许多学者的论文中，已经不再把手机是不是第五媒体当成问题，而直接以"第五媒体"相称，或因手机短信是目前手机传播的主要方式而将手机短信称为"第五媒体"。

本文认为，在继续探讨手机媒体是否是"第五媒体"之前，我们需要首先澄清一个事实，即能够称为媒体的只能是手机而不能是它的某个功能，比如"手机短信"。因为短信——包括正在逐步发展的彩信、IVR、WAP 等，都仅仅是手机媒体在传播上的一种技术手段和媒体的表现形式。正如纸张、印刷

---

① 栾轶玫：《手机电视：辅助媒介的主流想象》，《中华新闻报》2006 年 4 月 5 日。
② 冯志新：《短信本身就是财富 手机成为第五媒体引来热钱投资》，《青年时讯》2005 年 12 月 20 日。

等，我们说报纸是媒体，但不会说承载报纸内容的介质纸张和手段印刷就是媒体，同理，我们说手机是媒体，但并非说承载手机媒体内容的短信功能就是媒体。"而作为移动媒体的功能，也不仅仅是短信或者彩信，而是应该包括移动性大众传播媒介载体上的广播、电视、电影和互联网等内容。"[1] "手机短信只是手机媒体在现阶段的一种重要存在形式，但不是全部，也不代表未来的方向。在中国，许多人误以为手机短信（SMS）就是手机媒体，并称手机短信为'第五媒体'。中国的短信量巨大、短信文化发达是由特定的电信管理体制与收费模式造成的。在日本、美国等移动通信资费低廉的发达国家，完全见不到短信。"[2] 其实，手机短信的突破性意义就在于传播渠道的宽带化和传播接收终端的移动性、可接入内容的丰富性和信息储存容量的海量化。如果没有这几个条件，仅仅信赖移动通信网的手机短信，手机将前途迷茫，很难适应人们对"第五媒体"的全部期望。

如果把将手机短信称为第五媒体的说法也归入手机为第五媒体的范畴之内，那么今天称手机为"第五媒体"的人数还是相当可观的。因为与报纸、广播、电视、互联网相比，"手机最大的特点就是无限移动，可在任何时间，任何地点与任何人进行信息交流"[3]。强调这一点对于我们认识手机媒体作为第五媒体是关键的，因为从这种简单的事实中我们能够看到手机对于媒介传播的革命性意义。

电视由于接收终端体积的庞大，其信息的接受方式不自由。然而，手机媒体出现后，这种局面将得到改观，手机电视的出现将使人们可以随时随地接收信号，弥补了电视不便携带的缺陷，难怪被称为"数字时代的麦克卢汉"的保罗·莱文森说："和互联网一样，电视新闻的前途很可能就寓于手机之中。"[4]

---

① 付玉辉：《"第五媒体"与手机短信》，《南通大学学报》（哲学社会科学版）2005 年第 1 期。
② 匡文波：《手机媒体：展望 2006》，《传媒》2006 年第 1 期。
③ 葛小娟：《手机——第五媒体？》，《中国广播电视学刊》2004 年第 2 期。
④ 保罗·莱文森：《手机：挡不住的呼唤》，何道宽译，中国人民大学出版社 2004 年版，第 30 页。

广播虽然也可以随身携带，但广播作为媒体的功能有限，而互联网与手机相比，显然成本要高得多，而且上网条件也要求较高。报纸在信息的传送量上和及时更新上较差，根本无法与手机相提并论。随着广播、电视在手机上的内容设置、节目编排的不断调整，技术的不断进步，手机上网的便捷，手机将同时拥有以往四种媒体的全部功能，这使它成为"第五媒体"的可能性越来越大。国家信息产业部在 2005 年 11 月 22 日将短信网址的接受码号统一为 50120，似乎从某种形式上也赋予了手机世界"第五媒体"的含义。

（二）否认手机作为第五媒体

手机或手机短信一方面被很多人称为第五媒体，另一方面却又不断引发反对之声。正像全球著名电信咨询公司 Frost & Sullivan 中国区总经理王煜全所认为的：短信方便、快捷、经济，以文字代替话音、以间接代替直接沟通，为人们提供了一种不同于见面或者打电话的交流、沟通和问候方式，在某种程度上更贴近中国文化的内涵，即帮助感情含蓄的中国人逾越了一些沟通障碍。但我们并不能因此认为，短信能成为第五媒体，作为一种媒体它应该是全球性的、世界的。[①] 言下之意，短信的火爆是中国特有的，并不能据此认定手机短信成为第五媒体。

也有学者从大众传播都有"把关人"这一层面反对手机作为第五媒体的说法，认为手机、博客不是媒体，只是与信息网络传播有关的新兴技术群及其应用，可以称之为"类媒体"。媒体是从事新闻或信息的收集、整理、加工、传播功能的机构，类媒体只是与信息网络传播有关的新兴技术群的应用。凡是媒体必定存在"把关人"，而博客玩家和手机短信写手都是公民个人，即便把博客玩家和短信写手视为集"采、编、发"为一体的三重角色的合一，也无法找到"把关人"的立足之处。[②]

---

① 宋维山、成文胜：《中国短信全扫描》，《传媒》2005 年第 5 期。

② 汤啸天：《手机与博客是类媒体而不是媒体》，《法学家茶座》第 14 辑，山东人民出版社 2007 年版。

还有学者认为，按照一般的看法，报纸、广播、电视、网络之所以成为普遍认可的四大媒体，原因主要有三：（一）具有全球传播的特征；（二）具有强大的大众传播功能；（三）各自具有鲜明的传播优势。而手机媒体在这三方面似乎又都存在不可克服的缺陷。什么是大众传播？大众传播一词的英文原文是mass communication。这里的 mass 包含有三层意思：一是指规模庞大的传播机构，二是指大批复制的传播内容，三是指人数众多的传播对象。也就是说，大众传播就是大规模的媒介组织向大范围的受众传递大批量的信息的过程。对照这三层意思，目前基于短信传播的手机媒体根本不是大众传播。因为，它没有规模庞大的传播机构，短信内容绝大多数不会大批复制，传播对象主要是个人，尤其是熟人。因此，称手机为第五媒体，是学术术语不规范的表现。[①] 而所谓的手机上网终究也还是互联网，只不过所使用的上网工具改变罢了，凡此种种都限定了手机实际成为第五媒体的不可能。

（三）手机应该是"准第五媒体"

说手机是第五媒体的人看到了手机与其他媒体相比所表现出的长处，而反对手机成为第五媒体的人则更多地从大众传播的基本原则出发，公婆之争，一时确实难以定论。但两派所论却又各有一定的道理，尤其是手机作为媒体而言，虽然它在一些方面表现出了它的强势，但却有许多技术难题现在尚未解决。因此，笔者认为就目前情况而言，称手机媒体为第五媒体也许为时尚早，不如称之为"准第五媒体"更为合适一些。

有论者提出，第五媒体是将报刊的"存内容于家庭"的优点、广播电视"用户自由增长"的优点与网络媒体的"个性化服务"优点整合在一起的一种新文化传媒形式。其"最终的理想是对报刊、广播、电视、网络四大传媒取长补短，创造一种第五传媒"[②]。也有论者认为第五媒体应该是在互联网和广播

---

① 周建青：《手机并非第五媒体》，《当代传播》2005 年第 4 期。
② 李幼平、孙宝传：《第五媒体"猜想"》，《中国传媒科技》2002 年第 8 期。

电视网之上的一种新媒体，"第五媒体的父系为互联网，母系为广播电视网，'着床'于存储技术整合而成。第五媒体取上千个文化网站做信息，以数字广播信道，把网站内容整合送到家，通过镜像存储（信宿），由用户按照需求取用。这种数据传播方式不但继承了父系和母系信源丰富，传播广阔的长处。又避免了信道拥堵，不能保存等短处"①。还有观点认为："第五媒体是一种以个性化为指向，以多媒体呈现，具有互动性的公众媒体。它应该是对广播、电视、报纸、网络这四类媒体进行的'破坏性创造'后具有'立体'强大传播能力的新媒体。"② 基于以上这些想法，于是有人认为网络广播是第五媒体，有人认为网络电视是第五媒体。但是，从严格的传播学定义来推究，这些媒体从本质上讲还都不是具有第五媒体特征的新媒体。

第五媒体应该是一种独立于前四种媒体之外的具有新的总体特征的大众传播的新媒体形态，它应具有媒体形态的移动性和以大众传播信息为主的融合性、具备可以接入互联网、通信和广播电视网的多向性等特征。真正成熟的第五媒体的广泛应用，应该在互联网、通信和广播电视网三网功能真正融合的传播技术条件之下才能实现。具体来讲，真正的第五媒体应该是满足以下条件的移动媒体：（1）传播主体的交互性。传播者和接受者之间具有互动性、参与性和自主性等特点。（2）传播媒介的移动性。传播媒介的移动性是未来新媒体的一个普遍特征。（3）传播网络的融合性。通信网、互联网和广播电视网相互融合，相互支持。三网的相互融合可以使得每一个单独的网络系统的接入终端可以平滑地接入其他网络之中。（4）传播内容的丰富性。（5）传输条件的宽带化。作为具有丰富的传播内容和海量信息的传播要求传输环境的宽带化。（6）传播工具的可存储性。面对多种传播内容的现实，传播工具必须具备足够的存储

---

① 刘克丽：《关注数据广播——第五媒体影响未来》，《每周电脑报》2002年第32期。
② 焦德武：《手机短信：不称职的第五媒体》，转引自付玉辉《"第五媒体"与手机短信》，《南通大学学报》（哲学社会科学版）2005年第1期。

空间。① 如果以上所言不差，我们会惊奇地发现，手机媒体在不远的将来有可能满足第五媒体的所有条件，因此，在现有的条件下，我们称之为"准第五媒体"是恰当的。

（四）手机媒体传播是一种"人际大众传播"

与传统的媒体相比，作为"准第五媒体"的手机媒体表现出了与众不同的信息传播特征。原始的信息传播应该是一对一的，这是典型的人际传播。人际传播（interpersonal communication）是个人与个人之间的信息传播活动，它是由两个个体系统相互连接组成的信息传播系统。它大致分为两种方式：一种是面对面的传播，另一种是借助某种有形的物质媒介的传播。人际传播具有几个重要特点：第一，传递和接受信息的渠道多，方法灵活；第二，信息的意义更丰富和复杂；第三，双向性强，反馈及时，互动性频度高；第四，是一种非制度化的传播。② 后来，到书籍传播时代，出现了一对多的传播，大众传播初露端倪，而真正的大众传播则出现于 19 世纪 30 年代，它是随着报纸的出现而出现的。在大众传播时代，"一"从个人变成了机构，传播者的地位得到了确认。在"枪弹论"和"注射论"中，受众成为被动的终端，而在"意见领袖"概念中，受众的主动性又开始得到初步的承认。当我们说到"二级传播"或者"多级传播"时，某种程度上已经把人际传播纳入到大众传播的整体流程之中了。人际传播的圈子类似于社区，比较排斥陌生的对象，有点像社区的咖啡馆，而大众传播的宗旨则是把信息传播给尽可能多的受众，很少关注对象的实际情况，有点像是闹市的咖啡馆，总是欢迎新的受众的加入，这样就使它的传播圈子比人际传播扩张的速度要快。

较报纸、广播、电视等传播媒体而言，网络的人际传播特征已十分明显，但却仍然属于典型的大众传播，然而，手机却因其自身是一种以人际传播为主

---

① 付玉辉：《"第五媒体"与手机短信》，《南通大学学报》（哲学社会科学版）2005 年第 1 期。
② 郭庆光：《传播学教程》，中国人民大学出版社 1999 年版，第 81—84 页。

的媒体，它虽然可能具有大众传播的一些特点，但它却并不是典型的大众传播，当然，它显然又不是典型意义上的人际传播。鉴于手机媒体传播模式的这种特殊性，本文认为，我们可以将手机的传播方式称为"人际大众传播"。传播学认为，人际传播最大的特点就是双向传播，即信息发出者与信息接收者之间的信息流通是双向互动的。手机媒体典型的双向互动传播使人们又一次回到了人际传播的网络，而且这一次是借助了先进的科技手段，是更人性化、更有趣味性的、更高层次上的回归。所以，手机传播首先表现为人际传播。其次，由于手机可以与报纸、广播、电视、网络等媒体结合在一起，从而实现"跨媒体"信息传播，而且手机普及率较高，具有快捷、方便、覆盖面广等特点，能保证信息及时高效地传播。加上手机媒体的传播特点是由一个统一的传播机构——新闻网站向大量匿名异质的受众——手机新闻短信用户传播信息。这种由点到面的传播路径，是大众传播的主要特点之一。因此，手机媒体又可以归入到大众传播之中。然而更为重要的是，通过新闻短信的相互转发，手机短信最终成功地将手机的人际传播和大众传播结合了起来，"与报纸、广播、电视、网络传播相比，手机短信传播具有一个显著特点：它是即时的大众传播和人际传播的结合"①。所以，本文认为将手机的传播模式称作是"人际大众传播"是恰当的。

手机媒体的"人际大众传播"特点补救与优化以往的大众传播模式，这主要表现在三个方面：第一，优化大众传播的过程，弥补大众传播的缺陷；第二，手机参与大众传播，给现有媒介弥补各自不足，实现传播效果最大化提供了平台；第三，手机媒体参与大众传播，受众不再只是信息接受的被动者；最后，手机媒体的出现，充分体现了媒体传播的人性化特点。② 20 世纪 70 年代，美国著名的未来学者阿尔文·托夫勒曾在其著作中预言传媒未来面临着分众

① 周宁：《游走于大众传播和人际传播之间》，《中华新闻报》2004 年 6 月 9 日。
② 见陈艳《对手机媒体的传播学思考》，《北京化工大学学报》（社会科学版）2007 年第 3 期。

化、小众化的趋势,① 当时很多人对此说法不以为然,而仅仅在三四十年后的今天,可以说人类已经身处于一个小众化传播时代了。回溯历史,媒体的发展经历了从小众化到大众化的过程,如今手机媒体的强势发展又在一个更高的层次上回归到了小众化传播,于是每一只手、每一个衣袋不仅成为一个电话亭,而且还成为一家互联网网吧。掌握手机,我们就可以身处异地但仍可轻易地获取本地甚至各地的信息,鱼与熊掌可以兼得在信息获取方面成了可能。马克·波斯特在《第二媒介时代》一书中认为,在互联网出现之前的媒体属于"第一媒介时代",是由文化经营,知识分子主导的自上而下的方式传播的;而在因特网出现后,则进入了第二媒介时代,特征是消灭了传播中心,使传播者可以成为散点的交流。② 手机的人际传播方式正是这种散点传播的典型一例,无线网络的普及,使每一部手机都可以是信息的终端,也就是说既可以成为信息的传播者,也可以成为信息的接受者。

当然在手机短信的传播过程中,符合"把关人"要求的主要是短信服务商,而由于种种原因,实际上短信服务商根本无法起到把关的作用。这样,由手机所引发的犯罪时有发生,垃圾短信等不良信息也严重影响着人们的身心健康。现在,无论是手机还是电视、网络都呈现出"泛娱乐化"的趋势。原创内容少,同质化严重,这种重复消费浪费了人们大量的时间、金钱。而不良短信的出现更是对青少年的学习、生活等,都造成了很大的影响。据《江西商报》报道,一个 11 岁的小学生写了这样一篇"字母＋数字＋汉字"的大杂烩日记:"昨晚,我的 GG(哥哥)带着他的恐龙(丑陋的)GF(女朋友)到我家来吃饭。在饭桌上,GG 的 GF 一个劲儿地对我妈妈 PMP(拍马屁),酿紫(那样子)真是好 BT(变态),7456(气死我了),我只吃了几口饭,就跟他们 886(拜拜了),到 QQ 上给我的 MM(美眉)打帖子(发信息)去了……"对此,

---

①　参见阿尔文·托夫勒《第三次浪潮》第十三章"多样化的传播方式"相关论述,黄明坚译,中信出版社 2006 年版。

②　参见马克·波斯特《第二媒介时代》一书中的相关论述,范静哗译,南京大学出版社 2000 年版。

一些教育专家表示担心，过多地使用短信会导致年青一代的心理低龄化，影响学生的正常用语习惯，甚至引起年轻人对物质生活享受的过度追求。① 北京师范大学教育学院的黄启平博士认为，在我们的传统观念看来，不良书籍、不良音像制品、不良电视节目是影响青少年身心健康成长的关键因素，现在可以说手机短信已经开始"篡位"。如果不及时加以治理，不良短信对青少年思想道德观念的树立、价值观的形成、积极生活态度的建立，都会产生不可逆转的不良影响。② 电影《手机》里有这样一句台词："手机，如果不善加利用，就不再是手机，而是手雷。"过度地收发短信还会引发健康问题，"短信瘾症"作为一种强迫症状应该而且已经引起了心理学界的重视。

现在无论你是在车站等车，还是已经坐在交通工具里，无论是在大学校园或是在饭店宾馆，在你的身边，你都会轻易地看到，那些正在用手机上网、看书、玩游戏的不同年龄段的人。他们聚精会神，旁若无人，也许很难统计出到底有多少的文字与视频正是通过手机这一媒体被不同的消费群体所消费。而我们对网络时代文学的关注，也便与这准第五媒体的手机无法分开。作为一种新型的媒介，手机的出现应该比用电脑上网更让人担心文学的"终结"问题了。

三　新媒介下的文学前景

或许笔者没有许多敏感的学者那么敏感，因此总是认为，网络的到来、手机新媒体的出现从本质上并不能改变文学，网络只是丰富的文学的存在形态与写作形式之一，而"手机写作"只是进一步推动了这种存在形式。在网络里，文学还是文学。这就好像水就是水，只是过去装在水缸里，而现在还装在瓶子

---

① 张潇潇：《不良短信传播现象分析》，《新闻爱好者》2005 年第 2 期。

② 参见李永文、张晓晶、周剑虹、马扬、王国平《手机短信"污染"悄悄逼近青少年》，《半月谈》2005 年 8 月 25 日。

里或装在饮水机里一样。

在前文《对网络文学的传播学思考》一节中，笔者从以下角度讨论了自己对网络文学的基本认识：一，从传播方式的改变看网络文学；二，从受众的解放看网络文学；三，从"媒介形态变化"与"补偿"理论看网络文学本质特征之未变。最终表达了这样一个意思：对于网络文学的本质探讨，必须切实关注依赖技术发展而在传播中崭露头角的网络这一新媒介。网络文学传播具有人际传播的一些特点，传统的大众传播媒介限制了受众表达意愿的能力，而网络的出现使受众从被动的桎梏中解放了出来，文学的自由本性在网络中得到了充分得彰显。然而，网络文学虽然在一定程度上把人们从创作到欣赏的诸多局限中解放了出来，改变了文学原有的制作与传播方式，但网络文学本身除去网络媒介的技术因素外仍然遵循文学自身的创作与发展规律。网络文学虽然还存在太多的问题，但它会在发展中不断完善。以下，笔者将从另外一个角度，即从对引发新媒介与文学危机话题讨论的始作俑者米勒的分析入手，进一步阐明文学在新媒介到来时的真实处境。

（一）"终结"理论的想象性

大家知道，网络对文学构成挑战，网络对文学造成危机，或者干脆说网络造成"文学终结"的话题，主要源于美国解构主义文艺理论家希利斯·米勒（1. Hilis Miller，1928—）关于电信时代"文学（研究）终结论"的论断。发表于《文学评论》2001年第1期上的那篇《全球化时代文学研究还会继续存在吗?》，在国内引发了一场关于"文学终结"（也叫"米勒预言"）的大讨论。响应者有之，反对者有之，骑墙者有之。其实，网络与文学本身并没有什么冤仇，当网络写作刚刚兴起的时候，甚至我们都会欢呼，那是文学获得了新的生机。如果说传统的文学写作者会因此而有所恐慌的话，其更多的恐怕也只是以传统方式写作的人们感受到了来自新生代作者的压力，感受到了新的技术传播方式所带来的不甚适应而已。这种恐慌绝不是对文学自身存在危机的恐慌，或者对于文学将要走向终结的担心与绝望。因此，网络与文学形成对抗的罪魁祸首并非网络这一新的媒介的出现，而是米勒，这个网络与文学对抗的宣布者。

我觉得，希利斯·米勒借用德里达在《明信片》这本书中所断言的"电信时代的变化不仅仅是改变，而且会确定无疑地导致文学、哲学、精神分析学，甚至情书的终结"的看法，来言说文学的死亡是有些想象在里边的。希利斯·米勒在这篇文章中提出了电信时代的三个后果："民族独立国家自治权力的衰落或者说减弱、新的电子社区（electronic communities）或者说网上社区（communities in cyberspace）的出现和发展、可能出现的将会导致感知经验变异的全新的人类感受。"他认为，正是第三个结果，"正是这些变异将会造就全新的网络人类，他们远离甚至拒绝文学、精神分析、哲学和情书"①。米勒是个解构大师，这个"全新的网络人类"就是他解构现有"人类"而提出的一个新概念，然而这个概念其实具有很大的"想象性"，建立在这样一个想象主体下所提出的"文学的终结"、"哲学的终结"、"精神分析的终结"、"情书的终结"，实际都是站不住脚的。

希利斯·米勒之所以敢于这样大胆地想象，就在于他所看到的新的电信时代的这样一个特点，即"新的电信时代的重要特点就是要打破过去在印刷文化时代占据统治地位的内心与外部世界之间的二分法（inside/outside dichotomies)"②。这也是德里达在《明信片》这本书中所表述的一个主要观点。国内学者金惠敏在《媒介的后果》一书中，从"文学即距离"的基本理念出发，曾指出"距离感"的消失或"趋零距离"的存在才真正构成了对于文学的最严峻的挑战。这一说法，大概也正是指的这种"内心"与"外部世界"之间二分的消失。文学即距离，而在电信时代，这种距离趋于零，是"零距离"③。然而，事实真会是这样吗？米勒说，"我们把身体委托给没有生命的媒介，然后，再凭

---

① J. 希利斯·米勒：《全球化时代文学研究还会继续存在吗?》，国荣译，《文学评论》2001 年第 1 期。
② 同上。
③ 相关论述见金惠敏《媒介的后果》，人民出版社 2005 年版。

借那种虚构的化身的力量在现实的世界里行事。塞万提斯的堂·吉诃德、福楼拜的爱玛·包法利、康拉德的吉姆爷就是依靠在读书过程中形成的幻觉在现实世界里生活",而"比起过去那些书籍来,现在这些新的通讯技术不知道又要强大多少倍"①。虚幻的世界与真实的世界真的可以相互混淆,难以分辨吗?笔者仍然怀疑这一现象在当下实际存在的可能性,因为,现实的确不是这样,至少现在还不是这样。再说,网络所能改变的只是技术和媒介,对于文学而言,这种技术和媒介既可以成为窒息文学的杀手,同时也可能成为成全文学的功臣,关键是我们如何运用它。

米勒只是看到了新电信时代,对于文学窒息的一面而已,所以他才会认为:"这些新的媒体——电影、电视、因特网不只是原封不动地传播意识形态或者真实内容的被动的母体。不管你乐意不乐意,它们都会以自己的方式打造被'发送'的对象,把其内容改变成该媒体特有的表达方式。这就是德里达所谓的'从这个意义上说,政治的影响倒在其次'。你不能在国际互联网上创作或者发送情书和文学作品。当你试图这样做的时候,它们会变成另外的东西。"②

(二)"全球化"语境中的"民族文学"书写

米勒将"民族独立国家自治权力的衰落或者说减弱"作为网络时代的又一个后果,我认为这一论断是有道理的,然而如果据此认为,这一后果可以作为"民族消亡"或"民族文学消亡"论据的话,就是有问题的。这不过是一个意识形态计谋,实际仍然是一种想象性的。

1997年4月,希利斯·米勒应邀分别在北京大学英语系和中国社会科学院外国文学研究所作了题为《论全球化对文学研究的影响》等学术报告。在《论全球化对文学研究的影响》的演讲中,米勒把以上"电信时代"的三个后

---

① J. 希利斯·米勒:《全球化时代文学研究还会继续存在吗?》,国荣译,《文学评论》2001年第1期。

② 同上。

果说成是"全球化"的三个结果。他认为,"全球化"过程在当今已经达到了双曲线的阶段,它已经成为文化、政治以及经济生活中许多领域里一个决定性的因素。他断言,"民族国家的衰落、新的电子通信的发展、超空间的团体可能产生的人类的新的感性、导致感性体验变异、产生新型的超时空的人,乃是全球化的三大结果"①。新的电信技术是"全球化"的重要促成因素,与米勒的观点是一脉相承的。

这是一个网络信息十分发达的时代,然而信息交流的便捷并不能毁坏各民族之间的界限,在"地球村"的大家庭中,居住着的仍然是有着鲜明民族标记的不同国度的人民。当希利斯·米勒声称,民族独立国家之间的界限正在被因特网这样的信息产业所打破,任何人只要拥有一台电脑、一个调制解调器、一个服务器,几乎马上就可以链接到世界上任何一个网址,"国际互联网既是推动全球化的有力武器,也是致使民族独立国家权力旁落的帮凶"② 这样一个似乎耸人听闻的事实时,我们其实更应该关心的是,这种事实又将带来怎样的后果。也就是说,如果米勒的说法没错,那么由网络媒介留给民族国家的这种后果,势必激起民族国家捍卫自身权力与利益的本能力量,而作为同这种后果对抗的力量一经得到人们的认同,那么,米勒所说的这种事实的存在就将是可疑的,或者说根本就是不存在的。互联网的效力根本没有米勒想象的那样巨大,足可以动摇一个民族国家稳固存在的根基,因为所有使用互联网络的人,都会以他们自己的方式去获取来自网络上的东西。"确实,我们自己的文学在某种程度上也会由于这样的接触而改变它的性质,但这只会是一种丰富,而由此产生共生现象,诸如歌德自己的《西方与东方的合集》和《中德四季晨昏杂咏》,仍然会继续带有独特的民族文化的印记和这些作品的作者的天才和个人性格的印记,通常人们是在本国文化范围之内接受外国的作品的。"③ 这就是民族文

---

① J. 希利斯·米勒:《论全球化对文学研究的影响》,郭英剑编译,《当代外国文学》1998 年第 1 期。
② J. 希利斯·米勒:《全球化时代文学研究还会继续存在吗?》,国荣译,《文学评论》2001 年第 1 期。
③ 柏拉威尔:《马克思和世界文学》,生活·读书·新知三联书店 1980 年版,第 192 页。

学在面对"全球化"时的基本反应与立场。

每一民族都有其深厚的文化传统与人类学积淀，离开这些而试图对不同国度的文学作品进行理解，那么永远都无法真正弄懂作品的本来意义，无法理解作品的伟大之处。这也就是为什么米勒也希望"当今的文艺批评家或理论家要在一定程度上自觉地成为自身文化产品，具体地说是文学作品的人类学学者"[①]的原因。虽然米勒看到了文学研究在全球化条件下面临的转型，但他还是比较客观地说出了文学研究的当下现实，"伴随着经济和技术的全球化，文学研究转移扩展至全球规模已是大势所趋，但温和地讲，区域性仍然侵蚀着全球性。全球区域化将成为未来几年里文学研究的主要目标"[②]。本书认为，从时间上看，"全球区域化"不仅仅只是"未来几年"，而是可能需要很长的时间，这或许就是一个超乎我们想象的数字，或者就是永远。因此，文学的消亡与终结就也是遥遥无期了。

依希利斯·米勒的说法，"文学研究过去主要是按照独立的民族文学研究来组织的"[③]，而现在，"旧有的、独立的民族文学研究正逐渐被多语言的比较文学或全世界的英语文学研究所取代"[④]。在"全球化"语境中，这种情况大体是存在的，然而，正如"民族"不会消亡，靠"按照独立的民族文学研究来组织的"文学研究也就不可能丧失或消亡，文学研究与文学一道，还会有着久远而辉煌的前景。

（三）"文学终结"的逻辑悖论

"我们认为这是不言自明的真理：人生而平等，上帝赋予他们这些不可或缺的权利——生命、自由、追求幸福。"米勒曾举《美国独立宣言》中的这句话说明："一方面，这句话肯定这些真理是不言自明的，它们不必诉求政治行为来

---

① 　H. 米勒：《作为全球区域化的文学研究》，梁刚译，《社会科学辑刊》2002 年第 1 期。
② 　同上。
③ 　J. 希利斯·米勒：《论全球化对文学研究的影响》，郭英剑编译，《当代外国文学》1998 年第 1 期。
④ 　同上。

保证它的实现。另一方面，这句话说，'我们认为这是不言自明的真理'，'我们认为'是一个施为性言语行为。它创造了声称为不言自明的真理，而且使所有读到这些话的人都会情不自禁地支持、承诺遵循，并且努力去实现它。"① 本文认为，"文学终结"的话题也是一个"施为性言语行为"，即它同样"创造了声称为不言自明的真理，而且使所有读到这些话的人都会情不自禁地支持、承诺遵循，并且努力去实现它"。其实也正如米勒所言，"艺术和文学从来就是生不逢时的。就文学和文学研究而言，我们永远都耽在中间，不是太早就是太晚，没有合乎适宜的时候"。然而，"虽然从来生不逢时，虽然永远不会独领风骚，但不管我们设立怎样新的研究系所布局，也不管我们栖居在一个怎样新的电信王国，文学——信息高速路上的坑坑洼洼、因特网之星系上的黑洞——作为幸存者，仍然急需我们去'研究'，就是在这里，现在"②。

笔者认为，米勒这句话的意思是双重的：一是他明知是悖论，但他说出了这种悖论，即他指出了自己的悖论。他一方面宣布了文学在电信时代的终结，另一方面，他又不相信文学真的会终结；二是，他看到了电信时代的到来给予文学的机遇，虽然他并不能很好地说清这种机遇，但他明白，文学不会消亡。或者说，当他在说着文学终结的时候，他实际就是在探讨着文学的继续存在。

文学的确不会消亡也不会终结。米勒在《全球化对文学研究的影响》一文中就表达过这样的意思。在该文中，他指出了"全球化"对文学的四种影响：一是文学在旧式意义上的作用越来越小；二是新的电子设备在文学研究内部引起了变革（电脑写作、网上杂志）；三是旧的独立的民族文学研究正在逐渐被多语言的比较文学或全世界英语文学的研究所取代；四是文化研究的迅速兴起，使文学不再是文化的特殊表现形式，只是多种文化象征或产品的一种。③

---

① J. 希利斯·米勒：《全球化时代文学研究还会继续存在吗?》，国荣译，《文学评论》2001 年第 1 期。

② 同上。

③ 见 J. 希利斯·米勒《全球化对文学研究的影响》，王逢振编译，《文学评论》1997 年第 4 期，或见 J. 希利斯·米勒：《论全球化对文学研究的影响》，郭英剑编译，《当代外国文学》1998 年第 1 期。

我们从米勒的这些观点中，虽说能看到文学在全球化时代所发生的变化，但并不能看到文学研究（或文学）的必然终结。

不仅如此，在这篇文章中，米勒还谈到了文学研究有三种必不可少的价值，这三种价值似乎肯定了文学要永久存在的事实。"第一，在新的全球化的文化中，不论现在文学作用日益消减的情境如何，文学在图书时代也是文化表现自己和构成自己的一种主要方式。那些不了解过去的人注定要重复它……""了解我们过去的一种必不可少的方式就是研究过去的文学，而不只是研究语言本身。""研究文学的第二个理由是不论好坏，语言现在是而且将来仍然是我们交流的主要方式，不管意见是相同还是相左。文学研究仍将是理解修辞、比喻和讲述故事等种种语言可能的必不可少的手段，因为这些语言的运用已经塑造了我们的生活。""第三个也许最重要的理由是，对文学的深入研究——我指的是对书页上实际文字的研究——是达到正视我所说的陌生性或不可减少的其他人的他性的一种必不可少的方式，'他性'不只是那些属于不同文化的人，而且也包括我们自己文化中的那些人。"①

《东方丛刊》2006 年第 1 期发表了米勒的另一篇文章《文学理论的未来》，在这篇文章中，米勒指出："文学理论的未来或者走向，取决于文学的未来。""在相当长的时间里，文学写作和阅读还是会继续下去的。"只是"它的那些旧有的功能却被电影、电视、通俗音乐、电子游戏、网络等这些能够制造魔光幻影的远程技术媒介所替代"。而对于文学理论来说，"即使文学在某个特定社会中不再重要，尤其是在媒体一统天下的时代，就像今天所发生的那样，人们仍然有理由主张，至少是在西方社会，文学理论继续需要存在下去，以发挥其阐释过去文学的作用"②。虽然在该文中米勒仍是将文学置于文化之下来谈，甚至认为文学只是文化研究中越来越不重要的一部分，但我们可以看到，他在此

---

① J. 希利斯·米勒：《全球化对文学研究的影响》，王逢振编译，《文学评论》1997 年第 4 期。

② J. 希利斯·米勒：《文学理论的未来》，刘蓓、刘华文译，《东方丛刊》2006 年第 1 期。

文中所说的文学只是局限于老式意义上的文学，即小说、诗歌和戏剧中。其文学理论也不过是"把文学作品看成唯一的焦点。其主要任务，是对文学作品操作的方式——作品中结构性、修辞性和引申性的特征——进行细致的研究"①。

米勒的这种观念是与他对"文学"看法相一致的，他说："在西方，文学这个概念不可避免地要与笛卡儿的自我观念、印刷技术、西方式的民主和民族独立国家概念，以及在这些民主框架下言论自由的权利联系在一起。从这个意义上说，'文学'只是最近的事情，开始于17世纪末、18世纪初的西欧。"② 他也正是在这一"文学"概念上来谈"文学的终结"的。正如他自己所说："它可能会走向终结，但这绝对不会是文明的终结。事实上，如果德里达是对的（而且我相信他是对的），那么，新的电信时代正在通过改变文学存在的前提和共生因素（concomitants）而把它引向终结。"③ 因此，他所宣布的"文学的终结"，实际上只是开始于"17世纪末、18世纪初的西欧"的、那个基于印刷技术之上的"文学"的终结。而事实上，我们对于"文学"的理解，几乎每一个懂一点文学的人，恐怕都会觉得米勒的"文学"时限实在是太狭隘了。这样，当我们弄清了米勒的"文学终结论"的理论内容后，我们就会发现，当米勒宣布"文学终结"的时候，他只是宣布了某种"文学"（或某一阶段的文学）的终结，而不是"文学的终结"。

最后笔者想再强调一下：文学不会终结，网络写作的日益普及，恰恰证明了文学越来越走向发达的基本事实。文学写作的前景是乐观的。然而我个人认为，网络社会的崛起，如果说造成了什么危机的话，那就是文学研究的危机。媒介文化与网络文学的兴起的确给我们的文学理论提出崭新的课题。既然写作媒介与写作方式发生了变化，我们的文学理论就不能仍然仅仅沿用过去老一套

---

① J. 希利斯·米勒：《文学理论的未来》，刘蓓、刘华文译，《东方丛刊》2006年第1期。

② J. 希利斯·米勒：《全球化时代文学研究还会继续存在吗?》，国荣译，《文学评论》2001年第1期。

③ 同上。

的方法与理论，文学理论需要补充新鲜的东西。补充什么，这是需要文学理论研究者认真思考的。但有一点基本可以肯定，文化研究是承担不了这一责任的。文化研究虽然对文学研究有启示作用，但文化研究不能代替也代替不了文学研究。今天，网络文学受到了越来越多的关注与支持，我们相信在不远的将来，对网络文学的理论研究也将会成为文学理论研究的热点与前沿，并最终成为文学理论研究的重点。

结语　消费时代艺术信仰的重建

今天谈论文学与艺术，有两个语境是无法回避的，一个是"全球化"，一个是"消费社会"。虽然，我们可能并不认同关于"全球化"与"消费社会"的一些基本理论，但作为一种生活现实，两者的客观存在似乎是不好质疑的。当然，不好质疑的，还有它们实际上已经对文学、艺术和文艺理论的生存生态所造成的冲击与影响。既然它们给文学与艺术提出了许多新课题，那么讨论文学与艺术的现实处境与未来出路，重建文学与艺术信仰，也就必须在这两个语境之下进行。

一　文学在消费时代的突围

法国思想家波德里亚为我们揭开了消费社会神秘的面纱："当代物品的'真相'再也不在于它的用途，而在于指涉，它再也不被当作工具，而被当作符号来操纵。"① 这种以符号消费为特征的消费社会同商品的是否富足并无必然的直接关联，实际上在大多数情况下，由于消费的特性仍然从属于生

① 让·波德里亚：《消费社会》，刘成富、全志钢译，南京大学出版社 2006 年版，第 88 页。

产秩序，商品通常都显得不足。然而，"消费社会在这场最为壮美的机遇剧中，通过对物与生命如仪式般规定的破坏，为自己提供了物质过于丰盛的证明"，"生产主人公的传奇已到处让位于消费主人公"，"浪费式消费已变成一种日常义务"①。

消费社会借助于强大的媒介优势，将一切都纳入到它的消费体系当中，无论发达国家或是发展中国家的人们都自觉或不自觉地听从它的指令，听命于它的安排。大到人类战争，小到吃饭穿衣，消费社会的意识形态气息弥漫于世界的各个角落，渗透到人类活动的方方面面。一切都是"丰盛"的，人们在消费的快乐与幸福中享受着从未有过的满足，也经受着拼命赚钱而带来的工作压力与身体的疲惫不堪。消费这双无形的手操纵着一切，在自由的"物品"选择中，主体丧失了自由。除了消费，还是消费，不去消费成为不可能的事情。

有创作就有消费，消费社会之前的文学作品，虽然也进入"消费"程序，但创作者较少将心思花在消费者身上，而是更多地将关注的视野放在情感的灌注、主题的开掘、题材的选取、结构的安排、语言的修饰等这些作品本身的问题上去。朗吉弩斯对于"崇高体"的论述，恩格斯关于戏剧"三融合"审美标准的看法等许多文艺理论原则的提出都是与此相关联的。在这种文学观念的影响下，前消费社会的作品有思想深度，关注社会人生的深层问题，具有宏大叙事的特征。作家受到人们格外的重视，社会地位也普遍较高，如此等等。

然而消费时代的到来，一切都改变了。"物品丧失了其客观目标、其功能，变成了一个广泛得多的物品总体组合的词汇，其中它的价值在于关系。另外，它丧失了其象征意义、其几千年来的独特地位，并且渐渐耗竭而成为种种内涵的一种话语，这些内涵在一个极权文化系统范围中也是相互隶属的，就是说能

---

① 让·波德里亚：《消费社会》，刘成富、全志钢译，南京大学出版社 2006 年版，第 21、22 页。

够在它们的出处将一切含义一体化。"① 文学艺术也是这样，"消费逻辑取消了艺术表现的传统崇高地位"②，文学——传统意义上的文学也就在这种"消费逻辑"之中被消解殆尽。作家的创作完全被消费者所支配，消费者的需要和喜好成为作家创作的唯一价值衡量标准；"接受理论"也兴风作浪，将作品的意义与价值交由消费者来最后完成，为"一千个读者有一千个哈姆雷特"找到了最好的理论注解。而这种将文学评判交给消费的结果，必然是"重感性"、"求刺激"、"伤风化"的作品大行其道，图书的印数与版次与最大化的经济收益成为书商与写作者一致追求的目标。于是，媒介广告的宣传也成为文学消费的一个环节、一个组成部分，成为消费社会的共谋者。美女作家、美男作家、学术超女、明星学者、身体写作等都以其极强的广告语效应而与一个接一个的消费奇迹与巨大的经济利益直接关联。文学不再有别的目的，文学就是消费。

消费时代，如果哪一位作家还备受关注，那一定不是因为他还是一位作家，而是因为他成为消费的标识或品牌。名牌消费，在今天的文学消费中已不是什么稀奇的事情。据说一位靠"百家讲坛"成名的作家，写什么火什么，连他过去无人问津的一本谈美的书也似乎一下由丑小鸭变成了白天鹅，受到了追捧。为什么会这样？因为这是消费社会。人们买他的书，仅仅因为他已是"名人"（被媒介所包装），书的好坏已不重要，买来读与不读也无关要紧。这实在是作家的悲哀，但作家如果对此仍毫无觉悟，或者对此洋洋自得，那简直就是文人的不幸了。然而，事实偏偏如此。消费时代，只有消费的逻辑，没有真诚的信仰。

写作是需要有知识储备的，是需要有起码的人生阅历与文字修养的，然而，文学消费时代，这些已不重要。网络文学、博客写作似乎已将文学推向

---

① 让·波德里亚：《消费社会》，刘成富、全志钢译，南京大学出版社 2006 年版，第 85 页。
② 同上书，第 86 页。

"泛文学时代",任何人都可以将自己的文字公布于众,通过互联网广泛地散播。文学历来所推崇的崇高、深沉、美德、正义、人情等价值已经被逼到最不起眼的地方,取而代之的是低劣的文字在诉说着低级趣味的故事。文学的没落由此开始。

"日常生活审美化"或"审美的日常生活化"进一步消解了文学的纯粹与神圣,而文化研究作为试图拯救文学的一种方式、一种尝试,也没有给文学的未来带来什么可喜的东西,它仅仅表现了研究者们对于消费时代文学处境的焦虑、不安甚至恐慌。文化研究毕竟不是文学研究,无论文化研究者们怎样认为他们的研究是富有创造性的,是对文学理论在当下处境的一种救赎,但这种研究命中注定是要令人失望的。文学理论的文化越界,不仅不能拯救文学,反而会真正将文学置于死地。文化研究者宣告了文学的死亡而不是新生,这恐怕是连文化学者们自己都没有料到的事情。

然而,一切都有例外,消费社会存在自身的悖论。今天"物符"意义的消费虽然充斥着我们的现实生活,并弥散开来,但历史从来都不是一个静止的切面,对物或商品(包括艺术品)实际功用或意义的肯认与记忆会使消费社会处于无法自解的矛盾之中。对艺术而言,艺术自身同现实生活疏离的事实(这是连消费艺术家们自己都承认的,因为他们正是靠着这一点才使自己的作品被冠以"艺术"之名的),最终仍会使文学艺术成为一种高于现实、美于现实从而引领现实的力量。康德曾将审美的艺术分为两种:快适的艺术和美的艺术。他认为,快适的艺术的使命就是为了享乐、欢娱消遣和消磨时间,而美的艺术则促进着"心灵诸力的陶冶",它在使审美领域向认识领域接近时就提供一种特殊的"反思的愉快"①。可见,对于现实生活中那些纯粹用来消费娱乐的艺术似乎也不用怎么大惊小怪。消费社会试图将一切纳入到它的体系当中,然而美的艺术终究会利用消费社会自身存在的悖论,躲过它整合的图谋突围出来,从

---

① 康德:《判断力批判》,商务印书馆 1964 年版,第 150—151 页

而为文学艺术的本色回归带来契机。

我们相信，崇高与美将以其深沉的情感魅力和人生逻辑重新得到读者的尊崇与爱戴，而作为消费者的读者也不可能仅仅满足于欣赏一些肤浅的感性的文字，"写出好的作品"仍然会是大部分作家毕生不变的至上追求。文学必将会有一个美好的未来，而评论家的事业则是替文学的这一未来呐喊助威。

二　文学艺术不可或缺的理想之维

发达工业社会所带来的文化危机，已经使许多思想家忧心忡忡，而消费社会的文化逻辑更是将神圣与崇高转化为对"物符"的崇拜。尽管俄国文艺理论家车尔尼雪夫斯基对艺术"源于生活而高于生活"曾有过比较完整的论述，然而，这个已经被人们广为理解和认可的创作理念，在当下的文学创作中却似乎并不是一件那么容易做到的事情。考察当前的文艺创作，我们发现许多文学作品只是做到了前一半，即"源于生活"，而无法做到后一半，即"高于生活"。虽然很多作品对于"纯自然"的生活写得十分细腻，但在"高于生活"方面却毫无建树——作品没有追求，缺乏理想。

以笔者个人的粗浅理解，艺术与生活是不能等同的，是艺术就不是生活，而生活也只有在一定条件下才可以成为艺术。按照美国学者艾布拉姆斯的观点，文学活动要由作品、作家、读者、世界四要素构成。虽然读者（包括批评者）、世界（社会生活）等对作品的形成与完善起着不可忽视的作用，但作家才是整个艺术创造活动中最为重要的角色，作家是生活成为艺术、艺术"高于生活"的原因与灵府所在，尤其是在文化危机与消费逻辑肆虐横行的今天，创作者的责任似乎就显得更是举足轻重。作为一种艺术存在，文学需要表现作家的审美追求、情感与评价，人生观、世界观等，它们构成作品的主旨，并将为不同时代的读者或评论家所关注，从而成为作品经典化的根本因素。马克思称赞希腊艺术和史诗发生在人类完美的童年时代，具有"不朽的魅力"，不仅能给我们以"艺术享受","而且就某方面来说还是一种规范和高不可及的范本"①，这里所肯定的也正是希腊神话中所蕴藏的高于"神话"的东西，即神话"在一个更高的阶梯上把儿童的真实再现出来"，让我们看到了"希腊人幻想的基础"②。

笛卡儿说，"读一切好书，就是和许多高尚的人谈话。"好书之所以好，就在于作品中所传达的超越于现实经验的思想和精神，在于作品的"形而上质"（英伽登语）。对于读者而言，读书是需要付出时间、精力与财富的，相信没有哪一个正常的人会在付出了许多之后，希望从书中得到的只是自己早已熟悉的、可以看到听到的东西，而没有思想或情感上的提升。法兰克福学派的马尔库塞在他的《审美之维》中曾言："无论艺术是怎样地被现行的趣味和行为的价值、标准以及经验的限制所决定、定型和导向，它都总是超越着对现实存在的美化、崇高化，超越着为现实排遣和辩解。即使是最现实主义的作品，也建构出它本身的现实：它的男人和女人、它的对象、它的风景和音乐，皆揭示出那些在日常生活中尚未述说、尚未看见、尚未听到的东西。"③ 他认为，艺术的王国提供"更'高贵'、更'深沉'，也许还更'真实'、更'美好'的东西"，因此艺术可以引领生活，将人们从现实生活的压抑中解救出来。的确，作为一种精神产品，文学作品应该给读者更多的东西：情感的提升或精神的补偿，对现实人生的激励与启发。

古今中外在对文艺作品的评判标准中，也总是少不了"理想"这一维度。或者可以这样说，作家或评论家对于理想的抒写或肯认本身，就能够构成好的艺术作品的重要标准。

我国古代文论中所形成的"诗言志"、"诗缘情"的写作传统，在"情"

---

①　马克思：《政治经济学批判导言》，载《马克思恩格斯选集》第 2 卷，人民出版社 1995 年版，第 29 页。

②　同上书，第 29、28 页。

③　赫伯特·马尔库塞：《审美之维》，李小兵译，广西师范大学出版社 2001 年版，第 181 页。

"志"之间，体现着古代作家为文的基本理想；孔子所倡导的"尽善尽美"、"文质彬彬"则构成了这位儒学导师自己对于文艺最高标准的原则与看法；曹丕所提出的文章"经国之大业，不朽之盛事"，白居易提出的"文章合为时而著，歌诗合为事而作"，韩愈和柳宗元等大力倡导的"文以载道"的文学观念，以及袁枚钟情的"性灵"、王国维心仪的"境界"等，都无不在其对"理想"的直接追求与理想作品的评价中，展示出中国历代文人对于文学作品中"理想"书写的探索与追求。

在西方浩繁卷帙的文艺理论典籍与文艺实践中，从柏拉图的"理想国"、亚里士多德的"诗学"理论到诺贝尔文学奖的评价标准等，也都对文艺作品的理想维度重视有加。拿诺贝尔文学奖的评价标准来说，本身就是伟大的理想主义者的阿尔弗雷德·诺贝尔把"理想"作为作品的一个重要评判标准提了出来。他在遗嘱中所确立的文学奖的审核标准是：授予"最近一年来""在文学领域里创作出具有理想倾向的最杰出作品的人"。虽然，为了便于评奖，1900年经瑞典国王批准的基本章程中将"最近一年来"改为"近年来创作的"或"近年来才显示出其意义的"作品，"文学作品"的概念也扩展为"具有文学价值的作品"，即包括历史和哲学著作，但作品中必然要表现的"理想倾向"却没有任何改变。也正是由于始终坚持"理想倾向"，诺贝尔文学奖才一直在世界范围内保持着它神奇的信誉与吸引力，历届诺贝尔文学奖获得者对此都心存敬重。1949年度诺贝尔文学奖获得者美国作家威廉·福克纳在获奖演说中说："我感到这份奖赏不是授予我个人而是授予我的工作的——授予我一生从事关于人类精神的呕心沥血的工作。我从事这项工作，不是为名，更不是为利，而是为了从人的精神原料中创造出一些从前不曾有过的东西。"他还说，"诗人的声音不应只是人类的记录，而应是使人类永存并得到胜利的支柱和栋梁。"笔者认为，福克纳已经说的再清楚不过了，文学作品不在于别的什么，而在于"那些古老的真理和心灵的真实"，这些从生活中提炼出来的指向一种更高价值的思考与感悟。

　　在马克思主义文艺理论经典作家关于文艺问题的许多重要论述中，也有许多涉及文学作品的"理想"问题。如恩格斯在 1859 年 5 月 18 日写给斐迪南·拉萨尔的信中，曾经提出的"三融合"的戏剧理想，即"较大的思想深度和意识到的历史内容，同莎士比亚剧作的情节的生动性和丰富性的完美的融合"[①]。这里除去对艺术创作技巧上的要求外，"较大的思想深度和意识到的历史内容"就传达出了恩格斯关于戏剧作品评价的理想标准。"思想深度"和"历史内容"这些都是只有在作者对历史规律的深刻认识与把握中，在作家个人正确世界观、人生观的指引下，才可能真正达到的高度。

　　20 世纪 90 年代以来，市场经济的快速发展，消费文化的兴起以及后现代思潮对社会的全方位侵袭等，造成了在理论和实践层面对文学"理想"书写的多重颠覆。过去被人们所看重的许多主导性价值被边缘化、娱乐化或戏谑化，"理想"或者变为文学作品中的多余物或者成为作品难以问津的奢侈品。

　　随着文艺被逐渐推向市场和作品的不断商品化，作家这个曾经为人尊崇的身份，也受到了前所未有的挑战。在金钱和物质享受的诱惑下，许多作家开始迎合市场，有些甚至直接拥抱金钱，为版税而创作，不再关注艺术作品中的理想价值与审美追求。这种由市场决定而不是由思想决定，由金钱决定而不是由艺术决定的创作倾向，使许多作家丧失了对艺术创作准则与底线的贞守与维护。马克思曾言："作家绝不把自己的作品看做手段。作品就是目的本身；无论对作家或其他人来说，作品根本不是手段，所以在必要时作家可以为了作品的生存而牺牲自己个人的生存。"[②] 然而，这对于正处于社会转型期的中国大部分作家而言，这种要求显然是难以实现的。

　　再者，虽然我们从不怀疑读者的阅读素质正在随着社会的进步而不断得以提高，但大众的审美趣味与理想追求毕竟是杂乱的，是需要引导的。尤其是在

---

　　① 《恩格斯致斐·拉萨尔》，载《马克思恩格斯选集》第 4 卷，人民出版社 1995 年版，第 557—558 页。

　　② 《马克思恩格斯全集》第 1 卷，人民出版社 1956 年版，第 87 页。

市场经济作用下，当任何思想或生活方式都可以十分容易地得到宽容与理解的时候，生存的多元带来了思想的多元、需要的多元，所有这些都使刚刚被推向市场的文艺作品不得不备受牵累，读者的好恶因而也就成为作家们从事创作的重要标尺。文学作品当然必须接受读者的阅读和评判，但如果仅仅以销量这样一个尺度来衡量作家的创作业绩或成就，也就难免会使一些肯于思考或写理想的作家心态上有所失衡。这样，不是作家来引领读者，而是读者在引导作家，如此的创作模式，如果还能创作出有极高价值的作品，怕也只能是空谈家们的一厢情愿。源于西方的"读者接受理论"虽然让我们改变了过去轻视阅读者的偏见，但重视一方绝不能成为轻视另一方的理由，对市场与读者的依赖，成为造成文学理想缺失的又一重要原因。

社会存在决定社会意识，在一个价值多元的社会中，我们很难拒绝与遏制那些轻理想、重感官娱乐的作品的出现，但文艺创作从来都是一件强调精神创造的事业，是触及灵魂的工作。斯大林称，作家是"人类灵魂的工程师"。退一步讲，即使作为一种职业要求，作家在任何时候也不应该放弃理想追求。因此，改变当下文学"理想"缺失的现象，笔者认为，除了净化写作环境外，作家自身素质与境界的提升将成为另一项重要的工作。

马克思说："作家当然必须挣钱才能生活、写作，但是他绝不应该为了挣钱而生活、写作。"① 越是在社会转型时期，越是需要知识分子以冷静的态度审视社会变化与文化转型所带来的问题，以一种对历史负责的态度，凭借知识分子的良知与热情，尽到知识分子的一份责任。作家要成为时代的思想者。中国的改革开放，经济发展，赢得了世界的赞誉，但伴随着物质文化的不断提高，精神文化建设方面的滞后越来越明显；同时，随着"全球化"时代的到来，诸如生态环境等具有世界性的问题也越来越多，所有这些都使我们看到，对每一个从事精神生产的人来说，他个人的创作已经不单单是他个人的事情，

---

① 《马克思恩格斯全集》第 1 卷，人民出版社 1956 年版，第 87 页。

而成为全人类事业的一部分。"由许多种民族的和地方的文学形成了一种世界的文学"①，走出当下娱乐化、感官化的文学创作藩篱，关注文学与人类未来的终极价值，将是中国作家迎接这一事件的前提条件。

"他们不是在写爱情而是在写情欲，在他们描写的失败中没有任何人失去任何有价值的东西；在他们描写的胜利中找不到希望，更糟糕的是找不到怜悯和同情。他们的悲剧没有建立在普遍的基础上，不能留下任何伤痕；他们不是在写心灵，而是在写器官。"但愿福克纳在诺贝尔文学奖受奖演说中的这句话，能够成为当下作家从事创作活动时首先提醒自己的东西。

三　走进经典寻找家园

对于创作者而言，需要创作出有思想、有深度的作品。对于读者而言，他们也不愿意把精力耗费在毫无价值的作品之上，他们需要的是精神食粮，是可以点化他们心灵的灵丹妙药，是可以点燃他们情感的火焰。今天面对鱼目混杂的图书市场，能够选择出真正有价值的作品去阅读，怕也并不是一件简单的事情。于是，对经典的阅读便成为人们的首选。以下笔者将对时下比较热议的经典阅读问题谈些自己的看法。

"经典是一个民族或几个民族长期以来决定阅读的书籍，是世世代代的出于不同的理由，以先期的热情和神秘的忠诚阅读的书。"（博尔赫斯语）1942年，朱自清在《经典常谈》一书的"序言"中说："经典训练的价值不在实用，而在文化。"② 而对于文化，当代学者黄克剑讲："'文化'，究其根蒂，不外是人的价值祈向的现实化。它是人在自我创设中所获得的一种存在方式和存在境域，是人的不无价值祈向的生活活动及这活动所引生的往往令人欣然却也往往

---

　① 《马克思恩格斯全集》第 1 卷，人民出版社 1956 年版，第 276 页。
　② 朱自清：《经典常谈》"序言"，生活·读书·新知三联书店 1980 年版，第 5 页。

令人忧患的全部结果。"① 荷兰文化史学家赫伊津哈也说过，"文化的最终目的必须是形而上的，否则将不成其为文化"②。由以上各家所言，关于经典，我们可以明确地得出这样一个基本的判断：经典重于文化与人文，经典之所以为经典，在于其所传递出的与人类普遍命运、终极关怀、人文思想所共通的精神价值，在于其作为民族、国家、社会可以借此长传不断滋养后人的高尚品性与内质。经典之为经典，正在于其所携带的"形上"价值。没有这一点，经典便称不上经典。

经典是价值认同的一种方式，更是民族认同的一种文化符号与标志。文化是整合的，以经济、政治、伦理等命名的任何一个文化领域无不带着整合的背景。"在民族文化整合的方向上，在诸多人生价值配置的分际处，一个民族或时代所显示的某种宗教气象或哲学境界，即是这一民族或时代使自己成其为自己的所谓民族精神或时代精神。"③ 因此，经典因其深厚的文化内蕴，便成为凝聚民族、肯定民族身份的一种知识资源。但人们从中更多的不是获取知识，而是获得精神，这种精神可以为一个人找到赖以生存的群体的抚慰和个体的归宿，使心灵有所归依。

历史考验了经典，故而经典的价值是不可动摇的。韦勒克说："贬低莎士比亚的企图，即便它是来自于像托尔斯泰这样一位经典作家也是成功不了的。"④ 经典的特质，在于它的稳固性，无可置疑性，以及其深深孕育着的人文力量与气息。经典绝不是消费文化诡谋的产物，成为一种谋取钱财的资本，那些低俗的文化或作品无论如何包装、迎合消费者的需求也成为不了经典，上不了台面。经典不是媚俗之后，被人记住的东西。正如今天，由于媒体的介入，许多丑陋的东西可以在社会上大行其道，但它们离经典甚远。芙

---

① 黄克剑：《人文学论纲》，载《黄克剑自选集》，广西师范大学出版社 1998 年版，第 376 页。
② 转引自耿钟《重读经典与现代化》，见《中华读书报》2006 年 7 月 26 日。
③ 黄克剑：《人文学论纲》，载《黄克剑自选集》，广西师范大学出版社 1998 年版，第 376 页。
④ 见佛克马、蚁布思《文学研究与文化参与》，北京大学出版社 1996 年版，第 54 页。

蓉姐姐的"S"造型，如果也被冠以经典的话，那这种经典不过是对她个人的一种戏谑化的嘲讽而已，而这嘲讽的背后却恰恰让我们看到了经典神圣的特质。

经典有其普遍的人性价值与启迪精神，经典绝不是伽达默尔所说的"历史流转物"，仅仅作为一种"交往伙伴"同我们发生关系，任由我们随意地解读与支配；而是立于我们面前的一座座精神的宝库，等待着那些对它心有灵犀的人的发现与挖掘。当然，经典也并不是什么高不可攀的东西，经典是平易近人的，它是一本浸润着历史印迹的生活的大书，每一个热爱生活的人都可以读懂它。

经典具有批判功能。伊塔洛·卡尔维诺在《为什么要读经典》中说："经典是这样一种东西，它很容易将时下的兴趣所在降格为背景噪音，但同时我们又无法离开这种背景噪音。"[①] 经典作为现实的一面镜子，对现实进行批判。作为隐藏着丰厚的人文信息，凝聚着人生命运的终极眷注与关怀的一种存在，经典可以给现实中的人提供追赴真、善、美的价值坐标。马尔库塞认为："文化在根本上是理想主义的，对孤立的个体的需求来说，它反映了普遍的人性；对肉体的痛苦来说，它反映着灵魂的美；对外在的束缚来说，它反映着内在的自由；对赤裸裸的唯我论来说，它反映着美德王国的义务。"[②] 因此，经典在人类所面临的文化危机中，必将起到启蒙与救赎作用。经典将以其超越的价值祈望，为人类未来的发展指明方向。当生产率的提高与技术的进步基本满足了人类追求财富与物质享受的欲望之后，我们真正思恋的必然还有那富有生命力的、自由的、人的"诗意地栖居"（荷尔德林诗句）。然而今天的现实却是，商业文化、科技理性甚嚣尘上，消费社会借助于强大的媒介优势，将一切都纳入到它的消费体系当中。无论发达国家或是发展中国家的人们都自觉或不自觉地

---

① 伊塔洛·卡尔维诺：《经典是什么？》，逸人译，《书城》2000 年第 6 期。本文所引卡尔维诺的话均出于此。

② 赫伯特·马尔库塞：《审美之维》，李小兵译，广西师范大学出版社 2001 年版，第 9 页。

听从它的指令，听命于它的安排。消费社会的意识形态气息散布于世界的各个角落，渗透到人类活动的方方面面。一切都是"丰盛"的、"富足"的。人们在消费的快乐与幸福中享受着从未有过的满足，也经受着拼命赚钱而带来的工作压力与身体的疲惫不堪。消费这双无形的手操纵着一切，在自由的"物品"选择中，主体丧失了自由，人越来越被推向"异化"的边缘。因此，无论东方还是西方，对于经典的重读，都将意味着一种文化寻根，旨在为人类找回失落的精神家园。

经典需要重读，"每一次重读经典，就像初次阅读一般，是一次发现的航行"。经典重读，是为了寻找历史，记住传统，熟悉人类经历的苦难，走过的风雨。经典重读也是人类认识自我的一种方式。一个人不能没有历史，一个民族也需要自己的历史。有了历史才有了根基，而有了根基人才可能活得自信而踏实。重读经典，在于重读思想；只有重读，才能回到人类思想的源头，从经典中找寻答案，激发智慧，以探求解决人类当下问题的真正出路。重读是走进经典的唯一途径，重读也是经典成其为经典的理由。在重读经典的过程中，既要进得去，又要出得来。重读经典，一定要做到"登岸舍伐"。只进不出，就会重新走进旧文化的怪圈，走入复古的老路。经典是开放的，正是在开放的重读中，经典将获得更为丰富的内涵与价值。重读经典对于经典和它的读者便构成一种双向的成全。

一个人的民族身份的确认与归属需要经典的滋养，读经典就是去接受集体或个体无意识的久远的记忆，去领悟和培养一个民族深沉的情感。民族经典渗透着祖祖辈辈的理想与信念，重读经典，尤其要尊重自己民族的经典。中国创造了无数的经典，也有着阅读经典的传统。冯友兰在20世纪30年代曾经说过，"不是西方侵略中国，而是现代化侵略中国。"面对鸦片战争以来中国遭受的屈辱历史，这句话不能不让我们深思：到底该怎样对待中国的经典与西方的观念？在笔者看来，对传统经典的尊重与弘扬西方的科学与民主并不矛盾，中国的发展需要这双重价值的滋养。经典带给我们自强不息的民族精神与价值，科学与民主则给我们带来强大与进步。而在今天，当科技发展与商品消费已经走向它的反面，当人们越来越感到物质财富带来的已不是幸福而是压抑的时候，对民族经典的重读必将被历史性地隆重唤出。另外，一个民族的经典可以超越这个民族而成为世界各民族的经典，为不同的民族所阅读、理解与接受。

当然，在价值与文化多元化的今天，在消费风潮盛极一时的时代，我们将无法避免经典的被误读、被娱乐化与消费化。但正如作品成为经典要有一个沙里淘金的过程，正是在同低俗文化的"竞赛"中，经典才能呈现其纯粹的、形而上的特质，其传达美与精神的功用才能为人所信服。只要我们还在读着经典，只要经典还在被人提及，一切似乎都用不着去太过担心。重读必然要突破一定的限度，突破主题先行的观念，突破需要保持一定的张力。但这一定的张力不是谁恩赐给经典的，而是经典赋予解读者的，解读者面对经典不能随心所欲。当于丹自己以"心得"的方式去解读经典的时候，谁都明白，她的"论语"、"庄子"不过是经典文化流传中翻起的一朵浪花。于丹在做着一种解读，但于丹并不是经典。经典不是就某个人而言，而是对所有人而言，是对历史而言。真正能够解读经典的大师，一定要背后有传统，心中有苍凉。靠误读而迎合受众的经典解读，不过是与任何时髦新潮的娱乐文化一样，博人一笑而已。对于经典而言，这几乎也构不成任何伤害。当然，阅读经典，并不是要我们死守经典，钻进旧纸堆里去，我们要以一种开放的心态阅读经典。同时，我们还要善于从新的文艺作品中发现新的经典，不断丰富经典这个思想与精神的宝库。

走进经典吧，当你在精神上成为迷路的孩子时。

四　艺术教育与"生命化"

优秀的作品对个体生命的真正成全，实际上离不开教育这一环节。或者我们可以这样说，接受者在多大程度上可以接受作品传递出的思想与精神，一方面取决于作品本身的价值与思想容量，另一方面还取决于接受者自身的接受能力以及接受过程的教育理念与方法。文学与艺术教育，这是当今时代艺术信仰重建的关键所在。

学者黄克剑先生曾经提出"生命化"的教育这一概念，并将这一教育归结为对"生命"的点化或润泽，"使教育向着人的'生命'的回归"。以笔者的理解，这种"生命化"的教育与通常所说的知性教育或说教教育不同，它既不是一种基于外在压力的知识的灌输，也不是一种强制使然的教育的服从，而是基于首先是对个体人的个性的尊重，其次是通过个体的主动反映（即生命化）而产生出一种自发的自我意识的觉醒。诚如黄先生所言："'生命化的教育'的全部韵致在于心灵之'觉'"，"教育若不偏落在生命之一隅或生命的重心之外而沦为种种狭隘功利的手段，它的全副精神便只在先觉觉后觉的那个'觉'上"。

"觉"要求切近个体生命、个体心灵，而一旦个体"觉"醒了，那么个体的生命个性就不会被丢弃，个体就会以一种主动改造自我的方式来进行自我教育。这样，教育便不会"违拗受教育者的天性自然"，"生命化"的教育实际上是一种"顺其自然"的"成全"教育。但"顺其天性自然并不就是消极放任，'成全'的进一层意思还在于从自然中引发出应然来以对受教育者做应然的导向"和"对受教育者的可能大的自主性的倚重"。因为，"人在任何时候都应当自己主宰自己，自己作自己的主人，而不应当沦为自己的产物——物质的产物和精神的产物——或外在的权威的奴隶"①。这样看来，"生命化"教育强调对受教育者个性的尊重，它是在受教育者自我意识觉醒的前提下来实现教育目的的一种教育理念。"生命化"教育所激发的将是主体自己的"分

---

① 黄克剑：《回归生命化的教育——黄克剑先生访谈录》，见《明日教育论坛》2001年第2期，本节引文若无特别说明均出自该文。

辨善恶"、"自我觉悟"的能力，实质上，它是主体的一种"自我教育"和
"自我实现"。

教育不是说空话，不是讲大道理。套话空话、大道理说出来不仅味如嚼
蜡，而且对于受教育者而言，也最容易产生逆反心理，真正有效的教育手段必
须融于受教育者个人的接受与领悟之中。海德格尔曾经说过："此在总是就它
的生存领会自己，总是就它是自己或者不是自己的可能性来领会自己。……生
存总是取决于每一个此在自己可能挑选的抓紧或者延误的生存方式。生存问题
总是只能通过生存活动本身来澄清。"① 生存是实实在在的，作为一种真实可
感的生存，它在现实境遇中总能始终关联受教育者的生命，击打受教育者的肌
肉和灵魂，使其能在对自身的生存处境的体验中获得对生活、人生的理解和体
悟。"生命化"教育理念的理论依据正在于此，它因为时刻黏结着"此在"的
存在情境，而能激发出受教育者自己教育自己的能力。

灌输和强制对受教育者而言往往是一场灾难，只有以生命为契机，使受教
育者能"顺其自然"地产生一种对于知识和道理的渴求，才会使教育本身显得
自然而和谐，育人者和受教育者才会进入最佳的互动状态，而这种互动的真正
实现最终达到的是一种育人的最高"境界"。自古以来，成功的教育莫不如此。
结合"生命化"教育的基本思想，以下笔者将以文学教育为例谈谈自己对目前
文学与艺术教育的看法。

文学教育是通过对文学作品的阅读、欣赏与理解这样一个过程，从而对阅
读者产生情感影响、观念影响、价值影响等的一种教育方式。文学教育的主体
是作品，它的接受者是读者，这是由文学创作与文学接受的规律所决定的。一
部好的作品在创作过程中已包含了作者丰富的人生社会阅历、对生命的体验与
感悟、对美与理想的执著追求，等等；因而，它所期待的也就必将是可以真正
领会与理解作品的读者。双方缺一不可，否则真正的阅读便不会发生，作品

---

① 海德格尔：《人，诗意地安居》，邬元宝译，广西师范大学出版社 2002 年版，第 3 页。

与它的接受者便不可能产生共鸣。文学是"生命化"的，它需要用生命去交接生命，用灵魂去触摸灵魂。曹雪芹在《红楼梦》中写道："满纸荒唐言，一把辛酸泪，都云作者痴，谁解其中味？"怕也正是说出了自己对于相契于心的读者的期盼吧！而对于读者，能够阅读一部伟大的文学作品，又何尝不是一种幸运。

由此来看，优秀的文学作品对于读者的教育与"生命化"的教育是一致的，文学教育实际上就是一种"生命化"的教育。作品就像是一位"先觉者"，它期待"后觉"的出现。作者、人物形象与读者的生命与情感期待着交锋与碰撞，作者与读者期待着通过作品阅读而实现一种双向的成全，这是文学教育所追求的最高境界。文学教育是一种艺术教育，而非知识教育。文学文本决定了它是一种艺术文本而非知识文本。它的主要目的不是为了给人们提供知识，虽然它常常可以做到这一点，而是为了给人提供艺术享受，给人提供美感，给人提供理想与信念。文学教育与通常我们所理解的"语文教育"有着根本的区别。语文教育主要是通过课堂，通过整齐划一的知识体系来传授关于语言、文字，当然也包括作品的写作、阅读、欣赏、修辞等方面的知识性内容，它不探讨创作、欣赏接受过程中那些最富生命质感、最生动鲜活的东西。从某种意义上讲，语文教育所传达的多是一些固定的或者说是"死"的知识，"死"的知识往往对应于"死"的或标准的答案。语文教育可以成为一门科学，而文学则不能。文学创作与审美欣赏强调的恰恰不是其固定性或一致性，而是其主体性、情感性，是其丰富复杂而又层次多样的主体生命的呈现。文学教育必然需要以"生命化"的教育来看待，而语文教育却基本上与"生命化"的教育无缘。

长期以来，由于"语文教育"的广泛影响，人们往往把文学教育类同于语文教育，认为文学教育只不过是一种知识教育，以传授知识为主，从而在很大程度上，使人们丧失了对文学的兴趣，严重摧残了文学本该具有的生命深度与广度的内涵，使文学失去了魅力，失去了读者，造成了文学教育在今天的悲哀地位。当然，造成今天文学及文学教育地位失落的原因，还有网络的发展、图像的盛行、现代消费方式的转变等，它们不仅占去了人们太多的阅读时间，同时也造成了人们快餐式的欣赏习惯，钝化了人们感受美的器官，以一种平面化的、单纯追求感官直观刺激的方式去对外界事物包括文学作品做出反映，从而使欣赏和教育显得苍白无力，不留痕迹。因此，今天我们要谈论文学教育，就必须把文学教育重新"还原"为一种艺术教育，而不是一种知识性教育。我们必须把过去颠倒了的东西重新颠倒回来。

艺术教育的特色重在通过艺术形象，即通过"形象思维"的方式以"美"和"情感"来滋养和感化（净化）受教育者。艺术教育实际上就是一种审美教育，它关联于美感与情感。蔡元培在《教育大辞书·美育》条目中就指出："美育者，应用美学之理论与教育，以陶养感情为目的者也。"西方学者马尔库塞也认为："美的时刻一旦在艺术作品中获得形式，它就可能被持续重复地体验到，它被永恒地化入艺术作品中。感受者在艺术的快感中，总能重新创造出这种幸福。"[①] 艺术通过审美变形创造的王国虽然是虚构的，然而这个王国却可以提供更高贵、更深沉，也更真实、更美好的东西。"个体在他不可替代的命运和地位之中，成为一个普遍真理的预言家。"[②]

正因为艺术通过情感与审美可以使人得到感化，正因为艺术内容实际是一个指向真理与未来的方向，因而，文学（艺术）教育历来都受到人们的重视。席勒在《审美教育书简》认为，"美的艺术"是打开不受一切政治腐化污染保持纯洁的源泉，"人丧失了它的尊严，艺术把它拯救"，"在真理尚未把它的胜利之光送到人的心底深处之前，文学创作力已经捉住它的光芒"[③]。席勒强调美育的最终目的在于"完美的人性"的塑成。马尔库塞对席勒"人

---

① 马尔库塞：《审美之维》，李小兵译，广西师范大学出版社 2001 年版，第 30 页。
② 同上书，第 146 页。
③ 席勒：《审美教育书简》，冯至、范大灿译，上海人民出版社 2003 年版，第 71 页。

们在经验中要解决的政治问题必须假道美学问题，因为正是通过美，人们才可以走向自由"① 这句话极为赞赏，因而对于"审美"的重视，不仅直接导致了他对于发达工业社会的无情批判，同时还直接启发他为人类未来找到了解救的良方。

在中国，笔者认为没有人会对梁启超的"小说界革命"没有印象，在《论小说与群治之关系》中，他宣称："今日欲改良群治，必自小说界革命始！欲新民，必自新小说始！"② 或许梁启超有些夸大了小说对于救国济民的作用，但他之所以有这样的认识，实际上也正因为他对文艺的审美教育作用深有体会。在《美术与生活》中，他这样写道："我确信'美'是人类生活一要素——或者还是各种要素中最要者，倘若在生活全内容中把'美'的成分抽出，恐怕便活得不自在甚至活不成！"③ 既然美在人们生活中如此重要，那么通过艺术之美来教育广大民众，实现社会改良，又有什么理由做不到呢？还有鲁迅先生的弃医从文，从其"文学救国"的道路中，我们同样可以看到作为艺术的文学对于改造人性、改造社会所起的巨大作用。因此，他在《呐喊·自序》中写道："我觉得医学并非一件紧要事，凡是愚弱的国民，即使体格如何健全，如何苗壮，也只能做毫无意义的示众的材料和看客，病死多少是不必以为不幸的。"因此"第一要著，是在改变他们的精神，于是想提倡文艺运动了"④。

无论席勒、马尔库塞，还是梁启超、鲁迅，他们之所以如此看重文学（艺术）教育的重要作用，正是看到了文学（艺术）教育的"生命化"特征。文学（艺术）以人物的艺术魅力、作品的情感感染为前提，使读者（欣赏者）亲历作品中人物的悲欢离合、喜怒哀乐，去感受人物人生命运的艰难困苦，引发他

---

① 席勒：《审美教育书简》，冯至、范大灿译，上海人民出版社 2003 年版，第 21 页。
② 梁启超：《论小说与群治之关系》，《梁启超文集》，北京燕山出版社 1997 年版，第 287 页。另《梁启超全集》，北京出版社 1999 年版，第 885 页。
③ 梁启超：《美术与生活》，梁启超《饮冰室合集》文集第 39 卷，中华书局 1941 年版，第 22 页。
④ 鲁迅：《呐喊·自序》，《鲁迅全集》第 1 卷，人民文学出版社 2005 年版，第 439 页。

们对于社会人生的深度思考，从而最终使文学（艺术）可以成为一种改造的力量，这种改造首先是自我改造与自我觉醒。文学（艺术）可以成为革命的力量，但文学（艺术）本身绝不是革命。恩格斯在致敏·考茨基的信中的指出："我绝不反对倾向诗本身。……可是我认为，倾向应当从场面和情节中自然而然地流露出来，而无需特别把它指点出来。"① 明白这一点是非常重要的：文学（艺术）首先要遵循其自身的规律，也即，它首先要是艺术的，然后才可能是有倾向的、革命的；而且它越是做到"艺术的"，它才越可能成为改造的武器，这是文学（艺术）教育作为一种"生命化"教育的基本要求。

最后，笔者想再强调一点，作为一种"生命化"教育的文学（艺术）教育的最终实现，依赖于读者对作品深入细致的体悟与阅读（欣赏）。文学（艺术）教育的生命之"觉"必然是在阅读（欣赏）中完成的，任何人如果没有真正读过（欣赏）一部作品，而能理解这部作品并接受作品的教育，那就是痴人说梦。尤其是今天，在图像、互联网的时代，文学（艺术）教育更要强调这种以"读"（欣赏）为本的教育方式，培养健康的情感、美感，这既是个人提升素质、走向文明进步的基本要求，同时也是遏制人类越来越功利化、远离审美与高尚的重要途径。

---

① 《马克思恩格斯选集》第 4 卷，人民出版社 1995 年版，第 673 页。

后　记

艺术发展到今天面临着太多的问题，艺术理论的现状也是奇相百出，人们在众声喧哗之中莫衷一是。艺术家们执著于自己的艺术追求，期待着有一天可以一夜成名，腰缠万贯；理论家们面对艺术现实则几乎已经失语，大有一种不赶趟儿的无奈与智商低下的痛苦。于是，艺术创作仿佛已成为脱缰的野马，疯狂地奔驰在荒原之上，只知狂奔，没有方向；而理论家则干脆躲到自己的象牙塔中，玩弄着自己的学术，空谈着自己的理论，两耳不闻窗外事，一心只读圣贤书。今天的学术条件与环境，早已可以让一些空头的理论家衣食无忧，活得潇洒；而那些依靠某种学术身份或曾经的学术影响就可以终生吃香喝辣的学界大佬们，更是可以左右逢源，日进斗金。艺术的现实与理论的失语，于是让人忧、让人愁，焦虑着，无望着，自暴自弃着……当然，学界的游戏规则与现行的学术机制，依然可以催生学术大师的出现。其实，学界的"操作原则"在催生学术大师出现的同时，也把大师的荣光一扫而空。21世纪，谁还敢称大师？搞理论的被人瞧不起，那些大师们，干脆就被人送进了"坟墓"。

当然，今天文学与艺术的尴尬处境，既不能怪罪于艺术家，也不能给理论界乱泼脏水。文艺的发展有它自身的逻辑，作为社会历史生态系统中的一员，它无法避免被挟持前行的命运。而理论家们的无奈就在于他们既同样被现实生活所挟裹，然而又要站到高处，端着一副超然世外的架子，既要用显微镜又要用望远镜，既要对现实进行剖析，还要对未来进行展望。这其中的难度，怕是谁都要对他们投来同情的眼光了。

　　不过，作为让人同情的从事理论研究中的一员，笔者还是觉得，即便进行理论研究有如此之难，我们也还是可以做些研究，发表些看法。现实是成就理论的宝库，只要我们不先自乱方寸，进而稳住阵脚，或条分缕析，或冷眼静观，也还是可以从纷繁复杂的各种现象中抽绎出一些可以立得住的东西。其实，理论的立得住与立不住，那是需要实践与他人、后人来评定的，自己不好多说，而唯一能够自我做主的怕是自己从事学术的态度与立场。如果说辛辛苦苦研究出来的理论不被人承认，那至少这"辛辛苦苦"也可以成为你为学术作出的贡献，对学术的执拗也可以成为学术本身。历史上有多少伟人豪杰，我们可能记不住他们的思想，却钦佩他们高尚的人格与品德。此所谓：一个人的能力有大小，但只要有这点精神。成不了大师，但至少可以做一个真正的大写的人。

　　如果能这样去想，那么搞理论研究的也就可以浑身轻松，放下苦恼，放下包袱，只问耕耘，不问收获。或许正是基于这一原因，这些年，我对一些艺术理论问题或艺术现象做了些思考，于是也便有了本书的出现。对什克洛夫斯基后期思想的研究是我最早开始的研究工作，对马尔库塞美学思想的研究是我用力最多、历时最长的研究，对歌德"世界文学"的研究是我近来一直思考的问题，而对马克思文艺思想的学习与研究则是贯穿于我的整个学术研究过程中。对影视艺术、当代艺术与网络文学的研究，是从事文艺理论与美学研究工作的人，对于文学现象的一种介入与关注方式。当然，这其中真正的原因还在于身在中国社会科学院这样一个专门的研究单位，时时受惠于身边同事的鞭策与鼓励、影响与帮助。无论是对不同理论的阐释与解读，还是对不同艺术现象的分析与探讨，一直以来，我的学术立场与判断基本都是一致的，这也正是本书看来并不相近的内容可以放在一起的原因。它们之间的相互观照与印证，成就了本书的主要思想。

　　本来起笔的时候想为本书写一个"导言"，然而，写着写着却发现，所写的内容更适合作为"后记"，于是便稍作修改，放在了书的后面。任何事物都有其自身的特点与存在方式，"导言"变成了"后记"，反而让我进一步体悟到，万物各归其位，自有归属。这正如文学与艺术的处境，不管艺术家与理论家抱着怎样的态度来看待它、阐释它，文学与艺术所"承诺与守望"的东西怕是永远无法被改变的。无论何时，我们或许都应该牢记：艺术要承诺人生与情感，艺术要承诺高尚与美丽，艺术要承诺自由与解放，艺术要承诺真理与幸福……艺术总要承诺些什么，这便是艺术之精神。

　　最后需要说明的是，书中的大部分文字都已以论文的形式先行在期刊上发表，文中不再一一注出，在此对那些支持过我的刊物和编辑表示由衷的感谢。中国社会科学出版社的领导为本书的出版付出了大量心血，本书编辑郭晓鸿女士、陈肖静女士细心热情，为本书的最终出版付出了许多辛苦，在此向他们致以真挚的谢意。

丁国旗

2011 年 10 月 3 日